La Nuit divisée

Traduit de l'anglais
par Hélène Prouteau

Collection dirigée
par François Guérif

Rivages/noir

De l'endroit où elle se tenait aux aguets, dans l'ombre de l'enseigne d'un vendeur de voitures d'occasion, Cissy voyait très bien la porte. Elle était déjà passée devant en descendant la rue et avait remarqué qu'elle était ouverte. Par la fente étroite, elle avait vu les sacs de pommes de terre empilés contre le mur du fond et les cartons de boîtes de biscuits qui ne semblaient pas avoir été encore ouverts.

La lumière à l'intérieur tombait indirectement d'en haut, ne laissant filtrer qu'une faible lueur d'un côté de la porte. Grâce à cette lumière, elle avait pu regarder dans la pièce. Les biscuits, c'est ce qui l'intéressait le plus. Un carton de biscuits ne pèserait pas trop lourd. Si elle en attrapait un rapidement, elle courrait avec Billy jusqu'aux jardins derrière la gare et se cacherait dans les buissons. Dans un carton comme ça il y en aurait assez pour elle et Billy et il en resterait plein pour demain.

La pièce où étaient rangés les cartons était longue et étroite, même si la porte était à peine entrouverte, elle l'avait vue presque complètement. Elle n'avait pas vu derrière la porte et de ce côté-là c'était sombre, mais ça ressemblait à une pièce vide. Qui se tiendrait là dans le noir ? se demanda Cissy. Il lui suffirait de compter jusqu'à deux, peut-être même jusqu'à un, pour entrer, prendre un carton et se sauver à toute vitesse.

« Cissy, dit le petit garçon. Cissy, Cissy. » Sa voix était fatiguée et plaintive, presque gémissante. « Cissy, qu'est-ce qu'on fait là ? » « Tiens-toi tranquille, Billy. » Elle réfléchissait et ne voulait pas être dérangée. Il lui causait déjà suffisamment de problèmes, c'était pas le moment qu'il l'embête.

« Mais qu'est-ce qu'on fait, Cissy ? Pourquoi on rentre pas à la maison ? »

« Parce qu'il y a rien à la maison. Maintenant tais-toi, Billy. »

« Je suis fatigué, Cissy. Je veux pas rester là tout le temps. »

« Je t'ai dit de te taire. Fais pas le bébé. »

L'enfant lui retira sa main et s'assit le dos contre le grillage.

La rue était étroite avec des chênes rabougris alignés en rangs serrés de chaque côté, et les feuilles d'automne qui restaient filtraient la lumière des réverbères avant qu'elle n'atteigne le trottoir. La plupart des rez-de-chaussée de chaque côté étaient occupés par des vitrines de magasins noyées dans l'obscurité. Au-dessus, il y avait presque partout des appartements dans les immeubles et à travers les feuilles Cissy voyait des fenêtres éclairées.

Si je m'avance doucement, songea-t-elle. Si je m'avance doucement et si on se sauve vite, personne nous verra. Je sais que c'est un péché, mais le Bon Dieu nous punira pas parce qu'on a tellement faim. Il y a personne. Si je me dépêche, personne nous verra.

Cissy Abrahamse avait quatorze ans, mais comme on l'avait mal nourrie toute sa vie, sa croissance avait pris du retard et elle ressemblait plutôt à une gamine de onze ans, épuisée et sous-alimentée. Elle portait une mince robe de coton qui lui arrivait à mi-cuisse et un gilet de laine sale dont on distinguait par endroits qu'il avait été vert, troué là où les raccommodages s'étaient effilochés pendant des années. Son frère, Billy, avait cinq ans et ressemblait en apparence à n'importe quel garçon de cinq ans, ayant bizarrement échappé aux séquelles physiques qui marquent les enfants engendrés dans un foyer comme le leur. Ce foyer avait cessé d'exister deux nuits auparavant, quand leur mère était sortie et n'était pas revenue. Depuis ils n'avaient mangé ni l'un ni l'autre. Ils ne sauraient jamais que leur mère était morte, renversée par une voiture la nuit où ils l'avaient vue pour la dernière fois. L'alcool à brûler qu'elle avait bu cette nuit-là où elle n'avait pas pu retenir un seul client – et il lui restait peu de choses pour attirer les clients – l'avait mise dans un tel état que traverser la ville pour rentrer chez elle était pratiquement impossible sans prendre de risques. Au plus profond de sa conscience embrumée, elle s'était rappelé qu'elle devait rentrer à la maison à cause des enfants. C'est ce qui l'avait tuée.

La nuit était froide, du froid dur et coupant des hivers de Johannesburg. Ce n'étaient pas la mince robe de Cissy ou son gilet en haillons qui la protégeraient mais elle ne sentait pas le froid. Son esprit était tout entier occupé par l'entrebâillement de la porte qui lui avait permis de voir les biscuits.

Billy non plus ne sentait pas le froid. Il avait glissé contre le grillage de la cour du vendeur de voitures d'occasion et s'était endormi, détendu, bras et jambes relâchés, le visage serein, comme si la situation était tout à fait normale. Elle tendit la main vers lui pour le réveiller puis se reprit. Il valait mieux le laisser dormir jusqu'à ce qu'elle revienne avec les biscuits.

Abandonnant Billy endormi sur le trottoir, elle avança précautionneusement le long du pâté de maisons, longeant les murs et prenant garde à rester dans l'ombre des arbres. A travers les feuilles, elle vit qu'il y avait de la lumière à la fenêtre au-dessus de la porte, mais elle distinguait mal. Une ou deux rues plus loin, un homme en sweater et en jeans sortit d'un bâtiment et pénétra directement dans une voiture garée le long du trottoir, sans tourner la tête. Cissy s'immobilisa, attendit que le moteur démarre et regarda la voiture s'éloigner. Le feu

arrière clignota alors qu'elle tournait à l'une des inter-
sections. Puis Cissy se remit en route, frôlant de si près
le mur de l'immeuble qu'elle longeait que son bras droit
frottait légèrement.

Elle s'arrêta entre deux arbres en bas de la rue de la
maison à la porte entrouverte. De là, elle pouvait regarder à l'intérieur par une des fenêtres éclairées au-dessus
de la boutique. Elle voyait seulement une pièce avec des
murs blancs et, contre un mur, une photo de mariage aux
couleurs passées avec un homme et une femme. Quand
elle était beaucoup plus petite, elle avait une fois rendu
visite à sa tante Esther et elle se souvenait que sa tante
avait un portrait exactement pareil, dans un cadre ovale
aussi. Elle aurait bien aimé savoir où était la maison de
sa tante Esther pour retourner là-bas avec Billy, mais
c'était il y a longtemps et elle n'y était allée qu'une seule
fois.

Elle attendit un moment, regardant la fenêtre ouverte,
épiant le signe d'une présence, mais rien. Elle fit
quelques pas et se plaça juste en face de la porte. Avec la
lumière tombant d'en haut, elle voyait les cartons de biscuits, soigneusement entassés les uns sur les autres près
du mur du fond. Malgré elle, les glandes salivaires de
Cissy se mirent à fonctionner et l'eau lui monta à la
bouche, lui laissant un drôle de goût. Elle sentait son
cœur battre fort dans sa gorge. Le haut de son front était
brûlant et elle se rendait compte que ses mains trem-
blaient.

Il y a personne, se dit-elle. Il y a personne. Je peux
entrer et prendre un carton et personne le verra. Le temps
de compter jusqu'à deux et je serai à nouveau dehors. Le
bon Dieu comprendra que c'est pas un péché. Moi et
Billy on a trop faim. Il nous pardonnera. Et il y a personne.

Elle leva le nez vers les fenêtres des appartements tout
autour, mais elle voyait mal à travers les branches. Eux
non plus ils me verront pas, pensa-t-elle. J'irai vite. Juste
le temps de compter jusqu'à deux et personne me verra.

Cissy inspecta la rue une dernière fois, à droite puis à gauche, pour s'assurer que personne ne regardait, puis elle traversa la chaussée, s'arrêta dans l'encadrement de la porte et, avec précaution, très lentement, si lentement que la porte semblait bouger à peine, elle l'ouvrit en grand. A sa droite, une autre porte donnait sur la boutique plongée dans l'obscurité et à côté, des marches menaient à l'étage supérieur. La lampe de l'escalier n'était pas allumée, la clarté venait de plus haut. La petite pièce était un espace de rangement. A sa gauche, des rangées d'étagères fixées au mur montaient jusqu'au plafond. Il faisait trop noir de ce côté pour voir ce qu'il y avait dessus.

Venant des escaliers ou de l'étage supérieur, elle entendit un clic, pas très fort mais clair, comme si quelqu'un avait laissé tomber par terre un petit objet dur. Cissy était immobile, sa main tendue touchait encore la porte qu'elle venait d'ouvrir, elle écoutait si le clic se répéterait, attendait un bruit de pas ou un autre bruit. Du temps s'écoula et tout demeurait inchangé : la réserve silencieuse, la faible lumière qui venait des escaliers, les sacs de pommes de terre et les cartons de biscuits...

Elle jeta un dernier coup d'œil à l'escalier pour se rassurer puis elle avança dans la pièce, les mains en avant. La pile de cartons était plus haute qu'elle, et elle dut se hausser sur la pointe des pieds pour prendre celui du dessus. Elle s'apprêtait à retourner vers la porte quand elle réalisa qu'elle avait déplacé la boîte trop facilement et qu'elle ne pesait pas assez lourd dans ses mains. Elle la secoua une fois et la reposa sur le sol. La seconde était également vide, ainsi que la troisième. Elle enfonça légèrement la main dans une de celles qui se trouvaient presque en bas de la pile, les sentit toutes bouger et sut qu'elles étaient vides.

Les sacs de pommes de terre étaient à côté. Elle tira celui du dessus, mais il était trop lourd, et comment les cuirait-elle avec Billy ? Peut-être qu'il y avait quelque chose sur les étagères. Elle s'était tournée vers une étagère et passait la main sur sa surface lisse dans l'obscurité, quand elle entendit le bruit. Il était faible, rapide et étouffé, peut-être des pas sur un tapis. Puis il y eut des craquements venant des marches. Ce n'étaient pas des pas mais le grincement d'un vieil escalier en bois subissant la pression d'un corps qui se déplace précautionneusement d'une marche à l'autre. Pendant un moment elle resta immobile, rivée au sol par le bruit, les yeux fixés sur le bas des marches. Dans l'angle de son champ de vision la porte ouverte l'attirait irrésistiblement. Pour atteindre cette porte, il aurait fallu qu'elle courre devant l'escalier. La personne qui descendait était sans doute déjà dans une position lui permettant de voir le bas des marches et la porte.

Elle se réfugia dans l'espace étroit entre les cartons à biscuits et le mur, et se laissa tomber à quatre pattes, la tête basse, honteuse à l'idée qu'on la trouve dans cet endroit. Elle n'y était que depuis quelques secondes quand on alluma la lumière. Bizarrement, elle ne s'y attendait pas. Elle reçut un choc, ses épaules tressaillirent, puis devinrent rigides sous l'effet de la peur. Elle entendit la porte bouger et attendit le bruit de sa fermeture, mais rien ne vint. Au lieu de cela, ce fut la voix d'un homme, grave et sévère. « Je sais que tu es derrière ces cartons. Sors d'ici. »

Cissy ferma les yeux très fort et pria en silence. « S'il te plaît, Seigneur Jésus, fais-le partir. Fais-le partir, s'il te plaît, Seigneur. » Elle avait suivi le catéchisme pendant quelque temps et on lui avait appris que la foi pouvait déplacer les montagnes. Elle voulait seulement qu'elle éloigne l'homme dont elle entendait la voix. « S'il te plaît, Seigneur... »

« Je sais que tu es là. Sors d'ici tout de suite, cela vaudra mieux pour toi. » La voix était sévère et vertueuse, comme elle imaginait la voix du Seigneur. L'écouter la rendait encore plus honteuse de sa situation et de ce qu'elle avait essayé de faire.

« Sors d'ici. Je viendrai te chercher si tu ne sors pas tout seul. »

Le sol en ciment était froid sous les mains et les pieds de Cissy. Elle entendit les pieds de l'homme bouger sur le sol, il s'avança d'un pas traînant, puis ce fut le silence.

« Sors d'ici. Je rigole pas. J'aime pas les gens qui font des histoires. Je veux pas d'histoires. »

La voix était forte et contrariée, mais moins sévère et finalement Cissy se résigna à l'inévitable. Elle repoussa les cartons, sortit à quatre pattes, se releva à moitié, les mains pressées l'une contre l'autre dans une attitude de supplication. « S'il vous plaît. S'il vous plaît, monsieur. Moi et mon frère on a très faim. »

Elle vit un visage long et pâle, des yeux plissés sous un front large, agrandi par des cheveux clairsemés soigneusement peignés en arrière. L'homme se tenait la tête droite, le menton en avant, comme un soldat qu'elle avait vu sur une image. Elle le fixa droit dans les yeux. Ils paraissaient pleins de larmes, humides tout autour. A chaque doigt, on aurait dit qu'il portait une espèce de petit gant en cuir, comme un étui. « S'il vous plaît, monsieur, moi et mon frère... »

C'est alors qu'elle vit le revolver dans sa main droite. L'éclair de lumière dans sa main, le bruit brutal et assourdissant, le coup dans son ventre et la peine atroce, tout arriva en même temps. « Monsieur... » Cissy tomba à genoux, baissa la tête pour regarder le sang qui coulait de son ventre, stupéfaite, horrifiée. Quelque part, très loin, elle crut entendre Billy l'appeler par son nom. Elle ne remarqua pas l'ombre qui s'était encadrée dans la porte. La seconde balle la tua.

1.

La lumière sur le bureau de Yudel clignotait. Il savait que de l'autre côté de la ligne, Rosa, sa femme, appuyait sur le bouton qui commandait la lumière et qu'elle était certainement furieuse. La petite lumière rouge intégrée à la surface de son bureau en désordre était supposée attirer son attention quand il était avec un patient. Elle était installée de telle façon que le patient ne la voyait pas s'il était assis sur une chaise en face de Yudel, ou prostré sur le divan et occupé à mettre son âme à nu.

Pour y échapper, Yudel posa le livre qu'il lisait sur la lumière. Son patient était un jeune adolescent efflanqué aux cheveux bruns, prostré sur le divan, mais pas du tout occupé à mettre son âme à nu. En fait, il dormait. Cela faisait bien une demi-heure que la lumière sur le bureau clignotait par petites crises intermittentes. Yudel avait remarqué avec un certain intérêt que les intervalles entre les crises de clignotements allaient en se raccourcissant à un rythme qui paraissait régulier. Il se demanda distraitement si quelque société savante accepterait une communication sur la vitesse linéaire selon laquelle croissait l'agitation de sa femme.

D'une manière générale, le désordre régnait sur le bureau deYudel. Il se disait que ce désordre était inversement proportionnel à l'ordre qui régissait sa pensée. Plus l'état de son bureau laissait à désirer, mieux il réfléchissait quel que soit le moment choisi. Il essayait du moins de s'en persuader.

En cet instant sa surface était entièrement jonchée de bouts de papiers en tout genre couverts de griffonnages concernant les problèmes de ses patients. Certaines de ces notes avaient été prises sur des couvertures de magazines ou dans la marge de journaux. Un mémento remarquablement concis – Mme P. Profonde Dépression. Un mari quelconque. Pas surprenant – était écrit sur le dos d'un paquet de cigarettes vide que Mme P. avait laissé sur son bureau. Comme étape préparatoire au classement des dossiers, le bureau de Yudel présentait des lacunes. Heureusement que sa mémoire frôlait la perfection et que les notes étaient largement superflues.

Il essayait de lire, mais la lumière clignotante qu'il devinait sous le livre lui créait un problème. C'était presque pire que quand il la voyait. Se concentrer sur le livre était devenu pratiquement impossible. A son avis, il était probable que la lumière clignote maintenant sans arrêt. Rosa avait peut-être atteint un état proche de la déflagration.

Il ôta le livre et vit que la lumière s'était arrêtée.

Peut-être Rosa avait-elle abandonné tout espoir et renvoyé les autres patients. Ce fut une espérance de courte durée. Avant qu'il soit retourné à la lecture de son livre, la lumière clignotait de nouveau.

Le bureau de Yudel avait deux portes, une qui ouvrait sur une petite antichambre au living où le patient suivant attendait, et une porte vitrée coulissante qui donnait sur le jardin. Il poussa un soupir de fatigue, se dirigea vers la première des deux portes, et l'ouvrit juste assez grand pour jeter un coup d'œil de l'autre côté. Rosa passa la tête dans le bureau et se retrouva nez à nez avec lui. « Que se passe-t-il ici ? » Elle venait aux renseignements.

« Une psychanalyse, lui dit Yudel en reculant d'un pas pour la laisser entrer. Une psychanalyse, voilà ce qui se passe. »

« Tu n'es pas drôle. Tu sais combien de patients attendent là ? » Elle gesticula d'un air fâché en direction du living.

« Non », répondit sincèrement Yudel.

« Trois, l'informa Rosa. Mme White, Mme Rosenkowitz et Mme Atkins. »

« Elles vont très bien. »

« Elles paient, Yudel. Tu t'en moques ? Eh bien, si tu t'en moques, moi pas. » Rosa s'efforçait de murmurer, d'une voix enrouée par l'exaspération, afin que les patients ne l'entendent pas, tout en y insufflant le volume nécessaire pour se faire comprendre de Yudel. « Et je croyais que les patients d'un psychanalyste étaient supposés ne jamais se rencontrer. Tu as toujours dit qu'il fallait faire attention à ça. »

« Elles ne méritent pas le titre de patientes, Rosa. Ce sont de simples clientes. »

« Et lui ? Qu'est-ce qu'il a, lui ? Il peut pas dormir à la maison ? » Rosa jeta un regard meurtrier au garçon qui dormait sur le divan. « Sa mère est là, elle est furieuse. Elle arrête pas de me demander "mais qu'est-ce qu'il lui fait ?". Tu te rends compte que sa séance d'une demi-heure a commencé il y a deux heures ? »

« Il est malade mais ces femmes vont très bien. »

« Eh bien, guéris-le sur son temps de visite. Il ne fait que dormir. Pourquoi faut-il qu'il dorme ici ? »

« Rosa, écoute-moi. » Yudel essaya d'adopter une attitude supérieure. « Moi je suis le psychologue. Toi tu es ma femme et tu reçois les gens. Alors tu me laisses les soigner, et toi tu les reçois, tu fais les comptes et tout ce qui s'ensuit. »

« A ce train-là, les comptes seront vite faits. »

« Cependant... » Yudel secoua la tête. Il s'efforçait de sauvegarder son attitude supérieure, mais ne parvenait pas à trouver les mots appropriés pour finir sa phrase.

« Yudel, je t'en prie. » Rosa poursuivait son plaidoyer. C'était un plaidoyer qui exprimait toute l'exaspération d'une personne intelligente ayant beaucoup souffert au contact d'un mari débile mental. « Je t'en prie, Yudel. Je voudrais que tu voies comment ces femmes s'observent. Elles se connaissent, tu le sais bien, peut-être pas Mme Atkins, mais Mme Rosenkowitz et Mme White, j'en suis sûre, et chacune ignorait que l'autre allait chez le psychologue. Je voudrais que tu voies comme elles ont l'air gêné. C'est horrible. Elles ont même essayé d'entretenir une conversation. C'était pire. Tu aurais dû entendre ça. » Brusquement, Yudel imagina très bien la scène que lui décrivait Rosa.

« Arrête de sourire, Yudel. C'est pas drôle. » Le murmure de Rosa se faisait de plus en plus pressant. « Tu es censé t'arranger pour que ce genre de chose n'arrive jamais. »

« Tu sais quoi ? Je crois que ça va les guérir toutes les trois. »

« Qu'est-ce que tu veux que je fasse ? » Elle regarda à nouveau le garçon étendu sur le divan. « Tu ne peux pas te débarrasser de lui ? Pourquoi tu le réveilles pas ? »

« On ne peut pas le réveiller maintenant. » Yudel s'aperçut qu'il souriait toujours et tenta d'effacer de son visage toute trace d'amusement.

« Qu'est-ce qu'il y a de tellement drôle ? »

« Mais rien. » Avec un effort de volonté, Yudel retrouva son sérieux. « Ce garçon est malade et je ne peux pas le réveiller. »

« Je leur dis quoi ? »

« Qu'elles attendent ou qu'elles rentrent à la maison. »

Rosa sortit de la pièce avec sa petite idée et balança la porte derrière elle avec énergie. Yudel s'y attendait et la rattrapa juste avant qu'elle ne claque et réveille le garçon. Il se rassit à son bureau et prit son livre. Il n'avait lu que quelques lignes quand la lumière clignota à nouveau. Yudel soupira, un soupir encore plus profond et résigné que tout à l'heure, et retourna à la porte. Cette fois-ci, Rosa resta sur le seuil. « Elles attendent toutes », déclara-t-elle d'un air sévère.

« Très bien », dit Yudel. Il referma la porte mais cette fois-ci, il ne retourna pas s'asseoir. Il se tenait devant la porte vitrée coulissante qui ouvrait sur le jardin, regardant les toits des maisons en bas de la colline. Le soir approchait et les couleurs pâles et délavées du jour africain se nuançaient de couleurs plus pleines et plus subtiles. Derrière lui, il entendit bouger le garçon qui sortait lentement de son sommeil. C'est alors que la porte du bureau s'ouvrit et se referma. Yudel se retourna et vit que la mère du garçon était entrée dans la pièce.

« Que voulez-vous ? » demanda-t-il.

C'était une petite femme brune, soignée, et aux yeux de Yudel une des deux personnes responsables de l'état de son fils. Elle compressait sa bouche en une ligne sévère et ses yeux exprimaient la tension et l'anxiété. « Que faites-vous à mon fils ? » demanda-t-elle en avalant avec difficulté. Il était clair qu'elle était étonnée de sa propre impudence.

« Je répare les sottises que vous avez commises, vous et votre mari. »

A ces mots, son regard parut se durcir. « Ça alors ! » s'exclama-t-elle.

« Et vous en avez fait des bêtises », ajouta Yudel.

« Je ne vous le ramènerai certainement pas. » Sa voix tremblait de fureur contre Yudel, d'anxiété pour son fils qu'elle avait laissé entre les mains de ce petit homme étrange aux cheveux en bataille, et de frayeur devant sa propre effronterie. « Une fois ça suffit », lança-t-elle.

« Le plus raisonnable serait qu'il décide lui-même s'il veut revenir ou pas. »

« Son père et moi prenons ce genre de décision. » La femme se dirigea vers le divan où son fils se redressait sur un coude.

« Madame Roberts », dit Yudel. La qualité métallique de sa voix l'arrêta et elle se tourna vers lui pour lui faire face. « Vous êtes dans mon cabinet de consultation. Ici vous n'avez aucune autorité. Mettez-vous là, je vous prie. » Yudel pointa un doigt vers la porte.

La ligne sévère de sa bouche s'amincit de plus belle, son regard se durcit encore davantage, mais elle s'avança vers la porte et de là, observa son fils. Yudel rejoignit le garçon sur le divan et posa une main sur son épaule. « Comment vas-tu, Graham ? »

« Bien, monsieur Gordon. »

« Pas de maux de tête ? D'autres symptômes ? »

« Non, monsieur Gordon. »

« Je veux que tu reviennes me voir la semaine prochaine. D'accord ? »

« Oui, monsieur. Je viendrai. »

Le garçon se mit sur ses pieds et Yudel se retourna vers la mère. Elle regardait les mains de son fils, constatait l'absence des tressaillements nerveux dont il souffrait depuis trois ans. Yudel conduisit le garçon à sa mère. « Je t'attends la semaine prochaine, Graham. »

« Oui, monsieur Gordon. »

« Bon, tu vas rester à côté un petit moment pendant que je parle à ta mère. » Il conduisit le garçon dans le living et referma rapidement la porte avant que Mme Roberts ait eu le temps de s'échapper. « Vous avez remarqué ce changement ? » interrogea Yudel.

La femme prit un temps pour répondre. « Je dois admettre qu'il paraît différent. Ses mains... ». Les mots sortaient avec difficulté.

« Oui. Enfin il n'est pas guéri, loin de là. Ce que vous constatez, ce sont les effets de l'hypnose. Il faudra que je le voie souvent et il faudra aussi que je vous voie avec votre mari. »

« Mon mari ne voudra jamais... » Le ton de sa voix trahissait l'étendue de l'affront qu'elle subissait.

« On en rediscutera, dit Yudel. Pour le moment laissez votre garçon prendre la décision de revenir ou pas. »

Yudel escorta Mme Roberts jusqu'au living où Graham attendait. « A la semaine prochaine », dit-il au garçon alors qu'ils s'en allaient. Pour la première fois, il remarqua qu'il n'y avait personne d'autre dans le living. Il trouva Rosa assise à la table de la cuisine, fixant le mur d'en face d'un air sombre. « Ces dames sont parties ? » demanda-t-il doucement.

« Tu t'attendais à quoi ? »

Yudel était sur le point de lui dire qu'il n'avait pas d'idée particulière sur le sujet, mais il changea d'avis. Il préférait retourner dans son bureau, où il n'avait maintenant rien à faire de particulier, à part peut-être classer dans les dossiers les notes éparpillées sur sa table. Il savait qu'il ne le ferait pas. Il était conscient de la présence de Rosa dans la cuisine, à moins qu'elle ne rôde maintenant dans la maison, attendant qu'il sorte pour déverser sur lui sa colère refoulée. D'une certaine façon, la femme de Yudel considérait que le bureau se situait hors de son territoire.

La lumière était éteinte, et la porte coulissante encore ouverte laissait entrer dans la pièce la fraîcheur d'un soir plaisant et clair. Yudel aimait la sensation sur sa peau de l'air du soir vif et sec avant que le froid de la nuit ne s'installe. Par la porte ouverte, il voyait un coin de la façade en pierre rouge de l'Union Buildings de l'autre côté de la vallée, et entre lui et l'Union Buildings, dans un éparpillement plus ou moins organisé, s'étendaient des immeubles et des maisons entre lesquels poussaient des jacarandas, source de grande douceur dans cette partie de Pretoria. Il effeuilla distraitement les papiers entassés sur le bureau, jetant de temps en temps un vague coup d'œil à l'un d'entre eux sans le lire, dans la lumière déclinante, avant de le replacer au milieu des autres. Yudel aimait l'approche de la nuit. S'il avait pu, il se serait réservé toutes ses soirées pour simplement regarder finir le jour. Alors que sa main se glissait encore entre les feuilles, il toucha le bord d'une petite pile apparemment plus ordonnée. Il se retrouva avec un certain nombre de feuilles, toutes de même taille, attachées soigneusement ensemble, et essaya de les étudier dans la lumière qui tombait rapidement, mais il faisait déjà trop sombre. Il appuya sur le bouton de la lampe de bureau. Dans la main, il tenait les factures du mois dernier. Ensevelies sous le fatras accumulé, elles n'avaient jamais été postées. Pas étonnant que personne ne paie, songea-t-il. Yudel admit que sur certains points, Rosa avait des raisons de se plaindre.

La porte s'ouvrit à cet instant et Rosa fit un pas dans la pièce. Elle fronçait nettement les sourcils. Ses yeux et la zone qui les entourait semblaient plus foncés depuis une heure. C'est peut-être la lumière, songea Yudel. « Il y a quelqu'un qui veut te voir, déclara-t-elle. Tu ferais bien de fermer cette porte. On gèle dehors. » Les mots sortaient avec difficulté, comme si un obstacle de taille leur barrait le chemin. Yudel savait qu'il s'agissait là de la Rosa qui se retenait, comme une bouilloire sous pression dont toutes les valves avaient été bien fermées. Il songea qu'il devait peut-être s'en féliciter. Celle dont les valves laissaient échapper la vapeur lui causait des problèmes.

Les yeux de Rosa tombèrent sur les factures qu'il tenait à la main. « Qu'est-ce que c'est que ça ? »

Yudel dut résister à l'impulsion de les cacher derrière son dos. « Des factures », dit-il.

« Quelles factures ? »

« Celles du mois dernier. » Il se sentait comme une victime de l'Inquisition convaincue d'hérésie, sachant qu'en bas du donjon l'attendait le chevalet de torture.

Rosa se redressa et ses yeux s'obscurcirent encore davantage. « Pas étonnant que personne n'ait payé. »

« C'est justement ce que je pensais. »

Rosa se retira rapidement sans ajouter un mot et Yudel verrouilla la porte coulissante. Rosa introduisit le nouveau visiteur et referma la porte avec une grande fermeté. Elle ne l'avait pas claquée, mais refermée avec la très nette intention de ne rien laisser ignorer de ses sentiments à Yudel.

Le nouveau visiteur était un homme de près de soixante ans. Il avait peu de kilos superflus et était plus petit que la moyenne, mais comme il se tenait très droit avec la tête rejetée en arrière et les bras raides le long du corps, il paraissait plus grand que sa taille. La première impression passagère de Yudel fut celle d'une grande dignité, comme si l'homme qu'il observait était conscient de sa propre valeur et s'estimait hautement, mais sans arrogance. Cette impression était renforcée par l'expression sévère du visage et la manière que l'homme avait de fixer Yudel droit dans les yeux. Mais cette sensation se dissipa dès que Yudel plongea à son tour son regard dans les yeux larmoyants du long visage ovale. Ces yeux étaient ceux d'un homme désespéré et désespérant. Il distinguait en eux la tristesse d'un être bien près de perdre tout intérêt pour l'existence.

Yudel savait que cette capitulation était rarement rattachée à une seule cause ou à un seul aspect de la vie. Particulièrement chez les personnes âgées, il s'agissait d'un état d'esprit qui affectait le comportement humain dans son ensemble. On ne tombait pas non plus dans cet état du jour au lendemain. Pendant longtemps le malaise grandissait, et progressivement la tristesse de la défaite et la certitude que résister ne servait à rien modifiait la personnalité. Finalement, cela transparaissait dans tous les actes du sujet, dans sa manière de marcher et de se tenir, dans l'expression de son visage et dans la nature de sa conversation. Et surtout cela se voyait dans les yeux. Cet homme avait imposé à son comportement et à ses traits une apparence de calme et de dignité, mais c'étaient ses yeux qui le trahissaient.

Yudel se leva et lui tendit la main. « Je suis Yudel Gordon. Très heureux. »

« Je suis monsieur Weizmann », répondit l'homme sans bouger.

Yudel jeta un coup d'œil involontaire aux mains de son interlocuteur. Ses doigts, dont la plupart ne paraissaient pas de taille normale, étaient gainés de doigtiers en cuir de différentes longueurs.

« Asseyez-vous, monsieur Weizmann. » Yudel désigna la chaise en face de lui. Weizmann s'assit, s'appliquant dans cette position à se tenir aussi droit que quand il était debout. Cette attitude étudiée avait pour but de convaincre les autres de sa dignité, mais surtout de se convaincre lui-même. Il tenait à ce que tous sachent qu'il était un homme de valeur. Et lui aussi voulait le croire. « Qu'est-ce que je peux faire pour vous ? » lui demanda Yudel.

« J'ai eu des problèmes dans ma boutique. C'est de ma boutique dont il est toujours question dans les journaux. » Il s'exprimait avec douceur, d'un ton presque anodin, et la sévérité de son expression s'était tempérée.

« Quel type de problème ? » demanda Yudel.

« Il y a des gens qui cambriolent mon magasin. Vingt-sept fois ils l'ont fait. Des jeunes, des Noirs... vingt-sept fois... »

« Vingt-sept fois ? En combien de temps ? »

« En deux ans. » Il s'arrêta comme s'il attendait que Yudel lui pose des questions. Comme Yudel ne disait rien, il poursuivit : « Je n'aime pas les gens qui causent des problèmes. Tous ces jeunes sont des voleurs. Je suis un homme qui aime la paix. Si on me laisse tranquille tout se passe bien. » Le son de sa voix était toujours calme et il parlait sur le ton de la conversation, mais il ne s'adressait plus directement à Yudel comme quand il était entré. Maintenant il regardait le rebord du bureau, ou le plancher près de ses pieds, ou ses mains qui reposaient sur ses genoux, les doigts repliés comme s'il essayait de les cacher. Yudel s'efforçait de ne pas fixer son regard sur les doigts de Weizmann. Ses connaissances médicales n'étaient pas très étendues et les interprétations possibles de cette maladie peu nombreuses. La lèpre lui paraissait la plus probable. Weizmann s'était arrêté de parler, ne sachant visiblement pas comment poursuivre. « S'ils continuent de me cambrioler, je leur tirerai dessus », dit-il enfin très vite.

« Vous avez déjà eu l'occasion de leur tirer dessus ? »

« Oui, je leur ai tiré dessus. Je ne dis pas que je leur ai pas tiré dessus. Mais à chaque fois ils cambriolaient mon magasin. On doit protéger sa propriété. » Il avait laissé retomber sa tête, son menton reposant presque sur sa poitrine, mais il restait quelque chose de la dignité de son comportement dans sa façon de rentrer le menton et d'essayer de garder les lèvres pincées. Le ton qu'il utilisait n'avait plus rien de dégagé. « Les jeunes Blancs deviennent des criminels. Ils finiront tous en prison. »

« Ceux sur qui vous avez tiré, vous les avez déjà touchés ? »

Weizmann continua comme s'il n'avait pas entendu la question. « Je ne veux pas de problèmes. Je suis un homme qui aime la paix. Vous pouvez m'appeler "Weizmann le Juste". J'ai horreur des ennuis mais s'ils me tombent dessus je sais comment me défendre. Mon frère disait toujours, Johnny, si quelqu'un te cherche des ennuis, il peut être sûr de te trouver. » A l'instant où Weizmann s'était présenté, son nom avait vaguement dit quelque chose à Yudel, et maintenant qu'il avait mentionné son prénom, il lui semblait encore plus familier. Johnny Weizmann. Il avait déjà entendu ce nom quelque part. A l'époque cela ne l'avait pas tellement frappé. C'est de ma boutique dont il est toujours question dans les journaux, avait dit Weizmann. Mais d'une manière générale, Yudel lisait les journaux en diagonale et sa mémoire n'était pas fidèle.

« Vous avez un frère ? » Yudel engageait la conversation dans la direction que l'autre lui indiquait.

« J'avais un frère. Ils ont tué mon frère. »

« Qui l'a tué ? »

« Je sais pas. Comment je le saurais ? Des jeunes. Des Noirs. Je sais pas. »

« Comment l'ont-ils tué ? »

« Ils l'ont battu jusqu'à ce que mort s'ensuive dans son appartement. Il était méconnaissable. Ils l'avaient tellement battu que je pouvais même pas reconnaître mon propre frère. »

Il parlait à un rythme rapide et avec colère, mais Yudel ne percevait que peu d'effroi dans sa voix compte tenu de la scène qu'il décrivait. « Je l'ai vu le lendemain de sa mort. Les médecins ont dit qu'il était décédé d'une crise cardiaque, mais j'aimerais bien connaître la cause de la crise cardiaque. Ils peuvent rien me dire. J'ai vu son corps et je sais à quoi il ressemblait. Il était méconnaissable. »

« Je vois que vous étiez très attaché à votre frère. »

« Oh oui. Nous étions inséparables. Parfois il m'aidait à la boutique. Il était toujours chez moi. »

« Où se trouve votre magasin ? »

« Hillbrow. Lower Hillbrow. »

« Ce soir, vous avez fait tout le chemin depuis Johannesburg ? »

Il hocha brièvement la tête. « Ma boutique c'est *le Restaurant des sœurs jumelles*. J'ai des jumelles. La plus jeune s'est mariée la semaine dernière. Elle n'a que quelques heures de moins que sa sœur. Maintenant elles sont toutes les deux mariées. Elles sont devenues grandes. »

« Quand des voleurs s'introduisent chez vous par effraction, vous trouvez des traces de leur passage le lendemain, ou vous avez un système d'alarme ? »

« Je les entends. Ils entrent jamais sans que je les entende. J'ai le sommeil très léger. Je suis un homme qui aime la paix mais je sais me défendre. » Weizmann leva une main et la posa sur le bord du bureau. Son pouce était intact et ne portait pas de doigtier en cuir. Tous les autres doigts étaient pris dans un étui et seul le petit doigt paraissait de longueur normale, le plus court étant l'index : il n'en restait qu'une seule phalange. Presque tout de suite Weizmann devint conscient de sa main. Il la ramena sur ses genoux et la dissimula entre ses jambes. « Mes sacrées mains », lâcha-t-il. Cela sonnait comme un juron mais il n'ajouta rien, supposant probablement que leur vue en disait suffisamment long.

Malgré lui, Yudel transgressait la réserve de sa fonction, fasciné par les mains de cet homme. S'il se sentait tellement persécuté, il était évident que l'état de ses mains renforçait ce sentiment. Ce n'était pas cela qui fascinait Yudel. C'était leur simple vue, les moignons de ce qui avait sans doute été des doigts normaux, dans leur étui de cuir. Il se demanda une nouvelle fois ce que le cuir dissimulait et dut faire un effort de volonté pour orienter ses pensées vers des préoccupations plus professionnelles.

« Vous les entendez toujours s'introduire chez vous ? »

« Toujours. Je les entends toujours. J'ai le sommeil très léger. Toute ma vie j'ai eu le sommeil léger. »

« Vous dormez dans la boutique ? »

« Mon appartement est au-dessus. Je laisse toujours la porte qui conduit à la boutique ouverte. Comme ça je les entends entrer... »

« Et parfois vous leur tirez dessus ? »

« Je dis pas que je leur tire pas dessus. Je sais me défendre. »

Yudel répéta la question qu'il avait déjà posée auparavant pour vérifier si la réaction serait la même. « Vous en avez déjà touché un ? »

A cette question, il se tassa vers l'avant, bien décidé à ne pas regarder Yudel en face. Et la réaction fut la même. « J'aime aider la police. J'aide souvent la police. Quand il y avait un commissariat près de chez nous, les policiers me connaissaient bien. Ils m'appréciaient. J'avais beaucoup d'amis chez les policiers. J'ai souvent essayé d'arrêter des voleurs quand personne d'autre voulait s'en mêler. Les policiers me connaissent bien. Ils m'appellent Weizmann le Juste. Maintenant qu'ils ont supprimé le commissariat c'est bien pire... »

« Vous êtes juif, monsieur Weizmann ? »

« Non. » Le ton était décidé. « Non, plus maintenant. Pas depuis que j'ai atteint l'âge adulte. J'ai arrêté il y a des années. »

« Pour quelles raisons ? »

« Maintenant je suis sud-africain, un point c'est tout. Je suis un patriote. J'essaie de faire mon devoir. J'aide la police. C'est ça qui est important. Je fais mon devoir comme un bon Sud-Africain. »

Accomplissant ce qui semblait pour lui un énorme effort, il se redressa la tête, parut s'évertuer à bomber le torse et releva le menton, mais il détourna son visage pour ne pas regarder Yudel en face. Maintenant Yudel voyait à nouveau ses yeux. Ils étaient tellement mouillés qu'il crut tout d'abord que Weizmann pleurait. « Vous avez demandé qu'on vous envoie des hommes pour garder les vitrines ? » demanda Yudel.

« Non. Pourquoi je dépenserais mon argent en gardes de sécurité ? J'en ai pas les moyens. Je suis pas un homme riche. J'ai dû dépenser beaucoup d'argent en avocats. Personne m'a aidé. J'ai été obligé de faire un emprunt à ma banque. » Yudel nota qu'en confessant cela, Weizmann répondait à la question qu'il avait posée à deux reprises. « J'aime pas les problèmes. C'est pas juste que j'aie tous ces frais. »

« Peut-être que si vous aviez des gardes de sécurité, vous dormiriez mieux. »

« Je suis pauvre. Je peux pas me permettre le luxe d'avoir des gardes de sécurité. Il y en a qui ont les moyens, moi pas. Le vrai problème c'est les jeunes d'aujourd'hui. Ils ont de mauvaises fréquentations. Voilà le vrai problème. » C'était un refrain que Weizmann avait répété souvent. Et Yudel était sûr d'une chose, c'est qu'il n'avait pas fini de le rabâcher.

Yudel regarda l'homme battu de l'autre côté du bureau, battu et pourtant relevant la tête, accomplissant quand même les gestes de la domination et du mérite. Il lui posa la seule question qui semblait s'imposer en l'état actuel des choses : « Monsieur Weizmann, pourquoi êtes-vous venu me voir ? »

« C'est eux qui me l'ont dit. Ils ont dit qu'il fallait que je le fasse. »

« Qui l'a dit ? »

« Le colonel Jordaan. Il a dit que vous pourriez m'aider. Enfin ils m'ont obligé. » Il marqua une pause et sa voix trahit l'indignation et le manque d'assurance. « Je pense pas que j'aie besoin d'aide. Je comprends pas. Pourquoi c'est moi qui ai besoin d'aide ? Si on me laisse tranquille, il y a pas de problème. »

« Vous savez, monsieur Weizmann, tout le monde a besoin d'aide à un moment ou à un autre, moi, vous, tout le monde... Pour vous c'est peut-être le moment. Il n'y a pas de quoi avoir honte. C'est comme d'aller chez le médecin. Je serais très heureux de vous aider. »

« On m'a pas laissé le choix. On m'a forcé à venir. » Il jeta un bref coup d'œil à sa montre. « Je suis en retard. Il faut que j'y aille. »

« Restez un peu plus longtemps. »

« Je suis en retard. Maintenant il faut que j'y aille. »

« Je veux que vous veniez demain soir et tous les soirs

pendant quelques jours. Juste sur une courte période, je vous verrai quotidiennement. C'est possible ? » Weizmann hocha rapidement la tête. Yudel chercha dans un tiroir et en sortit un petit flacon de valium. « Prenez deux de ces pilules chaque matin, et deux le soir pendant quelque temps. Je vous dirai quand il faudra arrêter. » Il tendit le flacon à Weizmann, mais l'autre ne broncha pas. Yudel se rappela ses mains et posa le flacon sur le rebord du bureau.

Une des mains étrangement gantées de Weizmann apparut brusquement, prit l'objet et disparut à nouveau. « Qu'est-ce que ça fait ? » demanda-t-il. « Ça vous aidera à vous détendre. Vous êtes énervé à cause de ces cambriolages dans votre boutique. On le serait à moins. Si vous les prenez, vous serez plus détendu. Vous vous sentirez plus heureux. Vous les prendrez ? »

« Je les prendrai. » Weizmann regarda rapidement autour de lui, comme s'il cherchait quelque chose. « Comprenez-moi bien : je cours pas après les ennuis. Je peux me défendre. J'essaie d'aider les gens. Une fois je suis sorti de mon magasin et j'ai vu six Noirs attaquer un homme qui montait dans sa voiture. J'ai couru et j'ai pris mon revolver. Personne d'autre était prêt à l'aider. Je leur ai fait peur. J'aide les gens. » A nouveau il refusait de regarder Yudel, mais Yudel voyait bien que c'était important pour Weizmann qu'il le croie. Il avait grand besoin que Yudel comprenne qu'il n'était pas un méchant homme. « Quelquefois j'aide les Noirs sans ressource. Ma femme organise des petites réunions d'enfants. Cinq retraités viennent dans ma boutique tous les jours pour un repas gratuit. Je leur prends pas un centime. Une fois j'ai trouvé des Noirs qui ont attaqué un vieillard pour lui prendre toutes ses affaires. Je les ai chassés... » Il égrenait la liste de ses bonnes actions de façon mécanique. Comme la condamnation des jeunes et des Noirs, c'était une rengaine qu'il avait souvent répétée par le passé et qu'il gardait en réserve pour l'avenir.

Yudel le raccompagna en lui prêtant une oreille attentive, essayant de calmer les zones les plus turbulentes jusqu'à ce qu'il puisse les traiter de façon appropriée, encourageant Weizmann à prendre les pilules qu'il lui avait données et s'assurant qu'il reviendrait bien le lendemain. Quand le commerçant fut sorti, Yudel traversa la maison pour l'épier tandis qu'il descendait l'allée et traversait la route pour rejoindre sa voiture garée de l'autre côté. Il fut surpris de la démarche maladroite et boitillante du vieil homme, ses jambes étaient raides et sa foulée saccadée. Vu de loin, son comportement ne portait pas trace de l'échec ou de la défaite que Yudel avait lus dans ses yeux. Il se tenait tout aussi droit que quand il s'était assis en face du psychologue.

Yudel attendit que la voiture disparaisse au bout de cette rue de banlieue paisible. Puis il se dirigea vers le téléphone dans le hall et composa le numéro du domicile de Freek Jordaan, l'homme qui lui avait envoyé Weizmann et qui était aussi son ami depuis de nombreuses années. On décrocha à l'autre bout de la ligne et Yudel entendit la voix de Freek.

« Jordaan. »

« Je t'écoute, Freek, qui c'est ? » Freek s'attendait visiblement à la question.

« Un brave pépé qui tue les gens », annonça-t-il.

2.

Le pasteur était jeune, honnête et croyait chaque mot de ce qu'il racontait. Yudel doutait cependant qu'il ait jamais eu affaire auparavant à une telle congrégation. Les prisonniers étaient rassemblés dans le quadrilataire au centre de la prison, assis sur de longs bancs de bois sans dossiers.

« Vous êtes tombés dans le piège du péché, clamait le pasteur. Regardez où vous ont conduits vos égarements. Vous avez bu jusqu'à la lie... »

Le règlement commandait que Yudel s'assoie sur l'estrade à côté du pasteur. « Qu'est-ce que j'ai à voir avec ça ? » avait-il demandé au gardien en chef la première fois que le problème avait été soulevé.

« C'est vous le psychologue », avait répondu le gardien-chef.

« C'est vous le gardien-chef », avait répliqué Yudel.

« C'est le domaine du psychologue », avait insisté le gardien-chef. Et depuis c'était resté le domaine du psychologue.

« Vous avez péché », déclarait le pasteur à un auditoire captivé. Yudel se disait que ce n'était pas la première fois qu'on leur exposait la situation. « Vous avez péché et vous n'êtes plus dans la gloire du Seigneur. Quand vous touchiez le fond, quand la vie avait perdu son sens, quand la société elle-même vous tournait le dos, et j'ajouterai qu'elle avait tous les droits de le faire... »

Yudel connaissait pratiquement chaque membre de la congrégation. Même les recrues les plus récentes lui avaient déjà rendu visite au moins une fois, et en une seule fois Yudel apprenait généralement beaucoup de choses sur ses clients. Il les connaissait tous, des criminels en col blanc – certains d'entre eux sortiraient d'ailleurs de prison pour profiter des fruits de leurs crimes – aux vieux récidivistes qui ne se sentaient chez eux qu'en prison et y reviendraient toute leur vie. Il les avait tous écoutés longuement, eux et leurs justifications, leurs confessions et leurs accusations. Il avait obtenu d'excellents résultats avec certains, qui ne reviendraient jamais, une fois leur peine purgée. Avec d'autres, il avait complètement échoué. Les détenus formaient dans tous les sens du terme une communauté carcérale exemplaire.

Dans la rangée du fond, assis à l'extrémité d'un des bancs, se trouvait le vieux Willem Roelofse, qui était déjà revenu ici une douzaine de fois ces vingt dernières années. Il était spécialisé dans les cambriolages, et à chaque fois que ses entreprises avaient été couronnées de succès (il avait environ six ou sept coups réussis à son actif, après lesquels il avait disparu sans laisser de trace), il commençait à regretter ses camarades et la sécurité de la vie carcérale. Il avait toujours assuré à Yudel que quand il était dehors, ses entretiens avec lui lui manquaient. Donc, à ce degré de réussite et de solitude – car Willem ne restait jamais longtemps avec une femme –, il se débrouillait toujours pour commettre un impair qui conduisait directement les C.I.D. jusqu'à lui. Il avait souvent dit à Yudel que ces faux pas étaient involontaires, mais conscients ou pas, cela ne faisait aucun doute qu'ils prenaient leur source dans le désir de Willem de regagner le seul endroit qui lui servait de foyer.

Yudel avait remarqué que Willem mâchait quelque chose – un seul mouvement des mâchoires toutes les vingt ou trente secondes pour ne pas se faire repérer. Willem appartenait à une très vieille école et Yudel se demandait où il avait trouvé du tabac à chiquer. Il espérait que Willem ne se mettrait pas à cracher par terre, ce qui provoquerait un accident. « L'enfer et la damnation vous contemplent », leur notifiait le pasteur. Il marqua une pause lourde de sens pour laisser cette atroce perspective pénétrer jusqu'à leurs cerveaux. « La colère de Dieu... »

Les yeux mi-clos et accablés par l'ennui de Willem se fermèrent complètement et Yudel entendit sa voix rauque qui gueulait « Amen, mon frère ». La soudaine émission d'air laissa échapper une giclée de jus de tabac sur sa lèvre inférieure et le long de son menton. Il en rattrapa la plus grande partie et essuya le reste avec la manche de sa vareuse.

« Le Seigneur a montré qu'il n'y aurait pas de pardon pour les endurcis. Les impies périront. »

« Amen », chanta Willem, s'essuyant à nouveau le menton avec sa manche.

Au troisième rang, Yudel voyait Solly Abromowitz

qui jetait de brefs coups d'œil à certains de ses collègues, accompagnés de signes furtifs de la main. Solly avait été condamné pour avoir collecté des fonds pour un kibboutz israélien fictif. Il avait investi l'argent dans trois chevaux de course qu'il avait baptisés Ben Gurion, Meir et Dayan. Par respect, avait-il expliqué à Yudel. Les chevaux n'avaient rien gagné et un des sponsors de l'opération avait voulu visiter le kibboutz lors d'un voyage en Israël.

Pour le moment Solly prenait des paris dont l'enjeu était de savoir si le pasteur s'apercevrait avant la fin du sermon qu'on lui avait vidé les poches. Le pasteur avait fait l'erreur de demander à être présenté à chacun des prisonniers alors qu'ils entraient un par un. Yudel avait observé comment Solly l'avait dépouillé pendant que While Price détournait son attention par une poignée de main supplémentaire. Pendant que Solly prenait les paris, qui devaient maintenant s'élever à vingt contre un, Wally vendait le produit du larcin. Il semblait avoir déjà trouvé preneur pour une montre avec un bracelet cassé et il semblait bien à Yudel qu'il n'avait pas terminé les négociations concernant le portefeuille. Yudel se dit qu'il aurait peut-être dû faire quelque chose pour les arrêter, et puis à quoi bon, peut-être que la prochaine fois, le pasteur garderait ses distances.

« Je vous offre... » On en était au point culminant. « Jésus vous offre... » Yudel se demandait combien on avait offert de la montre à Wally. « Dieu vous offre... » Les offres étaient-elles faites par ordre d'importance ?

« Gloire à Dieu », gueula Willem. Il n'avait pas ouvert les yeux depuis son premier « Amen, mon frère » et il dodelinait nettement du chef.

« Lequel d'entre vous aujourd'hui, à cette minute, est prêt à tourner le dos à une vie de crime, de perversité et de péché, condamnée par Dieu et les hommes : lequel d'entre vous est prêt à se lever... »

Willem sauta sur ses pieds. « Oui, Willem », cria quelqu'un. L'interpellation résonna comme une acclamation. Ils attendaient toujours que Willem se lève le premier ou tende la main ou se débrouille pour répondre à l'attente du pasteur.

« ... A se lever et à se compter au nombre des fidèles de Jésus-Christ... » La voix du pasteur hésita un instant, trahissant sa perplexité. Il n'espérait pas une réponse aussi rapide. « Sortez maintenant des ténèbres et du désespoir, poursuivit-il, essayant de reprendre de la vitesse, ... du péché et de l'ignorance... » Sa voix se perdit dans le silence. Il n'avait même pas encore attaqué l'épisode de Jésus offrant la rédemption et la liberté pour l'éternité, qu'ils se levaient aux quatre coins de la cour. S'agissait-il là de l'œuvre du Saint-Esprit ? Il n'avait jamais été témoin du Saint-Esprit œuvrant spontanément comme dans les Actes des Apôtres, encore qu'ici la situation soit différente. Il n'avait même pas eu le temps de transmettre l'invitation du Seigneur dans les règles, que ces criminels endurcis, la lie de l'humanité, le bas du bas de l'échelle, les transgresseurs des commandements chers au cœur de Dieu et des hommes, sautaient tous sur leurs pieds pour accueillir Jésus.

« Amen. Gloire au Seigneur. » La voix de Willem était grave et dépourvue d'émotion. Maintenant des « Gloire au Seigneur » se répandaient de tous les côtés du quadrilatère au rythme imposé par Willem. Il était le leader reconnu de toutes les activités sociales et aucun des autres pensionnaires, à part peut-être une nouvelle recrue encore mal informée du protocole de la prison, n'aurait osé prétendre lancer plus de « Gloire au Seigneur » que Willem. C'était son privilège, ainsi que de poser toutes sortes de questions à ses congénères au sujet de leur père, leur mère, leurs petites amies, leurs rêves, leurs ambitions, et les crimes dont les autorités les avaient injustement accusés.

Yudel était le témoin amusé et un peu las de la scène. Il connaissait le processus par cœur. Tous les six mois, un pasteur était autorisé à se rendre dans la prison, et à tous les meetings auxquels Yudel avait assisté, pas un seul prédicateur n'avait résisté au désir de faire se lever des mains ou de provoquer d'autres manifestations destinées à mesurer le pouvoir de son ministère sur ces criminels endurcis. Le taux de réussite était garanti à cent pour cent. Les pasteurs rentraient chez eux ravis et les prisonniers retournaient dans leur cellule en espérant que les autorités avaient pris bonne note de leur conversion, surtout en ce qui concernait les réductions de peine et autres sujets du même genre. Yudel croisa le regard de Willem et le vieux détenu lui fit un clin d'œil. « Amen », lança-t-il de sa grosse voix rauque.

« Maintenant ceux qui acceptent de laisser entrer dans leur cœur le Seigneur Jésus-Christ notre rédempteur vont venir jusqu'ici... »

Yudel tira un grand coup sur la veste du pasteur. « Il faut qu'ils restent où ils sont. »

Les gardiens, alignés le long des murs, parurent s'alarmer à l'idée du pasteur avalé par cette foule, et ils firent un pas en avant. Ceux qui se tenaient derrière Yudel et le pasteur grimpèrent sur la plate-forme. Yudel se souvenait bien de la fois où, juste après un meeting de ce genre, alors que tous les prisonniers s'étaient convertis, il y avait de cela quelques années, un condamné à perpétuité en avait poignardé un autre pour une question de contrôle de territoire dans la prison alors qu'ils quittaient la grande salle. Le pasteur ne risquait pas grand-chose mais il était préférable de ne pas courir de risque.

« Le Seigneur est à l'œuvre, mon frère. Vous n'avez rien à craindre », dit le pasteur d'une voix douce, presque affectueuse, essayant d'expliquer la situation à Yudel.

« Je pensais à vous, pas à moi. Si vous leur demandez de monter sur l'estrade, on vous emmènera rapidement hors d'ici. »

« Je vous assure, mon frère... »

« Ça ne se discute pas », lui assura Yudel. Cet échange pratiquement murmuré avait failli être recouvert par les cris d'extase de la congrégation. Bien qu'ils aient tous

compris ce que le pasteur était sur le point de leur demander, aucun d'entre eux n'avait bougé. Eux aussi connaissaient le règlement.

Le pasteur les regarda tristement. « Prions», suggéra-
t-il.

« Amen, mon frère », soupira Yudel.

« Le meeting t'a plu, Willem ? » interrogea Yudel.

Willem Roelofse était assis sur sa couchette dans sa
cellule, renversé sur les coudes et les épaules appuyées
au mur. « C'est au programme, monsieur Gordon. »
Willem avait cinquante ans passés. Même en prison, ses
cheveux étaient soigneusement lissés en arrière, brillants
et propres. Ses yeux étaient toujours en mouvement, leur
expression amère, et il regardait rarement Yudel en face.
Il était résolument anti-social, totalement indigne de
confiance, mais d'un caractère charmant, facile à vivre et
Yudel l'aimait beaucoup. Il s'assit près de Willem.

« Ça a eu l'air de te plaire. »

« Vous me connaissez, monsieur Gordon. »

« C'est vrai. Et tu me connais aussi. J'ai besoin d'un
tuyau. »

« Allons, monsieur Gordon. Vous me connaissez suffisamment pour savoir que c'est pas la peine. »

« Cette fois tu auras peut-être envie de m'aider. »

« Vous me connaissez, monsieur Gordon. Je cause pas
d'ennuis et je parle pas. Quand on me coince j'accomplis
tranquillement ma peine, mais me demandez pas de vous
renseigner. »

« Ecoute d'abord ce que je veux te demander. » Pour
Willem, il était clair qu'il serait obligé d'écouter Yudel.
Il parut déçu, comme s'il s'attendait à mieux de la part du
psychologue. « Tu as pas mal travaillé du côté de Hillbrow, Braamfontein, Joubert Park, je pense que tu
connais bien ce coin-là. » Willem ne fit aucun effort pour
confirmer ce que disait Yudel. « Je veux que tu me dises
ce que tu sais sur Johnny Weizmann. »

Willem se tourna brusquement vers Yudel, essayant de

lire sur sa figure où il voulait en venir. « Bon sang, monsieur Gordon, j'ai jamais eu affaire à ce vieux. C'est pour quoi ? »

« Qu'est-ce que tu sais de lui ? »

« Rien. Et c'est pareil pour les autres. C'est pour quoi tout ça ? »

« Calme-toi, Willem. Je veux juste que tu m'apprennes ce que tu sais de lui. »

Le vieux prisonnier se poussa un peu, étudiant Yudel à la dérobée en clignant des yeux. Il ne supportait pas d'affronter directement le regard de son voisin, mais il était troublé qu'on l'associe à Weizmann et essayait de déchiffrer une explication sur le visage de Yudel. « Bon sang, monsieur Gordon, je ne veux pas être mêlé à quoi que ce soit concernant ce vieux. Je l'ai jamais rencontré. Je l'ai vu une fois quand je suis allé dans sa boutique mais c'est tout. Autrement je l'ai jamais approché. »

« Détends-toi, Willem. Personne ne fait un quelconque rapprochement entre toi et lui. J'essaie simplement de me renseigner, c'est tout. »

« Ce vieux porte malheur, monsieur Gordon. C'est tout ce que je peux dire. Je l'ai seulement vu une fois dans ma vie et je connais rien de lui. »

« Et les gens sur qui il a tiré ? C'étaient des professionnels ? »

« De quoi vous causez, monsieur Gordon ? Une bande de gamins, de nègres éméchés ou dans les vaps... Aucun professionnel voudrait avoir quelque chose à voir avec la boutique de Weizmann. »

« Et pourquoi pas ? »

« Ecoutez, monsieur Gordon, vous savez très bien pourquoi, vous avez pas besoin de me demander tout ça. Il y a pas d'argent dans le tiroir-caisse d'une boutique de *fish and chips*, pas pour un homme qui veut gagner sa vie. Et là-bas il y a rien d'autre à voler. »

« Alors ce sont tous des amateurs ? »

« Exactement. »

« Pourquoi crois-tu que Weizmann a eu tous ces ennuis ? Je ne pense pas que les autres boutiques des environs aient eu des problèmes. »

« Moi j'en sais rien, monsieur Gordon, je peux rien affirmer, mais on dit qu'il laisse la porte de sa réserve ouverte la nuit. »

« Il la laisse ouverte ? »

« Elle donne sur le trottoir. Vous connaissez Jimmy Verwey ? »

« Celui de Leeukop arrêté pour attaque à main armée ? »

« Lui-même. Il m'a dit qu'il était passé par là une nuit. Toutes les lumières étaient éteintes et la porte latérale ouverte. Il avait entendu parler de Weizmann, alors il n'a pas insisté. Je veux pas être mêlé à quoi que ce soit qui touche ce vieux salaud, monsieur Gordon. Il porte malheur. »

Yudel alla récupérer le pasteur dans le bureau du gardien-chef où il avait été invité à prendre le thé. Le gardien-chef l'avait écouté poliment tandis qu'il lui faisait un récit enthousiaste sur la façon dont l'Esprit Saint avait touché les cœurs du rebut de la société. Lui-même, le prédicateur, allait lui rendre les choses beaucoup plus faciles à lui, le gardien-chef, parce que désormais les prisonniers se conduiraient très bien, guidés par l'Esprit Saint. Quand Yudel entra dans le bureau, le regard du gardien-chef s'était embrumé sous l'effet de l'offensive verbale qu'il avait essuyée. Ses yeux brillèrent à la vue de Yudel. « Voilà monsieur Gordon. »

Le gardien-chef n'avait jamais paru si content de l'accueillir. Trop heureux de me refiler la corvée, pensa Yudel. Lui il l'a supporté le temps d'une tasse de thé, moi je me suis payé le meeting. « Vous êtes prêt ? » demanda-t-il au pasteur.

Le gardien-chef se leva et se frotta les mains, geste qui traduisait une satisfaction mêlée de soulagement. « Je crois que M. Gordon va vous ramener à Johannesburg », annonça-t-il au prédicateur avec empressement.

Vieux salopard, se dit Yudel.

« Il a été assez gentil pour me le proposer », intervint le pasteur.

« Je devais justement m'y rendre », confirma Yudel d'un air sombre.

Quand ils se retrouvèrent seuls dans la voiture sur la route de Johannesburg, Yudel fut pris sous le feu de la joyeuse exhubérance du prédicateur. « N'était-ce pas remarquable, monsieur Gordon ? » demanda-t-il.

« Très intéressant. »

« Ce fut pour moi un grand émerveillement, un événement d'une grande portée spirituelle. Je crois que je m'en souviendrai toute ma vie. C'était vraiment étonnant, n'est-ce pas ? »

« Etonnant. »

Le pasteur se tourna vers lui d'un air hésitant. « Qu'entendez-vous par là ? Je pensais que vous n'aviez jamais assisté à un tel succès auparavant. » En fait, il voulait s'assurer qu'aucun méthodiste, baptiste, catholique ou autre soi-disant chrétien avec sa doctrine à l'eau de rose n'avait réussi ce que lui avait accompli aujourd'hui. « Eh bien il y a six mois, ils se sont tous convertis à la religion presbytérienne. »

« Oh. »

Yudel quitta la route des yeux pour regarder brièvement son passager. Le visage du jeune prédicateur affichait une expression songeuse. « Il y a un an, c'est un pasteur de l'Eglise réformée hollandaise qui l'a emporté. »

« Ils se sont tous convertis ? » La voix était déprimée, on aurait dit un prospecteur s'apercevant que les diamants de sa concession n'étaient que des morceaux de verre.

Un fond de gentillesse chez Yudel lui conseillait de laisser à cet homme une partie de ses illusions. Mais il avait supporté le meeting et sa bienveillance fut rapidement balayée. « J'en ai bien peur », déclara-t-il en toute sincérité.

Pendant un moment le pasteur rumina ce que Yudel

venait de lui apprendre. Quand il parla, le ton était décidé. « Ils ne sont pas dignes de confiance », annonça-t-il. Cela sonnait comme une récente découverte.

« Je le crains. Et voilà pourquoi ils sont ce qu'ils sont. »

Quand Yudel entra dans le bureau de Freek, il eut l'impression que la pièce était vide. Puis il entendit derrière le bureau un gémissement émis par une gorge féminine, suivi d'un petit coup sourd. « Freek ? »

La tête de Freek apparut derrière le bureau. « Salut, Yudel. »

« Je peux entrer ? »

« Pourquoi pas ? » La tête du colonel de police disparut à nouveau.

Aussitôt il y eut un second coup sourd et la voix de Mimi, une dame agent de police qui servait à Freek de secrétaire particulière, protesta en afrikaner. « Vous y allez trop fort. Ça me fait mal. »

Yudel avança d'un pas. « Tu es sûr que je peux entrer ? »

« Evidemment. » Cette fois, la tête n'apparut point.

La voix de Mimi se brisa en éclats de rire. « Entrez, je vous en prie, monsieur Gordon. Vous arrivez juste à temps pour me sauver la vie. »

« Votre sauveur, c'est moi », annonça la voix de Freek.

Yudel progressa avec circonspection dans la pièce et se pencha au-dessous du bureau pour comprendre ce qui se passait. Il vit Mimi le nez contre la moquette avec Freek la chevauchant, assis sur ses fesses et lui massant le bas du dos. « Regardez, monsieur Gordon. » La voix de Mimi se brisa à nouveau en éclats de rire. « Regardez sa tête. » Freek se retourna vers Yudel et s'esclaffa silencieusement. « Que pensiez-vous que nous étions en train de faire, monsieur Gordon ? »

« Ne posez pas des questions pareilles, Mimi, lança Freek. Vous l'embarrassez. Dans le fond, c'est un puritain. »

Yudel s'assit sur le bureau. « Je suis pas un puritain. Qu'est-ce que tu fais ? »

« Je soigne les goûts sexuels excentriques de Mimi. »
Mimi, jolie dans un genre aimable et potelé, avait vingt-quatre ans. Elle était mariée à un collègue agent de police et estimait que tout ce que faisait la police, et particulièrement oncle Freek comme elle l'appelait, était bien fait, parfaitement justifié, et se situait au-delà de toute critique rationnelle. Maintenant Freek lui massait les épaules et remontait vers la base du cou. « Elle a des problèmes de dos, dit Freek en guise d'explication. Une fois par semaine il faut que je lui arrange ça. »

Les épaules de Mimi étaient à nouveau secouées par le rire. « Ne faites pas cette tête, monsieur Gordon. Ça ne va jamais plus loin. »

« Je croyais qu'on vous avait envoyés tous les deux à Johannesburg parce qu'ils manquaient de personnel. J'imaginais que vous étiez affreusement submergés de travail. »

« C'est exact, répliqua Freek. Nous faisons un break une seule fois par semaine pour les goûts sexuels excentriques. »

Debout, Freek était un homme plus grand que la moyenne. Il avait des épaules larges, une poitrine bien développée, une ossature solide et des mains fortes et imposantes, qui en cet instant s'étaient emparées des épaules de Mimi et cherchaient plus ou moins à les compresser jusqu'à ce qu'elles se rejoignent. Mimi gémit à nouveau. « Pas si fort, oncle Freek. »

« Tu es sûr de savoir ce que... »

« Je suis un expert, dit Freek sur un ton modeste. Demande à Mimi. »

Yudel s'exécuta par pure complaisance. « C'est vrai ? » demanda-t-il à Mimi.

« Je me sens toujours mieux après, grommela-t-elle. Pas si fort, oncle Freek. »

« L'amélioration de votre état est à mon avis dû au soulagement que vous éprouvez quand il s'arrête. » Freek ne tint aucun compte de la sagesse de cette réflexion et Mimi était trop préoccupée par la brutalité de la méthode

41

thérapeutique qui lui était appliquée pour dire quoi que ce soit. Les conversations entre Mimi, Freek et Yudel étaient toujours conduites moitié en anglais, moitié en afrikaner. Mimi parlait mal l'anglais et s'adressait toujours en afrikaner à Yudel. Freek parlait en anglais à Yudel parce qu'il avait peu l'occasion d'exercer sa bonne connaissance de cette langue, et Yudel était pris entre les deux, s'adressant à Mimi dans une langue et à Freek dans une autre.

« Donc tu as rencontré notre M. Weizmann hier soir », dit Freek.

« De quoi s'agit-il, Freek ? »

« Simplement d'un vieux type qui a besoin de tes soins, tout comme Mimi a besoin des miens. »

« Vous le travaillez au corps de la même façon ? » rigola Mimi entre deux grognements.

« La technique est différente, répliqua Yudel. Le but est également de soigner des goûts sexuels excentriques. »

« Johnny Weizmann a tué huit personnes en dix ans, lui expliqua Freek. Tous étaient noirs, sauf un. Et tous avaient essayé de cambrioler sa boutique. » Il pointa un doigt vers une pile de dossiers posée sur un coin du bureau. « Mimi a préparé ça pour toi. Ça recouvre toutes les affaires en question. L'enquête judiciaire sur la mort de la plus récente victime aura lieu vendredi prochain, dans huit jours. »

« Et tu me l'as envoyé ? »

Freek interrompit sa tâche et regarda Yudel droit dans les yeux. « Pourquoi, ça te gêne ? »

« Et que se passera-t-il si on lui fait un procès pour meurtre ? Il voudra peut-être que je témoigne en sa faveur. Bon sang, je suis employé par l'Etat, Freek. »

Freek retourna à ses manipulations. « J'y ai pensé. Mais je doute qu'ils lui fassent un procès. Ils ne lui en ont jamais fait jusqu'à présent. »

« Pourquoi cela ? »

D'une main Freek maintenait le torse de Mimi contre

la moquette et de l'autre, il lui soulevait les bras un par un en forçant vers l'arrière. L'effort physique lui faisait monter le sang aux joues. « Il s'agit d'un problème juridique. Le Criminal Procedure Act. Ça dit que tu peux raisonnablement user de violence pour te défendre toi et ta propriété. »

« C'est raisonnable de tuer les gens ? »

« Ça s'est toujours passé tard dans la nuit et la plupart du temps dans la réserve de sa boutique. Il n'y a eu que peu de témoins. Si la personne en face de toi essaie de te tuer, il devient raisonnable de le tuer. »

« Et ils essayaient tous de le tuer ? »

Le traitement que Freek infligeait à Mimi touchait à sa fin et il se tourna pour faire face à Yudel, toujours assis sur les fesses de Mimi, mais les deux jambes du même côté. Il semblait avoir oublié dans quelle position Mimi se trouvait ou sur quoi il était assis. « C'est ce qu'il dit. La dernière victime était une gamine noire de quatorze ou quinze ans. Quand la brigade mobile est arrivée là-bas, elle tenait un marteau dans une main. Dans sa déposition, Weizmann a déclaré qu'elle avait essayé de le frapper à la tête. C'était le marteau de Weizmann qu'elle avait apparemment pris dans la réserve. »

« Oncle Freek. » La voix de Mimi trahissait un début de panique.

« Ah, Mimi, j'ai failli vous oublier. » Freek prit appui d'une main sur le dos de la jeune femme pour se relever, puis la saisit fermement par le bras pour la remettre sur pieds. « Et voilà, à nouveau en pleine forme. » Mimi resta sur place une minute, s'étirant et se dégourdissant les doigts. « Vous vous sentez mieux ? » interrogea Freek.

« Je me sens mieux ! »

« J'apprécie votre loyauté », déclara Freek.

Dès que Mimi eut quitté le bureau pour s'occuper d'autres affaires en rapport avec Freek, et que Freek eut invité Yudel à s'asseoir, il continua à lui parler de Weizmann. « Il y a autre chose. Si en tant que citoyen tu veux

43

arrêter quelqu'un et que la personne tente de s'enfuir, tu as le droit d'utiliser la force pour la retenir, y compris en lui tirant dessus. Pour cette raison, n'importe quel propriétaire d'un local quelconque tuant un cambrioleur a peu de risques d'être inculpé. Je n'ai jamais entendu parler d'un cas d'inculpation de ce type, et la plupart du temps l'affaire n'ira jamais en justice. Le seul Blanc que Weizmann ait tué était un conducteur de trains de vingt-cinq ans et Weizmann lui a tiré dans le dos. Il a déclaré pour sa défense qu'il lui avait fait les sommations d'usage dans les conditions d'une arrestation effectuée par un citoyen, et ça a marché. »

« C'est dégueulasse, Freek. »

Le visage de Freek exprimait la contrariété. « C'est pas la peine de me dire que c'est dégueulasse. Ça marche comme ça. C'est la loi. On va pas la changer. Au moins elle protège les gens qui la respectent. »

Yudel ne voyait pas l'intérêt de débattre de ce sujet. « Où se trouve son magasin ? »

L'expression de contrariété se dissipa, ne laissant qu'une ombre vague derrière elle. « Myburgh Street, à l'angle de Hayes, pas loin des putes. »

« Les putes ? »

« Les prostituées, Yudel, les dames de la nuit, les femmes de mauvaise vie, les arpenteuses de trottoir. »

« Je sais où sont les putes. » Yudel était vexé.

« On dirait pas. Elles opèrent juste de l'autre côté de la rue où est située la boutique de Weizmann. »

« Je croyais que la prostitution était illégale. »

« Qu'est-ce qui t'intéresse le plus ? Les putes ou Weizmann ? »

« Tu parles d'une question », se plaignit Yudel.

« Je ne suis pas la Brigade des Mœurs, Yudel, et je ne fais pas de transfert sur ces dames. Je me fous des putes. »

« Très bien. Revenons-en à Weizmann. Qu'est-ce qu'il a aux mains ? »

« Apparemment, une gangrène des extrémités due à un

44

problème de circulation. J'ai cru comprendre que ses pieds étaient également bandés. A quelques mois ou quelques années d'intervalle, il perd une phalange, un doigt ou un orteil. »

« Dieu du ciel, c'est abominable. »

« Exact. Tu peux dire qu'il est amputé morceau par morceau. C'est une question de temps avant qu'il ne puisse plus tenir un revolver. Déjà l'index de sa main droite n'est plus qu'un moignon. Il appuie sur la gâchette avec son majeur. Il a dû beaucoup s'entraîner parce qu'il atteint encore sa cible. »

« Tout ça dure depuis combien de temps ? »

« Une dizaine d'années. »

« C'est-à-dire plus ou moins l'époque où il a commencé à tuer. » Freek hocha la tête. Il se détourna de Yudel, changea de position sur sa chaise d'un air gêné et essaya d'adopter une expression aussi sévère que possible. Yudel reconnaissait ce rituel qui laissait présager une des rares confessions de Freek levant le voile sur ses états d'âme. « J'ai essayé de persuader le ministère de la Justice de s'occuper de ce dossier de façon plus positive, mais ça m'a conduit nulle part. Même mes supérieurs me disent que je suis à Johannesburg pour les aider, pas pour leur donner des conseils. Je retournerai bientôt à Pretoria et ils ne se gênent pas pour me le rappeler. La seule qui a essayé de faire quelque chose au sujet de Weizmann, c'est la veuve de Malherbe, le conducteur de trains. Elle lui a fait un procès après avoir perdu son mari. Il me semble qu'une association libérale lui avait donné de l'argent. Mais elle a perdu. Même en appel, Weizmann a gagné. »

« Ah, une chose que j'ai oublié de lui demander hier soir : il est marié ? »

« A une nièce de Jan Moolman, l'ex-président du Sénat. Mais les liens de parenté ne sont pas très étroits. Je pense que le vieux Moolman est à peine conscient de l'existence de sa nièce. Weizmann est un animal étrange. Il est né et il a été élevé dans la religion juive, mais maintenant il vit comme un Afrikaner, avec des Afrikaners. Et j'ai bien peur qu'il les ait mal choisis. » Freek n'aimait pas parler ainsi de son peuple. Personne n'aimait les Afrikaners plus que Freek, mais il n'était pas aveugle, même s'il était réticent à reconnaître leurs faiblesses.

« Il faudra que je la rencontre, observa Yudel. Autre chose. Il a dit que tu l'avais forcé à venir me voir. »

« Quand il a été acquitté lors d'une précédente audience, le tribunal lui avait donné l'ordre de voir un psychiatre, il y a des années de cela, en 74. Et il n'en a pas tenu compte. Bien entendu, personne s'est inquiété de ça, même pas quand il a commis de nouveaux meurtres. Jusqu'au dernier en date. Je lui ai dit que je le mettrais derrière des barreaux dans les vingt-quatre heures s'il ne prenait pas rendez-vous avec toi. »

Freek s'arrêta soudain de parler et dans le silence, chacun des deux hommes pouvait presque s'écouter penser.

« Qu'est-ce qu'on va faire ? » demanda enfin Yudel.

« Il n'y a qu'une seule issue : le guérir pour qu'il ne recommence pas. »

3.

Quatre heures après que Yudel eut quitté le bureau de Freek à Johannesburg, il se retrouvait dans son propre bureau, Johnny Weizmann assis en face de lui. Tout comme la veille, il se tenait raide, la tête bien droite. Son visage affichait cette même expression de calme et de dignité que Yudel lui avait vue auparavant, et tout comme Yudel l'avait déjà constaté, c'était dans les yeux de son interlocuteur qu'il lisait le démenti de cette apparence.

« Comment allez-vous aujourd'hui ? »

« Bien. Très bien. » Il leva brusquement les mains dans un geste de gratitude et les ramena aussitôt sur ses genoux. « Je remercie le Seigneur de nous avoir tous épargnés pour voir ce jour. »

Les yeux humides et au bord de la supplication retinrent l'attention de Yudel. Il se demandait à quel Seigneur son patient faisait référence, le Juif de ses origines ou une autre entité sur laquelle il avait reporté son affection. Si Yudel voulait connaître et comprendre l'homme dans sa complexité, de telles nuances seraient importantes. « Oui, il nous a tous épargnés », dit Yudel. Il se demandait qui Weizmann incluait dans ce « tous », mais il aurait préféré le découvrir tout seul plutôt que de lui poser la question.

« Je disais à ma femme ce matin combien c'était merveilleux que le Seigneur nous ait tous épargnés. Nous lui sommes tellement reconnaissants », reprit Weizmann.

« Vous avez des enfants ? »

« Deux belles filles. Des jumelles. Elles sont mariées maintenant. Et nous avons tous été épargnés, mes filles et leurs maris, mes petits-enfants, moi et ma femme. »

« Personne n'a jamais été malade ? » Yudel se demandait pourquoi il était si surprenant que le Seigneur les ait tous épargnés.

« Non, personne. Aucun d'entre nous n'a jamais été malade. Nous lui sommes tellement reconnaissants. » Yudel crut distinguer une douceur dans les tristes yeux battus, qui en était absente la veille. Quelque chose dans la nature de cette reconnaissance donna à penser à Yudel que Weizmann avait bu pour trouver le courage d'affronter cette entrevue.

Weizmann avait probablement eu besoin d'un remontant qui ne parfume pas trop l'haleine pour supporter les questions de Yudel. « Je remercie tous les jours le Seigneur de nous avoir épargnés. »

« Si personne n'a été malade, poursuivit Yudel, il semble normal que vous ayez été épargnés. »

« J'en suis très reconnaissant au Seigneur. »

« Je comprends bien, mais personne n'a été malade. »

« Je lui en suis reconnaissant pour ça. Nous avons tous été épargnés pour voir ce jour. » Weizmann souriait à Yudel de ses yeux doux, suppliants et désespérés, lui demandant de se réjouir avec lui, de ne pas fouiller son âme pour mettre à jour les choses qu'il préférait garder secrètes, de se contenter de se réjouir avec lui.

Mais pour Yudel c'était impossible. « Votre frère n'a pas été épargné », déclara-t-il.

Weizmann eut un mouvement de recul sur sa chaise, mettant un peu plus de distance entre lui et Yudel. « Ils ont tué mon frère. J'ai vu le corps. Ils l'ont battu à mort. »

« Il ne vivait pas avec vous ? »

« Non. S'il avait vécu avec moi, ça ne serait jamais arrivé. Il avait un appartement près de ma boutique. Ils sont venus une nuit, ils ont forcé sa porte et ils l'ont battu à mort. Tout ça pour trois cents "rands". Il aurait mieux fait de rester avec moi. Je protège les miens. Je m'occupe de ma femme et de mes filles. Quant à mes petits-enfants, personne n'a intérêt à s'en approcher. Je veillerai à ce qu'on s'en occupe bien. Je leur dis que le fils ne doit pas rejeter le père, que le père ne doit pas rejeter le fils. Il faut que nous nous aidions mutuellement. Le Seigneur l'a ordonné ainsi. Regardez ce qui est arrivé à mon frère. »

Yudel commençait à comprendre. Il commençait à entrevoir que son patient vivait dans la peur et cette peur ne le concernait pas seulement, lui. « D'où vient le danger ? De la rue ? »

« Vous sortez dehors et vous êtes seul. » Weizmann ne pouvait plus regarder Yudel et la douceur avait fui son regard. Il jeta un rapide coup d'œil autour de lui, cherchant une issue pour fuir, comme s'il était en ce moment même dans une de ces rues solitaires, la nuit, entouré par un monde hostile qui le guettait. « Personne fait attention à vous. Personne réagit. Personne vient à votre secours. Vous êtes seul. J'ai vu des Cafres attaquer des vieilles gens et personne les aide. Je suis le seul. J'essaye toujours d'aider les gens. Et je veille toujours sur les miens.

Je les protège. Si je dois sortir et que ma femme, mes filles ou mes petits-enfants sont là, je m'arrange pour que mes beaux-fils les rejoignent. Je les laisse jamais seuls. Je les laisse jamais sortir seuls la nuit. » Il s'arrêta une minute, parut chercher ses mots, un moyen de faire comprendre à Yudel l'étendue du danger. « Nous aidons les gens. Et nous aidons la police. Nous contrôlons les Cafres dans la rue pour voir s'ils ont leur passe. Et s'ils n'en ont pas on les emmène au poste. »

« Qui vous aide dans ce travail ? »

« Mes beaux-fils. Et j'ai aussi des amis. J'ai de bons amis. Il y en a qui sont des policiers. On se serre les coudes. »

« Alors vous n'êtes pas seul. »

« La nuit vous êtes seul. Il n'y a personne là-bas. » Weizmann était follement désireux de persuader Yudel. « Mes amis sont chez eux. Et il n'y a personne d'autre. Les rues sont pleines de Cafres. Ils veulent tout mais ils ne fichent rien. Ils veulent tout pour rien. »

« Mais la police est là pour vous protéger. »

« Je m'occupe de mes propres affaires. La plupart du temps la police n'est pas là. Ils sont jamais là quand on a besoin d'eux. »

« C'est juste les Noirs alors ? »

« Non. Les jeunes Blancs aussi. La plupart du temps c'est des Noirs qui traînent dans les rues, mais les jeunes Blancs aussi. Ils n'ont pas des bonnes fréquentations. Ils n'ont pas été élevés à la dure comme moi. J'ai été élevé à la dure. Ça fait du bien. J'ai suivi un chemin difficile. Vous pouvez demander à ma sœur, Mme Sammel... »

« Mme Sammel ? Elle aussi elle vit à Johannesburg ? »

« Oui. A Malvern. Vous pouvez lui demander. On a été élevés à la dure. Mais ça fait du bien. On apprend à suivre le droit chemin. » Weizmann tendit les mains verticalement et les plaça l'une au-dessus de l'autre. « J'ai appris à marcher droit. J'aime les hommes qui se fixent un but dans la vie. Un homme doit marcher droit. » Dès qu'il devint conscient de ses mains, il les ramena rapidement sur ses genoux, réprimant un tressaillement. « Ces jeunes marchent pas droit. Ils n'ont pas été élevés à la dure. Ils ont eu une vie trop facile. Voilà pourquoi ils tournent mal. C'est pour ça qu'ils ne suivent pas le droit chemin. »

« C'est important pour vous qu'un homme vive selon les règles établies ? » Yudel avait essayé de formuler sa question en prenant les plus grandes précautions.

Weizmann s'exprimait avec de plus en plus d'énergie. Il lui semblait que cet étrange petit homme auquel la police l'avait envoyé le comprenait enfin, comprenait peut-être combien la vie était difficile pour lui. Il essaya de pousser son avantage imaginaire. « Un homme doit vivre selon les règles. Il ne doit pas aller se promener à droite à gauche. Il doit avancer sur le chemin qui lui a été tracé. » Ses épaules bougeaient et il faillit utiliser ses mains pour appuyer son discours mais cette fois il se contrôla. « Si un homme est élevé à la dure, il apprend à vivre comme il faut. »

« Vos filles, vous les avez élevées sévèrement ? »

« Je m'occupe de mes filles. » Pendant un instant Weizmann parut choqué. « Je m'occupe de mes filles », répéta-t-il.

« Et votre père ? interrogea Yudel. Vous avez grandi dans la maison de votre père ? »

« Oui. Mon père était un homme bon. Il faut obéir à son père. » Il avait récité ça sans réfléchir, presque comme un automate.

« Vous faisiez toujours ce que votre père vous commandait ? »

« Toujours. Il faut obéir à son père. On ne peut pas rejeter son père. »

« Bien sûr. Je veux que vous sachiez que vous pouvez vous sentir en sécurité ici. Nous n'avons jamais eu aucun ennui. »

« Ici c'est différent. C'est Pretoria. Je n'aurais jamais d'ennuis si je vivais à Pretoria. A Johannesburg ça va mal. Surtout à Hillbrow où j'habite. »

« Mais ici on est en sécurité », insista Yudel.

« Je sais. Ici on est en sécurité. »

Yudel avait un problème. Dans des conditions normales, il aurait pris son temps avec Weizmann. Il lui aurait donné de nombreux rendez-vous. Il aurait consacré des mois à cet homme triste et torturé pour l'aider à reconstruire son intégrité. Mais maintenant il ignorait de combien de temps il disposait. Peut-être des années. A moins que le commerçant ne décide de tuer le mois prochain. La semaine suivante. Ce soir même. Yudel savait qu'il lui fallait tenter de prendre un raccourci. Et le succès n'était pas garanti. « Ici vous êtes tout à fait en sécurité, répéta Yudel. Vous êtes avec des amis. J'ai été élevé de la même façon que vous. Et vous êtes en sécurité. » Il attendit, essayant de ne pas précipiter les choses, parlant à Weizmann avec douceur afin qu'il s'imprègne de ses paroles. « Nous sommes en sécurité ici, tout à fait en sécurité. Et nous sommes amis. Comme nous sommes des amis, j'ai confiance en vous et vous avez confiance en moi, et je veux que vous vous en remettiez à moi pendant un petit moment. » Yudel était naturellement très doué pour l'hypnotisme. Ce n'était pas seulement ce qu'il disait qui touchait juste, mais aussi sa façon de le dire et de changer de stratégie avec chaque sujet. Il possédait l'art de jouer des différentes méthodes d'hypnose tout en suivant l'inspiration du moment.

Donc il prit son temps pour rassurer Weizmann, lui affirmant qu'il était entouré d'amis, que tout se passerait bien, qu'il ne devait se soucier de rien. Yudel parlait d'une voix douce et égale, les yeux mi-clos, afin que Weizmann, en le regardant, se laisse entraîner encore plus loin dans la perte de conscience. Yudel avait craint, vu l'état actuel du commerçant, qu'il refuse de céder à l'hypnose. Weizmann semblait soupçonner tout le monde, y compris Yudel, et paraissait trop effrayé pour laisser son esprit glisser sous le contrôle du psychologue. Mais c'était aussi un homme fatigué, tourmenté par ce piège qui se refermait sur lui, par les dangers de la rue, les menaces qu'il pressentait et qui pesaient sur lui et sa famille. Envahi par une chaleur et une détente qui lui procurèrent un soulagement immédiat, il céda sans résistance. Yudel lui demanda de porter son attention sur ses pieds, d'y percevoir des fourmillements tandis qu'ils se relaxaient, de sentir la chaleur monter lentement dans son corps. Weizmann autorisa Yudel à exercer sur lui un contrôle beaucoup plus profond que prévu car ce dernier lui permettait d'oublier momentanément ses problèmes. Il se laissa bercer par la voix de cet homme qui, de ses pieds, faisait monter cette chaude détente dans tout son corps, sa tête, son esprit... Et Yudel le plongea dans une profonde léthargie, bien au-delà du niveau de conscience ordinaire. Normalement Yudel aurait attendu avant de se lancer dans une pareille séance, mais il soupçonnait qu'il avait peu de temps devant lui et qu'il devait l'utiliser à bon escient. Quelque part sous le flot protecteur des pensées quotidiennes s'enracinaient les failles de la personnalité de Weizmann, et Yudel avait déjà sa petite idée sur l'endroit où les traquer.

« Vous retournez dans le passé », dit-il à Weizmann. Le visage de l'homme était maintenant très calme, ses yeux clos, et sa poitrine se soulevait régulièrement comme s'il était endormi. Pour la première fois Yudel le vit complètement détendu. « Vous retournez loin en arrière, loin très loin, lui suggéra Yudel, jusqu'à l'époque où vous aviez vingt ans. C'est un grand voyage dans le passé et vous avez vingt ans. Maintenant vous êtes à la maison. Je veux que vous me disiez ce que vous voyez. »

Le calme avait fui le visage de Weizmann. Il s'était redressé selon son habitude et tenait la tête droite, reconstruisant son attitude fière et pleine de dignité. Il ouvrit les yeux et regarda Yudel bien en face. Pendant un instant, Yudel crut qu'il était sorti de l'hypnose, mais les yeux étaient totalement secs, tels que Yudel ne les avait jamais vus. « Que voyez-vous ? » lui demanda Yudel.

« Il faut que j'y aille, annonça Weizmann à quelqu'un. Il faut que j'y aille. S'il a besoin de moi, je ne peux pas le renvoyer... » Le dernier mot fut prononcé au ralenti et fut suivi d'autres mots que Yudel ne comprit pas.

« Qui a besoin de vous ? »

« Il faut que j'y aille, répéta Weizmann. Il le faut. »

La réplique était sortie si brusquement qu'elle surprit Yudel, mais il se sentit aussitôt sur la bonne voie. « Pourquoi devez-vous y aller ? »

Mais l'homme ne le regardait plus. Il semblait glisser à nouveau dans un état de relaxation, la vision s'éloignait.

« Je veux que vous retourniez en arrière. Je veux que vous retourniez à l'âge de dix-sept ans. Maintenant vous avez dix-sept ans. Vous êtes à la maison. Regardez autour de vous. Dites-moi ce que vous voyez. »

A nouveau Weizmann se redressa et ouvrit les yeux. Vous avez construit des barrières très tôt, songea Yudel, bien trop tôt pour votre bien. Cette fois, quand Weizmann parla, sa voix eut un timbre juvénile. La tonalité rauque de sa voix d'adulte était encore présente, mais comme adoucie. « Je vois maman. Elle travaille. Elle trie les feuilles de tabac. Elle est très fatiguée. Il y a une lampe dans la cabane et elle fume un peu. Ses doigts sont sales, très sales. Le bout des doigts est noir et sous les ongles aussi c'est tout noir. »

« Que faites-vous ? »

« Je suis dans la cabane. » Il s'arrêta de parler comme s'il avait répondu à la question.

« Mais que faites-vous ? »

« Je suis dans la cabane avec maman et Dan qui trient les feuilles. »

« Ça fait longtemps qu'ils travaillent ? »

« Ils sont très fatigués. Dan tombe de sommeil. »

« Votre maman aussi est fatiguée ? »

« Très fatiguée. Elle a les mains pleines de crevasses. »

« Et que faites-vous ? »

« Je suis dans la cabane avec les autres. »

« Vos mains sont sales à vous aussi ? »

« Mes mains sont très sales. »

« Vous aussi vous triez les feuilles ? »

« Je suis dans la cabane. » Brusquement la position de Weizmann se raidit encore davantage et les yeux qu'il fixait sur Yudel se remplirent de frayeur. « J'ai fait ma part. Je suis fatigué. J'ai fait ma part. J'ai fini maintenant. Je m'en fiche. Je suis fatigué. »

« A qui parlez-vous ? »

« J'ai fait ma part. Je suis fatigué. » Weizmann ne semblait pas avoir entendu la question de Yudel. « Je suis fatigué maintenant. Je suis fatigué. » Avant que Yudel ait eu le temps de poursuivre l'interrogatoire, il s'était évadé de la vision que son esprit lui avait présentée, son corps se détendait à nouveau et il fermait les yeux.

« Nous allons retourner encore plus loin en arrière, lui annonça Yudel. Nous allons retourner jusqu'à l'époque où vous aviez huit ans. Maintenant vous avez huit ans et vous êtes à la maison. » Yudel sentit qu'il devait préciser l'image pour obtenir ce qu'il cherchait. « Vous êtes avec votre père. Vous êtes à la maison avec votre père. »

Sans prévenir, Weizmann sauta sur ses pieds. La tension rigide de sa position était encore plus prononcée dans la station debout. Ses yeux fixaient un point au-dessus de la tête de Yudel. Ce dernier se dit que c'était une façon étrange de se tenir pour un garçon de huit ans en présence de son père. « Dites-moi ce que vous voyez. » Mais Weizmann ne répondit pas. Il ne faisait rien d'autre que de se tenir là tout raide, en attente, le regard fixé au-dessus de la tête de Yudel. « Que voyez-vous ? » Toujours rien. Yudel décida de fournir la réponse lui-même. « Votre père vient vers vous. Il marche très lentement. Il vient vers vous. » Les yeux de Weizmann restaient fixés sur le même point, mais il rentra légèrement la tête dans les épaules et la laissa tomber un peu en avant. « Il continue d'avancer, lui dit Yudel. Il n'est qu'à quelques pas et il s'approche. » La tête de Weizmann tomba encore un peu plus, il avait maintenant le cou complètement rentré dans les épaules – un garçon de huit ans s'attendant à ce qu'on le frappe sur la tête. « Il veut vous atteindre. Il tend une main vers vous. » Weizmann plia légèrement les genoux et frissonna. Il regardait rapidement d'un côté et de l'autre. Malgré sa position recroquevillée, on reconnaissait des vestiges de son maintien volontairement raide, mais ce n'était plus que l'ombre de la dignité à laquelle il aspirait et qui lui était régulièrement refusée. « Maintenant il pose la main sur vous. Vous sentez qu'il vous touche la tête. » Weizmann se baissa, le corps étrangement souple, et se tourna comme s'il voulait courir vers la porte. La pièce fut soudain envahie par une odeur d'urine et Yudel vit le pantalon de son patient s'assombrir à l'endroit où l'urine coulait. « Votre père à retiré sa main. Il a retiré sa main et il se détourne de vous. » S'appuyant sur l'accoudoir de la chaise pour retrouver son équilibre, Weizmann s'écroula sur le siège et se laissa aller contre le dossier. Tout son corps se détendit et il ferma les yeux. « Nous revenons à aujourd'hui. Vous retrouvez votre âge normal. L'année est 1978. Maintenant je vais vous réveiller et vous aurez oublié tout ce qui s'est passé pendant que vous étiez sous hypnose. » Yudel tenait absolument à ce que Weizmann ne garde aucun souvenir de cette expérience, il répéta donc ses instructions sous des formes différentes. « Vous ne vous souviendrez de rien, vous ne vous souviendrez absolument de rien. » Il marqua une pause pour laisser les mots pénétrer jusqu'au plus profond de l'inconscient de son patient. « Et maintenant vous allez vous réveiller. Quand j'aurai compté jusqu'à trois vous vous réveillerez reposé et vous ne vous souviendrez d'aucun des événements qui ont eu lieu pendant ces dix dernières minutes. Un, deux, trois. »

Weizmann ouvrit les yeux et aussitôt l'assurance et la clarté de ses yeux de jeune homme disparut pour laisser la place aux yeux battus et larmoyants que connaissait Yudel. « Nous avons eu un petit accident, dit-il doucement, mais ce n'est pas important. »

Quelque chose avait changé dans l'attitude de Weizmann et Yudel le voyait bien. La revendication de la dignité et la posture soigneusement étudiée : elles avaient toutes les deux disparu. Weizmann était tassé sur sa chaise et semblait maintenir ses distances par rapport à Yudel. Pour toute réponse, il hocha brièvement la tête. Yudel interpréta ce geste comme une assurance que tout allait bien et qu'il n'avait besoin de rien.

« Je vais vous conduire à la salle de bains où vous pourrez vous nettoyer. Je vous prêterai un pantalon propre. » Yudel avait contourné son bureau et avançait la main pour la poser sur le bras de Weizmann.

Le vieil homme retira son bras, pivotant légèrement sur son siège pour éviter le contact de Yudel. « Il faut que je parte, grommela-t-il. Je suis sale. »

« Je vais vous emmener à la salle de bains. Là vous pourrez vous nettoyer. Ce soir, j'aimerais que vous restiez un peu plus longtemps. » Mais Weizmann se levait déjà, prenant appui sur l'accoudoir de la chaise pour se glisser sur le côté, afin d'éviter d'avancer vers Yudel et de maintenir ses distances. Yudel s'attendait un peu à ce que l'autre prenne la fuite et il le saisit par le bras alors qu'il se dirigeait précipitamment vers la porte. « Ne partez pas déjà. Restez un peu plus longtemps. »

« Il faut que je m'en aille. Je suis en retard. » Le vieil homme se tenait immobile, comme s'il lui était interdit de se dégager de l'emprise de Yudel qui le tenait par le bras. Même essayer semblait impossible. Mais il était face à la porte et il se détournait de Yudel.

« Vous ne voulez pas d'abord vous nettoyer ? »

« Je suis en retard. Il faut que je parte. »

« Mais vous ne voulez pas vous nettoyer ? »

« Il faut que je m'en aille. Ma femme m'attend. »

« Cela ne vous prendra pas longtemps de vous nettoyer. Et vous vous sentirez mieux. Je crois que vous devriez attendre un peu. »

« Je suis en retard. Je ne peux pas rester ici plus longtemps. »

« Normalement, il devrait vous rester des pilules dans le flacon que je vous ai donné. Vous en avez encore ? »

56

Weizmann hocha la tête. Il avait gardé la tête baissée et observait Yudel par en dessous. D'une de ses poches il sortit le flacon encore aux trois quarts plein, le montra à Yudel et lui fit réintégrer rapidement le fond de sa poche.

« Très bien. Vous les avez prises comme je vous l'avais dit ? »

A nouveau il eut un bref signe de tête. « Vous viendrez demain à la même heure ? » Yudel n'obtint pas de réponse et Weizmann évitait soigneusement de le regarder. « Il faut que je vous voie à nouveau demain soir. Vous viendrez ? »

Weizmann hocha la tête une troisième fois, mais Yudel savait que ce geste était mensonger. Le commerçant ne reviendrait pas de son propre gré, ni demain soir ni jamais. « Vous prendrez les pilules selon ma prescription ? » A nouveau un hochement de tête rapide, et Yudel n'avait aucune assurance qu'il les prendrait. « Je veux que vous compreniez combien il est important pour vous de revenir demain. Si vous ne pouvez pas venir me voir demain, j'irai certainement chez vous. »

Weizmann tira sur son bras en direction de la porte. « Il faut que j'y aille. Je suis en retard. »

Aucune loi n'autorisait un psychologue à retenir de force un patient, à moins de passer par des procédures juridiques compliquées, et même si une telle loi avait existé, Yudel aurait été incapable de l'utiliser. Il relâcha le bras de Weizmann, mais le suivit tandis qu'il se frayait un chemin jusqu'à la porte d'entrée. « C'est vraiment important pour moi de vous revoir demain soir, déclara Yudel au dos de l'homme qui fuyait. Nous sommes très près d'en finir avec vos problèmes. » Alors qu'il avait atteint la porte, Yudel lui prit à nouveau le bras. « Vous comprenez ? » demanda-t-il. Mais un noir secret au plus profond de Weizmann le poussait à ne pas s'arrêter. Il se dégagea brusquement.

Yudel, qui se tenait dans l'encadrement de la porte, regarda Weizmann descendre l'allée de sa drôle de démarche boitillante, conséquence des orteils qui lui manquaient, rongés par une gangrène inexorable. En traversant la route pour rejoindre sa voiture, il parut essayer de recomposer la raideur de son attitude. Ses mains étaient cachées au fond des poches de sa veste, où personne ne les verrait, et où lui seul serait conscient de leur existence.

4.

« Cet homme triste est-il parti ? » interrogea Rosa. Elle s'était déjà mise à table pour dîner.

Yudel s'assit en face d'elle. « Oui, il est parti. »

« Qu'est-ce qu'il a aux mains ? »

Yudel le lui expliqua.

« C'est horrible. » Mais avant que sa sympathie ne devienne sincère, elle prit à nouveau la parole. « C'est un des patients que tu apprécies, n'est-ce pas ? » La voix de Rosa laissait deviner l'ennui et son visage n'exprimait qu'un intérêt très limité.

Yudel décida que ses façons étaient trop désintéressées pour être honnêtes. « Qu'entends-tu par là ? »

« Tu aimes certains patients, d'autres non, et il appartient au premier groupe. C'est pas vrai ? »

Yudel comprit dans quelle direction Rosa essayait d'infléchir la conversation et il tenta de se dérober. « Ma conduite est toujours dictée par des considérations professionnelles », lança-t-il, tout en regrettant de s'entendre employer un ton aussi pompeux. On ne se débarrassait pas de Rosa si facilement. « Mais c'est vrai n'est-ce pas ? »

Yudel soupira. « C'est vrai que je trouve certains cas plus intéressants que d'autres. Je pense que c'est assez courant. »

« Yudel, ce n'est pas seulement que tu trouves certains cas plus intéressants que d'autres. Certains cas deviennent une grande passion. D'autres tu les élimines ou tu ne t'en occupes même pas. »

Yudel haussa les épaules. « Peut-être. »

Rosa s'échauffait. Sa voix gagnait du volume et de l'assurance et elle servait le pâté en croûte avec de petits mouvements agités. « Peut-être ? Et Mme Rosenkowitz, Mme White et Mme Atkins hier soir ? »

Yudel prit son assiette des mains de Rosa et commença à manger. C'était un pâté en croûte tout à fait respectable. Voilà une chose qu'il devait reconnaître à Rosa. Elle était une cuisinière bien au-dessus de la moyenne. « Elles vont très bien », grommela-t-il, la bouche pleine de pâté.

« Comment elles vont très bien ? C'est leurs docteurs qui te les ont adressées. Eux, ils avaient certainement des raisons de penser qu'elles n'allaient pas bien. » Elle était penchée sur la table et pointait sa fourchette en direction de Yudel de façon menaçante, tout en l'agitant de bas en haut pour souligner son discours. Quand elle s'arrêta de parler, un morceau de pâté se détacha des dents de sa fourchette et atterrit dans l'assiette de Yudel. Il regarda le morceau de pâté égaré avant de lever les yeux sur Rosa, comme s'il se demandait si cet incident avait une quelconque signification. « Excuse-moi », dit-elle.

« Rosa. » Yudel prononça son nom lentement, d'un ton pratiquement songeur. « Rosa, ces femmes n'ont rien qu'un bon coup de pied aux fesses ne résoudrait très vite. Leur problème, c'est qu'elles s'ennuient. » Il lui expliquait les choses avec application. « Elles restent à la maison, reçoivent pour le thé, sont totalement inactives. Elles sont submergées de serviteurs qui se chargent des travaux domestiques. Il ne leur reste donc rien d'autre à faire qu'à se creuser la tête pour se découvrir toutes sortes de maux imaginaires. Ce sont des sangsues sur le dos de l'humanité. On devrait les appeler pour effectuer un service militaire adapté à leur cas. »

Rosa se redressa le plus possible, compte tenu de sa

position assise. « C'est ridicule. Et de toute façon elles paient. »

« Cette obsession de l'argent chez toi est une poche d'immaturité dans ta structure psychique », déclara Yudel. Il se sentait infiniment supérieur.

« Immaturité. » Rosa semblait au bord de l'explosion. Pendant un instant, Yudel crut qu'elle allait lui lancer sa fourchette débarrassée cette fois de toute trace de pâté. « Une poche d'immaturité ? Tu restes assis dans ton bureau avec un patient qui dort tout son soûl pendant des heures, et pendant ce temps le living se remplit de patients à qui tu ne prêtes pas la moindre attention... »

« J'étais occupé. »

« ... Tu t'en fiches royalement, et c'est moi qui ai une poche d'immaturité ? »

« Rosa, tu n'es pas juste. Je ne suis pas un type paresseux. Quand nous vivions dans l'appartement, je ne pouvais pas donner de consultation privée. Maintenant que nous avons la maison, j'essaye de gagner davantage en recevant des patients. Je travaille dur. »

Rosa ne tint pas compte de la plaidoirie de Yudel. « Immaturité, articula-t-elle avec lenteur, considérant dans sa tête le sens de ce mot, s'employant à en explorer toutes les significations cachées. J'essaie d'être objective, Yudel. Et patiente. Je veux bien oublier cette histoire d'immaturité, mais je ne peux pas ignorer que si un patient ne te plaît pas, tu oublies tout simplement de t'en occuper. »

« J'ai reçu beaucoup de patients le mois dernier. Tu es injuste. » Yudel était sur la défensive, mais cela lui arrivait souvent dans ses rapports avec sa femme. Cet état de choses lui permettait de prendre l'avantage.

« A propos du mois dernier, tu ferais bien de te rappeler ce qui est arrivé aux factures. »

« C'était un accident, Rosa. Ça aurait pu arriver à n'importe qui. Je les ai égarées sur mon bureau, voilà tout. »

« Voilà tout ! L'état de ce bureau révèle une poche d'immaturité. »

Yudel ne répondit pas. Au lieu de cela, il reporta toute son attention sur le pâté en croûte. Un instant plus tard, il jetait un coup d'œil à Rosa. Elle regardait fixement son assiette et mangeait avec l'application morose des authentiques frustrés. Yudel se dit qu'il s'agissait d'un assez triste épilogue à une assez triste conversation. Un grand nombre de leurs conversations se terminaient ainsi. Ce n'était pas une façon de vivre. « Rosa, dit-il enfin, on devrait pouvoir se débrouiller pour s'en sortir mieux que ça. »

« C'est bien ce que je pense, Yudel, répondit Rosa, conciliante. On doit envoyer les factures à temps et il faut que tu t'occupes davantage de tes patients. C'est très important. Je suis heureuse que tu t'en rendes compte. »

Oh et puis zut, songea Yudel.

Rosa le regarda d'un air bizarre. « C'est bien ce que tu voulais dire, n'est-ce pas ? »

Yudel hocha vaguement la tête et termina son pâté. Finalement le pâté de Rosa valait bien la compagnie de n'importe qui.

Ils avaient terminé leur repas et prenaient le café quand la sonnette de la porte d'entrée retentit. Rosa se leva pour aller répondre, traçant son chemin droit vers la porte. Yudel appelait ça le pas du dindon. Il l'entendit qui disait « Bonsoir », puis : « Oui il est là. Voulez-vous que je l'appelle ? » Sa voix paraissait troublée, hésitante. Elle finit par proposer aux visiteurs d'entrer.

Deux hommes suivirent Rosa dans le living. Le premier avait bien dépassé la quarantaine et l'autre paraissait environ vingt ans de moins. Ils portaient tous les deux des costumes classiques, des chemises blanches d'un modèle courant et des cravates assez sombres avec des couleurs passe-partout. Ils n'étaient vraiment pas habillés pour attirer l'attention et leurs vêtements auraient pu sortir de la même garde-robe. Le plus vieux des deux tendit la main à Yudel. « Monsieur Gordon ? Je suis le capitaine Dippenaar. Et voici l'adjudant Marais. Pouvez-vous nous accorder un moment ? » Il surveillait son anglais et le parlait avec un fort accent afrikaner.

Yudel s'était levé et il serra la main de l'homme répondant au nom de Dippenaar, puis de celui qui l'accompagnait. « Vous êtes de la police ? » interrogea-t-il.

« Oui. On se demandait si vous aviez un moment à nous consacrer. » C'était une requête amicale. Dippenaar lui souriait. Il avait de grands yeux marron clair mais ne regardait pas Yudel en face quand il lui parlait.

« Bien sûr. C'est pour quoi ? »

« On se disait que vous pourriez peut-être nous aider. Qu'en pensez-vous ? »

C'était une question inhabituelle. Yudel était un psychologue qui travaillait dans les prisons. Son métier consistait à aider la police. Il ne comprenait donc pas pourquoi l'autre estimait nécessaire de faire cette requête. Yudel observa tour à tour les visages inexpressifs et souriants des deux hommes. « Mais très volontiers, messieurs. Je travaille souvent avec la police. Si vous savez qui je suis, vous devez être au courant. »

« Oui, nous sommes au courant. » La remarque fut laissée en suspens, suggérant éventuellement que ce qu'avait dit Yudel ne manquait pas d'intérêt, mais ne résolvait rien.

« Voulez-vous une tasse de café ? » demanda Rosa.

« Oui merci, avec plaisir », dit Dippenaar, souriant largement dans sa direction sans toutefois que cela s'adresse directement à elle.

« Asseyez-vous », suggéra Yudel. Il suivit ses propres instructions et s'assit à la table du dîner, regardant les deux policiers s'installer en face de lui.

Pour la première fois, le plus jeune prit la parole. C'était un type épais avec un visage empâté aux traits mal définis. Aux yeux de Yudel, il avait la tête de quelqu'un qui aurait été brutalisé, d'un homme qui avait dû voir bien des horreurs et avait participé à la plupart d'entre elles. Il jeta un coup d'œil à une étagère où s'alignaient en rang serré des livres de psychologie et des romans en collection de poche, et la phrase qu'il prononça parut davantage s'adresser à Dippenaar qu'à Yudel. « C'est comme les maisons des communistes. Il y a des livres partout. » Puis il se tourna vers Yudel et lui grimaça un sourire, comme pour lui dire « c'est pas grave, mon vieux, je sais que t'es pas communiste ». Yudel fixa le plus jeune des policiers, puis examina avec curiosité l'étagère, se demandant ce que l'autre lui reprochait. Le mot communiste était redouté dans la société dans laquelle ils vivaient. Y étaient associés les quatrevingt-dix ou cent quatre-vingts jours de garde à vue sans avoir droit au moindre procès, les restrictions de liberté selon le bon plaisir de la police politique, les ordres d'assignation à résidence obligeant la victime à ne pas bouger de sa maison ou de son appartement, les condamnations à la prison... Peu de Sud-Africains souhaitaient se voir associés à de telles mesures.

Mais les deux policiers arboraient de larges sourires, apparemment désireux de rassurer Yudel sur leurs intentions. « Je me demande s'ils les lisent tous », dit Dippenaar à Yudel.

« Vous êtes venu ici pour m'emprunter un livre ? » interrogea Yudel. De l'endroit où il était assis, il voyait Rosa qui se tenait près de la porte de la cuisine, attendant ostensiblement que le café passe. En fait elle écoutait la conversation.

Dippenaar sourit à Yudel, puis il se tourna et sourit à Marais.

« Non. Nous avons pensé que vous pouviez nous aider. »

« Bien sûr, lui assura Yudel. Et comme je viens de vous le dire je le ferai volontiers. » Il fixa Dippenaar. Le policier ne semblait pas pressé de continuer. Dippenaar regarda Yudel de ses yeux doux, puis Marais, enfin il se tourna à moitié en direction de la cuisine comme s'il se demandait où en était le café, prolongeant délibérément l'attente. Finalement il se tourna à nouveau vers Yudel, un petit sourire aux lèvres confirmant ses bonnes intentions à son égard, mais s'abstenant toujours de le regarder dans les yeux. A ce stade de l'échange, il attendit encore avant de poser la question qui l'avait amené jusqu'ici. « Je crois que M. Johnny Weizmann est venu vous rendre visite pour un... hum... traitement. C'est exact ? »

Yudel avait conscience qu'ils jouaient avec lui. Il avait également conscience que l'objectif de cette mise en scène était de s'assurer qu'ils obtiendraient ce qu'ils attendaient de lui. Et maintenant le moment était arrivé pour lui d'entrer dans la partie. Il jeta un regard inquisiteur à Dippenaar, essayant d'imiter la propre expression du policier, se tourna brièvement vers Marais, puis se fixa à nouveau sur Dippenaar et, tout comme le policier, attendit avant de répondre. « Pourquoi ? » demanda-t-il.

Le sourire ne quittait pas les lèvres de Dippenaar et sa voix était aimable et polie. « Ce n'est pas important, monsieur Gordon. »

Yudel essaya de garder son air inquisiteur et ne dit rien.

Dippenaar bougea sur sa chaise comme si la position qu'il avait prise n'était plus aussi confortable. Son expression était teintée d'une pointe d'affliction. Baissant les yeux sur le sol, il demanda : « Johnny Weizmann est-il un de vos patients ? »

« Vous êtes impliqué dans l'enquête ? »

Marais se tourna rapidement vers son supérieur et revint à Yudel.

A l'évidence, la façon dont ce numéro de questions-réponses était mené constituait pour lui une expérience nouvelle. Ce ne fut pas facile pour Dippenaar de continuer à sourire et à paraître détaché quand il prit à nouveau la parole. « Monsieur Gordon, je vous en prie, cela nous aiderait si vous répondiez à ma question. »

« Cela m'aiderait si vous répondiez à la mienne. »

« Nous n'avançons guère, n'est-ce pas ? » Le sourire était toujours là et la voix toujours polie, mais c'était évident qu'il se forçait.

« Je le crains. Les psychologues ne donnent pas d'informations sur leurs patients. »

Dippenaar fit un brusque geste agacé de la main. « Je demandais seulement si c'était un patient à vous. »

« Voilà la question à laquelle je ne peux répondre. »

Le sourire du policier s'élargit. Il devait lui sembler qu'il avait marqué un point. « Donc je peux en conclure qu'il est votre patient. »

Yudel ne répondit pas. Il continuait de regarder le policier du même air inquisiteur. Le deuxième policier émit un rire bref et inattendu. « Cela me rappelle l'affaire Muntu Majola », déclara-t-il. Yudel dirigea son regard vers lui, puis vers Dippenaar. Maintenant ils le fixaient tous les deux avec intensité. Sans avoir besoin de se tourner dans sa direction, Yudel voyait Rosa qui se détachait dans l'encadrement de la porte de la cuisine, observant et écoutant. Il haussa encore un peu les sourcils et accorda la faveur d'une attention pleine d'intérêt à Dippenaar.

« Vous n'en direz pas plus ? » demanda finalement Dippenaar.

Soudain Yudel lui décocha son sourire le plus amical (Rosa prétendait qu'il lui fendait la figure jusqu'aux oreilles). « C'est une question d'éthique professionnelle, messieurs. Je suis certain que vous comprendrez. »

« Il arrive parfois qu'il y ait des choses plus importantes que ça », répliqua Marais.

Yudel ignora sa remarque et sourit à Dippenaar. « Je suis certain que vous comprendrez », répéta-t-il.

Dippenaar se leva, suivi par Marais. « Si vous ne voulez pas nous aider, je suppose qu'on ferait aussi bien de s'en aller. »

Yudel s'empressa de se lever lui aussi, tendant les deux mains en avant en un geste amical et désolé. « Si jamais je peux vous aider de quelque autre manière que ce soit, ne manquez pas de venir me voir. »

Les policiers se raccompagnèrent tout seuls jusqu'à la porte et Yudel les regarda par la fenêtre du living tandis qu'ils descendaient le chemin pour rejoindre leur voiture. Il se détourna brusquement de la fenêtre et se dirigea droit vers le téléphone, frôlant Rosa au passage. « Ils n'ont pas attendu le café... Yudel ? »

« Un instant, Rosa. » Il était en train de composer le numéro de Freek.

« Ici la famille Jordaan. » Une des filles de Freek avait répondu au téléphone.

« Bapsie, ton père est là ? » demanda Yudel en afrikaner.

« C'est Bettie, oncle Yudel. »

Yudel attendit qu'elle appelle son père. Après quelques secondes, il se rendit compte qu'il entendait la respiration de l'enfant à l'autre bout de la ligne. « Tu n'appelles pas ton père ? » demanda-t-il.

« C'est Bettie, oncle Yudel », dit à nouveau l'enfant.

Yudel soupira. « Hello, Bettie. Je peux parler à ton père ? »

« Oui, oncle Yudel. » Il l'entendit s'éloigner du téléphone en courant et crier : « Papi. Papi. Oncle Yudel est au téléphone. »

« Oui, Yudel. » Freek semblait un peu assoupi, dans l'état d'heureuse somnolence qui suit le dîner.

« Je viens de recevoir deux de tes collègues. Ils veulent savoir si je soigne Weizmann. »

« Vraiment ? » La somnolence s'était dissipée.

« Qui sont-ils ? Des membres de ton équipe ? »

« Non... » Freek réfléchissait à ce que Yudel venait de lui annoncer.

« Ils n'ont pas voulu me dire s'ils recherchaient des témoins pour l'enquête. En fait ils n'ont rien voulu me dire du tout. »

« Ne t'inquiète pas pour ça. » Yudel entendit Freek bâiller à l'autre bout de de la ligne. « Je ne me soucierais pas de ça si j'étais toi. C'est sûrement un truc de routine. » Le ton de Freek avait complètement changé. Le bref intérêt que Yudel avait perçu dans les inflexions de sa voix s'était dissipé aussi vite qu'il s'était manifesté.

« Mais pourquoi refusaient-ils de répondre à mes questions ? »

« Les policiers sont habitués à poser des questions, pas à y répondre. » Freek bâilla à nouveau. « Ecoute, Yudel, je regarde une émission épatante sur les tremblements de terre. Tu m'en parleras une autre fois. Viens dîner avec Rosa la semaine prochaine... »

« La semaine prochaine ? Ecoute, Freek... »

« Yudel, s'il te plaît. Je vais manquer mon émission. On se voit la semaine prochaine. »

Yudel entendit le clic du téléphone quand Freek raccrocha. Rosa se tenait à une distance suffisante pour avoir entendu la plus grande partie de la conversation. « Il a raccroché », annonça Yudel.

« Que se passe-t-il, Yudel ? demanda-t-elle. Qui sont ces hommes ? »

« Ils sont venus me demander si je soignais Weizmann. »

« J'avais entendu. Mais pourquoi ? Qui sont-ils ? »

« Je ne sais pas. Des policiers. »

« Ce sont des policiers de la sécurité, Yudel. »

« Penses-tu. »

« Je sais ce que je dis... la façon dont ils parlent des communistes... »

Les transactions de Yudel avec la police et les autorités carcérales avaient couvert un champ assez vaste dans le passé, mais il n'avait jamais eu affaire aux services spéciaux. Il n'avait aucune expérience lui permettant de juger de l'exactitude des suppositions de Rosa, mais il tenait aussi à la rassurer. « Je ne pense pas qu'ils appartiennent à la police de la sécurité. Ce sont probablement des C.I.D. » « Si c'étaient des C.I.D., Freek les connaîtrait. » Rosa marqua une pause, examina attentivement Yudel, évaluant les chances qu'il soit mêlé à des affaires dont elle n'aurait rien su. « Yudel, tu ne me caches rien ? » Elle secoua la tête comme pour se débarrasser de ses soupçons. « Non, ce n'est pas possible, décida-t-elle. Cela ne te ressemblerait pas. »

« Allons, il n'y a pas de quoi s'inquiéter », déclara Yudel. « Nous n'avons rien fait de mal, alors pourquoi s'affoler ? »

« Je me demandais... »

« On ne peut rien contre nous, Rosa », lui assura Yudel. Il l'escorta dans le living jusqu'à sa chaise attitrée, en face du poste de télévision. « Nous sommes en sécurité, il n'y a pas de quoi s'inquiéter. »

« Mais, Yudel... »

« Tout va bien », récita Yudel. Il n'écoutait pas les protestations de sa femme. « Nous n'avons rien fait de mal. » Il ne s'écoutait même pas lui-même. Son esprit était rempli des événements de ces deux dernières journées et Rosa l'empêchait de se concentrer. « Il n'y a pas de quoi s'inquiéter. » Il avait ramené Rosa à sa chaise et elle s'assit. Comme elle regardait encore Yudel, il lui sourit et désigna d'un signe de tête le poste de télévision. Puis il sortit de la pièce et se rendit à son bureau, lui adressant un geste de la main amical en partant.

Il s'était passé bien des choses depuis la veille et Yudel s'assit à son bureau dans l'obscurité, ce qui lui arrivait souvent quand il cherchait à mettre de l'ordre dans ses pensées. Il laissa son esprit divaguer sur tout ce qu'il avait appris sur Weizmann, ou n'avait pas appris en ce qui concernait ses récents visiteurs. Une question dominait toutes les autres : qui sont-ils ? La supposition de Rosa le dérangeait. Elle avait raison en ce qui concernait la remarque sur les maisons des communistes. Des policiers ordinaires, n'ayant pas ce type d'expérience, n'auraient pas fait une remarque de ce genre. Et elle avait également raison quand elle disait que Freek aurait su qui ils étaient. Et s'ils appartenaient à la section spéciale, pourquoi s'intéressaient-ils à Weizmann ? Peut-être n'appartenaient-ils pas du tout à la police ? Il aurait dû insister pour voir leur carte d'immatriculation.

Mais le plus important dans tout ça, c'était Weizmann lui-même. Le vieux commerçant, si isolé et vulnérable, victime de son esprit torturé et de son corps gangrené : quand cette peur le conduirait-elle à tuer à nouveau ? Que lui était-il arrivé qui avait déformé le plus naturel de ses instincts, celui de la défense d'un territoire, d'un nid, d'une maison ? Que lui était-il arrivé qui avait subverti ce principe fondamental jusqu'à l'amener à la perversité de sa forme actuelle ? Yudel se demandait si Weizmann viendrait demain à son rendez-vous.

Cela ne faisait pas plus de cinq minutes qu'il était assis à son bureau, indifférent au bruit de la télévision dans le salon, quand il entendit quelqu'un jurer à voix basse dans le jardin, un bon Dieu de bon Dieu immédiatement suivi par des craquements de branchages évoquant un corps aux prises avec un buisson. Il se leva aussitôt et s'arma d'un vaporisateur anticambrioleur. Ce modèle vous garantissait de recouvrir l'intrus de peinture rouge et de le mettre hors d'état de nuire suffisamment longtemps pour pouvoir téléphoner à la police, sortir de la maison et appeler les voisins, à condition qu'ils aient envie de vous prêter leur concours. Donc, armé de son atomiseur, il alluma la lumière extérieure, écarta un peu le rideau et tenta d'y voir quelque chose. Freek butait sur les parterres de fleurs de Rosa et jurait à mi-voix.

Yudel ouvrit la porte coulissante pour le laisser entrer. « Eteins la lumière », dit Freek. Il paraissait irritable, comme si on venait de le tirer de son sommeil et se sentait mal réveillé.

« Qu'est-ce que tu fous ? » commença Yudel.

« Tu ferais mieux de me raconter ce qui s'est passé.»

« Je voulais te le dire au téléphone. »

« Quand on se réfère à certaines personnes, il vaut mieux ne pas utiliser le téléphone. Voilà pourquoi je suis arrivé par le jardin. Je ne voulais pas me garer devant chez toi. » Freek prit l'épaule de Yudel et l'étreignit. Dans ces moments-là, quand Freek posait sa main puissante sur l'épaule de Yudel pour le rassurer, Yudel se sentait toujours comme un enfant : Freek semblait penser qu'il avait besoin d'être protégé. « Maintenant raconte-moi tout. »

Yudel lui raconta.

Quand il eut terminé, Freek resta silencieux pendant un moment. Finalement il relâcha l'épaule de Yudel et s'assit sur le bord du bureau. « Tu as demandé à voir leur carte d'immatriculation ? »

« Non. Je suppose que j'aurais dû. »

« Un homme d'expérience comme toi, Yudel... bien sûr que tu aurais dû. Remarque, ça n'a pas d'importance. Je suis presque sûr qu'il existe un capitaine Dippenaar à la sécurité. Marais, j'en suis moins sûr. »

« Freek, il y a autre chose, se rappela Yudel. Ils ont laissé tomber un nom dans la conversation pendant qu'ils étaient ici. Cela n'avait rien à voir avec ce qu'on disait. Ils l'ont glissé là bien soigneusement et ont tous les deux attendu de voir ma réaction. »

« Quel nom ? »

« Muntu Majola. Tu le connais ? »

Freek parut profondément perplexe. « Je crois que j'ai entendu parler de lui. Si je me souviens bien, la Sécurité le recherche. Il me semble qu'il a tué deux de leurs hommes. »

« C'est tout ce que tu sais ? »

« Je ne fais pas très attention aux histoires de la Sécurité. Pour moi, c'est comme la Brigade des Mœurs. Quelqu'un d'autre peut s'en charger. »

« Qu'est-ce que ce type peut bien avoir à faire avec moi ou Johnny Weizmann ? » demanda Yudel. Les deux hommes se regardèrent pendant un long moment avant que Freek hausse imperceptiblement les épaules pour exprimer la plus grande perplexité. Il ne savait pas non plus.

5.

C'était arrivé à cause de tous ces trucs obsédants qui lui tournaient dans la tête, se dit Yudel. Il avait fait la même manœuvre que d'habitude, avançant sa voiture jusqu'à la place de parking en face de la sienne dans le garage, puis reculant en braquant à gauche. C'est alors qu'il avait malencontreusement rencontré un pilier en béton, cassé un feu arrière et enfoncé le pare-chocs.

« Voilà un duplicata de la première déclaration, annonça l'employé. Celle-ci en trois exemplaires. Je vais vous donner trois photocopies pour que vous ne fassiez pas d'erreur. Et une seule de celle-là. Vous la donnerez au Dr Williamson pour qu'il la remplisse. C'est le formulaire disciplinaire. Le Dr Williamson décidera s'il veut prendre des sanctions contre vous ou bien s'il estime que ça vous a servi de leçon et que vous ne recommencerez plus. »

« Merci », dit Yudel.

« Il faut aussi que vous fassiez un croquis en deux exemplaires pour expliquer la position de tous les véhicules impliqués dans l'accident... »

« Il n'y avait que le mien. »

« Alors vous devez indiquer votre position et la position de l'objet à l'arrêt que vous avez heurté. Il faut indiquer le point de contact avec une croix rouge. Une croix rouge, vous avez compris ? Vous avez signalé l'accident à la police ? »

« Non. Ça ne s'est pas passé dans la rue, mais ici dans le garage. »

« C'est la meilleure », dit l'employé.

« Oui, elle est bien bonne. Ce sera tout ? »

L'employé jeta un regard pensif à la petite pile de papiers qui les séparait. « Je crois bien que oui. » Yudel rassembla les papiers et s'apprêtait à partir quand l'homme le rappela. « Monsieur Gordon, j'aimerais que vous parliez au Dr Williamson. »

« Pour lui dire quoi ? »

« Ce matin, il est venu ici et il m'a dit que je ne connaissais rien à mon travail. Il m'a montré des demandes d'assistance, il pensait que je les avais remplies de travers. Il m'a dit ça en présence de ces jeunes crétins d'employés qui se trouvaient aussi dans le bureau. J'estime qu'on doit pas parler sur ce ton à un S.A.C.O. devant ces jeunes crétins. C'est pas juste. » L'homme avait été promu récemment et était plus que susceptible sur le respect qui lui était dû. « Et en plus il avait tort. C'est moi qui avais raison. » Yudel claqua la langue pour lui manifester sa sympathie et obliqua vers la porte. « Vous pourriez peut-être lui parler, pour moi c'est difficile. » Nouveau claquement de langue de Yudel. Il était déjà à mi-chemin de la porte et progressait sans s'émouvoir. « C'est pas que je suis vexé, mais je serais heureux que vous lui en touchiez un mot. Cela ne se fait pas de parler à un S.A.C.O. sur ce ton devant cette bande de petits crétins. »

Yudel avait atteint la porte. « Je vous promets de lui en parler », lui dit-il. Puis il adressa à l'employé un signe rassurant de sa main libre et s'empressa d'oublier les problèmes de préséance du Senior Assistant Control Officer avant même d'avoir rejoint son bureau à l'autre bout du couloir. Il s'assit à sa table de travail, mit de côté la petite pile de papiers et commença à dessiner un croquis illustrant la façon dont il avait heurté le pilier. Yudel n'était pas vraiment doué. Première tentative : la voiture, vue de dessus, avait pris une forme trapézoïdale étrange au lieu du rectangle habituel. Yudel se persuada que personne ne la reconnaîtrait ou ne comprendrait quoi que ce soit à son croquis. Deuxième tentative : la voiture était plus grande que la place du parking dans laquelle il essayait d'entrer. Yudel en était au beau milieu de sa troisième tentative quand il se rappela qu'il avait apporté les dossiers Weizmann avec lui. Il repoussa les maudits croquis et ouvrit sa serviette.

Mimi avait regroupé divers documents dans des dossiers cartonnés au nom de chacune des victimes. Sur le premier que retira Yudel était inscrit « Cissy Abrahamse. 6 juin 1978. » Yudel regarda le calendrier sur son bureau. Aujourd'hui c'était vendredi. Le six était un mercredi, il y avait neuf jours seulement de cela. Il parcourut rapidement les feuillets du dossier, n'estimant pas nécessaire de le lire de bout en bout, son œil exercé repérant les éléments importants. Il tomba sur une déposition de Weizmann racontant comment il était descendu en entendant du bruit dans la réserve de sa boutique et comment il avait tiré en état de légitime défense quand une jeune femme armée d'un marteau s'était jetée sur lui dans l'obscurité. Suivait un rapport de l'inspecteur de police, disant comment il avait trouvé le corps de la jeune fille atteint de deux balles dans l'abdomen, décrivant les blessures et confirmant qu'elle tenait un marteau d'un kilo à la main. Ensuite il trouva une note écrite de la main de Freek indiquant qu'il y aurait une enquête le vendredi 22, dans une semaine, ainsi qu'une déposition de Mme Sinclair qui vivait dans un appartement donnant de l'autre côté de la rue. Elle affirmait qu'elle était à ce moment-là sur son balcon et qu'elle avait vu un Bantu passer devant la porte latérale de la boutique de Weizmann. L'homme s'était mis à courir en entendant les coups de feu venant de l'intérieur. Elle avait appelé la police. La dernière pièce du dossier était un rapport d'un travailleur social sur Billy, le frère de la jeune fille. Cela avait pris trois jours pour trouver quelqu'un qui reconnaisse l'enfant. Cette personne était la femme qui louait une chambre à la mère de Cissy où ils vivaient tous les trois. Le travailleur social la citait. « Ceux-là, ils étaient toujours soûls. Ça me surprend pas », avait-elle déclaré.

Yudel replaça le dossier dans sa serviette et en retira un second. Sur la première page se détachait clairement le nom, Isaiah Zulu, et la date, 15 février 1978. Seulement quatre mois auparavant. Le dossier contenait des dépositions de Weizmann, sa femme et un agent de police. D'après ces trois dépositions, Weizmann passait en voiture, un soir tard, dans les rues silencieuses de la zone industrielle de Roodepoort alors qu'il s'était perdu après avoir rendu visite à un ami à Krugersdorp, quand un Bantu ivre, un certain Isaiah Zulu, s'était précipité sous les roues de la voiture débouchant d'un immeuble sombre, ne laissant pas à Weizmann le temps de freiner ou de l'éviter. Une note écrite de la main de Mimi et épinglée au dos du dossier signalait que Zulu était mort à l'hôpital cette nuit-là. Il souffrait d'un éclatement de la rate et le cerveau était gravement endommagé. La note de Mimi donnait aussi des renseignements sur l'enquête et sur la date à laquelle elle avait eu lieu. Le magistrat avait décidé que personne n'était à blâmer pour la mort de Zulu.

Le téléphone sur le bureau de Yudel se rappela à son attention d'un pépiement strident. « Gordon à l'appareil », répondit-il sans interrompre sa lecture.

A travers le filtre de l'intérêt qu'il portait à ce qu'il lisait, lui parvint la voix lointaine de Rosa. « Yudel ? » Pendant la journée, Yudel avait vaqué à ses occupations comme un automate, toutes ses pensées allant à l'affaire Weizmann. Maintenant qu'il pouvait se concentrer tranquillement, ce n'était pas une mince entreprise d'attirer son attention. « Yudel chéri, tu m'écoutes ? »

Sur la couverture du troisième dossier, Mimi avait tapé Jakobus Malherbe. 16 décembre 1972. Ce dossier était beaucoup plus épais que les deux autres. Il commençait par une déposition de Weizmann à l'intention de la police. Ça commençait toujours par une déposition de Weizmann. « Yudel chéri ? C'est toi ? » La voix de Rosa se rapprochait, lui parvenant par-delà les brouillards de sa réflexion.

« Hmmm », dit Yudel d'un air songeur.

« J'ai entendu du bruit dans ma boutique, avait déclaré Weizmann à la police. Mon appartement est juste au-dessus de la boutique. Je suis allé chercher mon revolver et je suis descendu pour voir ce qui se passait. » Cela ressemblait pratiquement mot pour mot à la déposition qu'il

74

avait faite après le meurtre de Cissy Abrahamse. « Deux jeunes hommes blancs forçaient la porte de la réserve derrière ma boutique. »

« Je t'ai entendu, Yudel. Je sais que tu es là. » La voix de Rosa finit par arriver jusqu'à lui.

« Gordon à l'appareil », dit Yudel.

« Je sais que c'est toi, s'écria Rosa. Qu'est-ce qui se passe ? »

Cette fois Yudel avait écouté, reconnu la voix de sa femme et perçu son message. « Je lis », déclara-t-il.

« Ne sois pas en retard. Souviens-toi que tu as des rendez-vous avec des patients ce soir. »

« Je ne serai pas en retard. »

« Il est trois heures et demie et le vendredi tu termines à quatre heures. Tu te rappelles ? »

« Très bien, Rosa, je serai à l'heure. »

« J'espère bien, parce que Mme Atkins revient cet après-midi et tu ne veux pas qu'il lui arrive la même chose que la dernière fois, on est bien d'accord ? »

« Oui, lui assura Yudel. Je serai à l'heure. Au revoir, Rosa. »

« Au revoir, Yudel. Il ne te reste plus qu'une demi-heure. »

« D'accord, Rosa. Salut. »

« Salut. »

« J'en ai attrapé un et j'ai essayé de l'arrêter mais il s'est dégagé et ils se sont séparés, lut Yudel. L'un a remonté la rue et l'autre l'a descendue. J'ai couru après le premier qui se dirigeait vers Hillbrow, mais il courait trop vite pour moi. J'ai tiré un coup de semonce. Je me suis appliqué à le manquer d'environ un mètre. On distingue très mal la chaussée à cause de l'ombre des arbres et je l'ai perdu de vue. Je l'ai retrouvé deux pâtés de maison plus loin au croisement de Hayes et De Korte. Il était blessé au cou. J'ai essayé de prendre son pouls mais il semblait mort. La police est venue et ils ont dit qu'il était mort. »

Aussi simple que cela, songea Yudel. Un coup de

semonce est tiré, et comme par hasard il frappe de plein fouet un jeune homme qui tombe mort et personne n'est coupable.

La seconde déposition avait été établie par un certain Wynand van der Westhuizen qui avait dix-neuf ans à l'époque et était un ami intime de Malherbe. D'après van der Westhuizen, ils avaient simplement « ... pris une bière au bar victoria. On était un peu soûls quand on est passé à côté de la boutique de M. Weizmann. On a commencé à se battre devant chez lui. Je sais pas pourquoi. On n'était pas vraiment fâchés. On s'amusait quoi. Je crois qu'on a buté contre la porte de M. Weizmann. Après je vois que la porte était ouverte et M. Weizmann attrapait Kosie, je me souviens de rien d'autre. Je sais pas comment la porte s'est ouverte. Je me suis sauvé et j'ai couru en descendant la rue. J'étais déjà arrivé au coin quand j'ai entendu le coup de feu de M. Weizmann... ».

Yudel parcourut rapidement une déposition d'un officier de police qui n'ajoutait rien à ce qu'il savait déjà, des dépositions de la femme du garçon tué, sa mère et un pasteur vantant une existence jusqu'alors réputée sans tache, et une autre d'un passant qui avait vu Weizmann tirer, mais sans pouvoir distinguer sa cible.

A la fin du dossier, le rapport du médecin légiste retint l'attention de Yudel. « La mort a été causée par une hémorragie de la jugulaire due à une blessure par balle... la nature de la blessure semble compatible avec une balle qui aurait ricoché ou qui aurait été tirée à bout portant à la hauteur de la mâchoire... »

Juste après le rapport du médecin légiste, il y avait une copie de la conclusion du magistrat. « M. Weizmann était dans son droit en tirant un coup en l'air. Vu les circonstances, tirer un coup de semonce était parfaitement légitime. La cour déclare que la mort de Malherbe était un homicide justifié. » Ce qui signifiait que le magistrat avait décidé que Malherbe avait été tué par ricochet. A l'évidence personne ne tire un coup de semonce en tenant un revolver contre la mâchoire de quelqu'un.

Yudel se demanda comment un coup tiré en l'air pouvait ricocher. Peut-être en heurtant un réverbère ?

Il s'apprêtait à passer au dossier suivant quand il remarqua qu'il était quatre heures moins le quart. S'il en lisait un autre, il pourrait bien arriver en retard et il n'en aurait pas fini avec Rosa. D'un autre côté, il n'était pas recommandé de partir avant l'heure. « Nous devons servir d'exemple aux membres non professionnels de l'équipe », lui avait souvent dit le Dr Williamson.

Yudel rangea les dossiers dans sa serviette, quitta son bureau et déambula dans le couloir jusqu'au bureau du Dr Williamson. Il marqua une pause devant la porte ouverte et constata que Williamson n'était pas là (lui aussi s'était probablement éclipsé en avance, songea Yudel). Puis il regagna précipitamment son bureau, ramassa sa serviette et se dirigea vers l'ascenseur. Il allait appuyer sur le bouton d'appel quand les portes s'ouvrirent et le Dr Williamson fit un pas en avant. Yudel vit son visage se contracter en une expression de réprobation hautaine alors que ses yeux bleu pâle prenaient note de sa veste et de sa serviette. « Passez un bon week-end », lança bravement Yudel en montant dans l'ascenseur.

Il vit le Dr Williamson amorcer le geste de regarder sa montre et se retenir au dernier moment. Il s'éloigna sur un « au revoir ».

« Mme Atkins a annulé son rendez-vous, annonça Rosa. Ce qui ne m'étonne pas. Il ne reste donc que ton M. Weizmann. Tu devrais être content. »

Yudel et Rosa étaient assis à la table du dîner et prenaient un café. « Il devrait être là depuis une heure », remarqua Yudel.

« En ce qui me concerne, il peut bien rester là où il est, surtout si ça peut servir à éloigner les deux autres. »

Yudel savait bien de qui elle parlait et il approuva lentement de la tête. Weizmann ne viendrait pas, il l'avait pressenti la veille. Il s'était approché de trop près de la source de ses problèmes et il était allé trop

77

vite. Yudel n'ignorait pas combien les êtres humains s'accrochaient à leurs illusions et à leurs tricheries, ces étranges distorsions de la réalité dont nous avons tous besoin pour continuer à vivre. Weizmann avait senti le souffle de la réalité, de la vérité qu'il n'avait jamais été capable d'affronter. Cette vérité, Yudel savait qu'il l'avait dissimulée sous un tissu d'affabulations, et maintenant il reculait devant la perspective de la voir mise à jour. Et le fait qu'il avait uriné à leur dernier rendez-vous, la honte qui s'en était suivie, avait aggravé les choses. Si Weizmann était venu, Yudel aurait été très étonné.

Il finit son café en silence, écoutant à peine les quelques tentatives de Rosa pour alimenter la conversation, puis se rendit dans son bureau pour téléphoner à Weizmann. Il trouva le numéro de téléphone du *Restaurant des Jumelles* dans l'annuaire de Johannesburg. Une femme répondit avec une voix stridente. « Allô ! *Ja*. Les jumelles. »

« M. Weizmann est là ? » demanda Yudel en afrikaner.

« Non, il n'est pas là. Qui le demande ? »

« Il est peut-être dans son appartement. A-t-il un autre téléphone ? »

« Non, il n'y en a pas d'autre, mais il est pas là. Il est sorti. Qui le demande ? »

« Merci beaucoup, c'est tout ce que je désirais savoir. »

« Qui le demande ? »

Yudel raccrocha et partit à la recherche de Rosa. Elle était déjà installée devant le poste de télévision. Il lui jeta un regard spéculatif et la nature de ce regard la mit en alerte. « Tu sors ? » Ce qu'elle voulait dire, et Yudel l'avait parfaitement compris, c'était : « Tu ne vas pas me laisser seule un vendredi soir après avoir travaillé toute la semaine et alors qu'on s'est à peine vus : tu ne vas pas me faire ça ? »

« C'est un homme dangereux, Rosa. Et au point où j'en suis, il est sous ma responsabilité. »

Rosa se leva brusquement. « Et s'ils venaient pendant

que tu n'es pas là ? » Son visage trahissait l'anxiété et Yudel savait parfaitement à qui elle faisait allusion.

« Ils ne reviendront pas. Il n'y a aucune raison pour qu'ils reviennent. »

« C'est faux. Je veux pas rester seule. »

« Tu es ici chez toi, Rosa. » Les premiers effets encore incertains d'une hostilité personnelle envers la police de la Sécurité commençaient à se faire jour chez Yudel. Qui étaient ces salauds ? A cause d'eux, sa femme n'osait même pas rester seule dans sa propre maison.

« Si tu vas à Jo'bourg tu n'as qu'à me déposer chez Irena. »

« Oui mais je ne pourrai pas entrer. » Rosa avait une sœur obèse. Cette dernière et son mari – qui mettait à profit sa réussite sociale pour occuper encore davantage d'espace que sa femme – ne comptaient pas parmi les fréquentations préférées de Yudel.

« Je ne veux tout simplement pas rester ici toute seule ce soir », s'obstina Rosa.

Le *Restaurant des Jumelles* était situé au coin de Myburg Street, une rue commerçante et bien éclairée, et Hayes, une rue sombre la nuit à cause des arbres qui ne laissaient pas passer la lumière des réverbères. Les constructions du coin étaient de styles divers, allant des immeubles en béton, verre et acier de quarante étages, abritant les bureaux de grosses sociétés prospères, aux vieux bâtiments en brique dépassant rarement cinq ou six étages construits à une époque moins florissante. Les peintures étaient souvent tachées et écaillées, et les portes en verre peut-être pas aussi propres qu'autrefois. Les charnières des boîtes aux lettres étaient esquintées et des couloirs sombres menaient à des appartements bon marché : tout indiquait ici que l'argent se faisait rare.

Le temps que Yudel arrive chez Weizmann et le soir tombait déjà. Il s'arrêta dans une rue transversale, de l'autre côté de la rue commerçante sur laquelle donnait la boutique, sortit de sa voiture et s'arrêta un instant dans l'ombre d'un petit chêne rabougri. Le devant de la boutique et une partie de la façade latérale étaient vitrés et on pouvait voir au travers. Le mot « restaurant » était peint en grosses lettres sur la vitrine, mais il s'agissait d'une appellation généreuse. L'établissement de Weizmann correspondait en fait à ce que Yudel avait connu dans son enfance sous le nom de boutique de *fish and chips*. Il était divisé en deux parties. Le côté où l'on entrait donnait directement sur le comptoir où l'on s'approvisionnait en sucreries, cigarettes et boissons fraîches. Ce comptoir communiquait avec un deuxième où on achetait des poissons, des frites, des saucisses, des boulettes de viande, des pieds de cochon, et deux ou trois choses du même genre. Derrière ce comptoir, Yudel voyait les bacs à friture. Une jeune femme et une autre entre deux âges se tenaient derrière le comptoir des cigarettes. Elles semblaient seules dans cette partie de l'établissement. De l'autre côté, on avait installé des tables et des chaises en bois et quelques personnes étaient assises là, occupées à manger et à boire. Au fond, dans l'obscurité, Yudel crut apercevoir la porte qui conduisait à la réserve. Au-dessus de la boutique on distinguait quelques lumières allumées mais aucune présence ne se manifestait dans l'appartement. Yudel attendit que la circulation s'interrompe pour traverser et entrer dans le café.

Les deux femmes se tournèrent vers lui quand il entra. Il s'adressa à la plus âgée des deux. « M. Weizmann est là ? » demanda-t-il en afrikaner.

La femme avait à peu près l'âge de Weizmann, une belle peau à peine ridée sur un visage laid et plat et des cheveux roux frisottés. « Qu'est-ce que vous lui voulez ? »

Yudel reconnut la voix qui lui avait répondu au téléphone. « J'aimerais lui parler. »

« Je peux lui transmettre un message ? » Elle parlait d'une manière abrupte et rapide, presque irritée, ses petits yeux verts le fixant avec colère comme pour lui reprocher d'avoir posé une question aussi bête.

« C'est possible de lui parler ? »

« Il est sorti. » Toujours le même ton irrité et le même débit précipité. « C'est de la part de qui ? » L'identité de Yudel piquait visiblement sa curiosité.

« Dites-lui que Yudel Gordon est passé le voir. Il n'est pas venu à notre rendez-vous ce soir et je craignais que quelque chose ne lui soit arrivé. »

« Un rendez-vous ? »

« Oui, nous avions pris rendez-vous. »

Soudain la femme sut qui était Yudel. Il le vit clairement sur sa figure, mais cette prise de conscience ne paraissait guère agréable. Elle eut un sourire forcé. Toute son attitude manquait de naturel. « Oh vous êtes... » Elle ne trouvait pas le mot.

« C'est exact. Votre mari est là ? »

« Non, il est sorti. Je sais pas où il est. »

Une ouverture en forme d'arcade les séparait de la réserve. Yudel avait une vue directe sur le local, mais il chercha en vain les marches qui le reliaient à l'appartement du dessus. La réserve n'était pas éclairée et tout ce qu'il distinguait, c'étaient des étagères métalliques s'alignant contre le mur d'en face. « Je voulais vous dire combien je suis désolé de ce qui vous est arrivé. Bien sûr votre mari m'en a longuement parlé. »

La femme adopta une attitude de sérénité. Yudel s'attendait presque à la voir joindre les mains à la façon d'un ange dans une peinture allégorique. « Je remercie tous ces gens merveilleux qui nous ont soutenus », déclara-t-elle.

Un Noir d'à peine vingt ans, habillé d'une chemise au col ouvert et d'une veste de sport, entra dans la boutique et s'arrêta à gauche de Yudel, un peu en arrière, attendant d'être servi. Aucune des deux femmes ne regarda dans sa direction. « Alors comme ça, les gens vous ont soutenus ? »

« Tous nos amis nous ont soutenus. » Yudel jeta un coup d'œil du côté du jeune homme qui attendait d'être servi et fixa à nouveau son attention sur la femme d'un certain âge, mais elle ne semblait pas s'intéresser au client. « Vous voulez que je dise à mon mari que vous le cherchez ? »

« Dites-le-lui, je lui téléphonerai. »

« Bien. Je lui dirai. Et aussi que vous avez fait tout le chemin de Pretoria pour le voir. » Elle appuya sur le mot « tout » comme pour mettre l'accent sur la distance effectuée, voulant probablement faire savoir à Yudel qu'elle appréciait ses efforts. Yudel avait des doutes sur sa sincérité.

Le long de la vitrine de gauche étaient disposés des réfrigérateurs avec des portes transparentes, remplis de boissons fraîches. « Je boirais bien quelque chose », déclara Yudel. Il se dirigea vers le frigo le plus proche et se retourna brusquement pour la regarder. Rien dans ce visage pâle et hostile n'indiquait qu'il était le bienvenu. Yudel sourit et elle dirigea rapidement son attention vers l'autre client. Le jeune homme voulait des cigarettes, il fut servi avec une sorte de colère efficace qui semblait signifier « voilà tes cigarettes, et maintenant tu payes et tu vas te faire voir ailleurs, toi et ta sale tête de nègre ». D'un autre côté, réfléchit Yudel, c'était peut-être lui qui était la cause de sa mauvaise humeur, et pas le Noir. Il examina tranquillement les bouteilles de soda, s'arrangeant pour regarder la jeune femme droit dans les yeux. Elle ne manquait pas de charme mais portait une tenue débraillée avec un chandail brun crasseux bâillant sur une poitrine trop épanouie qui ne semblait pas bénéficier d'un quelconque soutien artificiel. Son visage n'exprimait aucune hostilité. En croisant le regard de Yudel, elle lui sourit, découvrant des gencives très roses et de grandes dents jaunes dont les interstices gardaient le souvenir d'un ou plusieurs repas antérieurs. Yudel revint sur sa première impression qu'elle ne manquait pas de charme. Il supposa qu'il s'agissait d'une des jumelles. Le comportement des deux femmes l'une envers l'autre semblait celui d'une mère et d'une fille.

Finalement il choisit un jus de pomme. Il l'amena au comptoir et le posa devant la femme de Weizmann.

« C'est pour emporter ou vous le prenez ici ? » demanda-t-elle.

« Je peux aller le boire là-bas ? » Il fit un geste du menton vers la salle du fond.

Pour une question aussi peu importante, Mme Weizmann prit son temps avant de répondre. « Allez-y, asseyez-vous », dit-elle enfin. Il la paya avec un billet et tandis qu'elle cherchait la monnaie dans le tiroir-caisse et ouvrait la bouteille, il jeta un regard rapide autour de la boutique. De la vieille graisse s'était agglutinée autour du bord supérieur des bacs. Les éclaboussures d'huile sur les murs ne semblaient pas avoir été nettoyées depuis longtemps. Des morceaux de papier servant à l'emballage des aliments étaient stockés entre les deux comptoirs sur une planche poussiéreuse qui ne voyait pas souvent la couleur d'une éponge.

Yudel prit sa bouteille et sa monnaie de la main de Mme Weizmann et se dirigea vers la salle. Il s'arrêta suffisamment longtemps sur le pas de la porte pour voir la fille se précipiter dans la réserve où se trouvait l'escalier qui menait à l'appartement. Elle allait sans doute dire au vieil homme de ne pas descendre.

Cette deuxième partie de la boutique contenait peut-être une douzaine de tables en bois bon marché, chacune entourée de quatre chaises. Une porte entrebâillée menait à une cour sombre. Il n'y avait pas de fenêtres à part la baie vitrée sans rideaux du côté de la rue. Les gens assis aux tables étaient exposés aux regards des piétons qui passaient sur le trottoir. Trois tables avaient été retournées sur d'autres tables et le plancher était aussi sale et poussiéreux que dans le local à côté. Au milieu de l'étroit couloir entre les chaises, un vieux journal avait été posé sur le sol pour éponger une flaque. Quand Yudel marcha dessus, une odeur d'urine lui monta aux narines. Il choisit une place aussi éloignée que possible du journal.

Trois tables étaient occupées. A l'une d'entre elles, un

homme aux cheveux grisonnants avant l'âge et habillé d'un blouson de cuir et d'un jean lisait *The Citizen*, un journal progouvernemental dont le financement avait été l'objet d'un scandale national. A une autre table, deux femmes à la poitrine généreuse, teintes en blond, discutaient de la vie dissolue d'une amie à voix suffisamment forte pour que Yudel les entende distinctement. A la troisième était assis un homme fatigué, vêtu d'un uniforme de chauffeur de bus, pianotant sur la table, le regard perdu au loin. C'étaient les Blancs qui formaient la clientèle de Weizmann, moins privilégiés que la majorité de leurs concitoyens, des travailleurs portant leur part du fardeau de la société, mais qui étaient devenus adultes dans un environnement pas très favorable à la réussite. Ils représentaient ceux qui étaient directement menacés par la poussée des Noirs. Yudel avait souvent entendu leurs pauvres arguments, et dans une certaine mesure il comprenait leurs craintes.

Yudel les avait souvent entendus dire : « Mon grand-père a combattu les Cafres pour ce pays. Et maintenant il faudrait que je m'asseye à côté d'eux dans les bus et dans les trains. Et il faudrait que mes enfants aillent à l'école avec eux. Il n'en est pas question. »

« Ça me dérange pas qu'on leur donne une chance. J'ai rien contre les Cafres, mais s'ils ont le droit de travailler n'importe où, qui donnera du travail à ma Jannie et à mon Hennie ? »

« Le gouvernement leur donne tout. Ils ont des homelands, ils ont des écoles, ils ont tout et avez-vous jamais entendu parler d'un Cafre payant des impôts ? »

« J'en ai rien à foutre. Ils doivent tout simplement pas essayer de se mêler à nous. Qu'ils restent de leur côté et nous du nôtre, le plus loin possible. Je me fiche de ce qu'on leur donne. Mais qu'ils viennent pas m'embêter. »

« Ces salauds de riches, ils s'en tapent. Ils veulent que les Cafres prennent les mêmes bus que nous, mais eux ils prennent jamais le bus. Ces messieurs de Houghton sont pour l'admission des Cafres dans les écoles, mais ils envoient leurs enfants dans des écoles privées. Ils veulent que les Noirs nous prennent notre travail, comme ça ils les paieront moins cher que nous. Ces salauds de riches ça les dérange pas, nous évidemment c'est pas pareil. »

Weizmann appartenait à cette société-là. Il était même possible que sa boutique serve de lieu de rendez-vous. Et les angoisses de ces gens étaient identiques à celles de Weizmann. Mais il y avait autre chose. Tous les hommes craignant pour l'avenir de leurs enfants et luttant pour se maintenir dans une situation perpétuellement instable qui avoisinait le bas de l'échelle de cette société, tous ces hommes-là ne devenaient pas des meurtriers.

Dans un distributeur en bois accroché à un mur, des journaux étaient mis en vente. Yudel voyait des exemplaires du quotidien que lisait l'homme au blouson de cuir et aussi divers journaux afrikaners, tous progouvernementaux. Tous les journaux relativement libéraux de langue anglaise, et qui étaient les plus populaires à Johannesburg, brillaient par leur absence.

La porte qui donnait sur la cour s'ouvrit doucement, un gros berger allemand entra dans la pièce et trotta vers l'entrée de la boutique, s'arrêtant un instant pour renifler la tache d'urine. Mme Weizmann apparut dans l'encadrement de l'ouverture en arcade, ramassa une boîte de soda vide qui traînait par terre et donna un coup de pied au chien qui alla se cacher derrière le comptoir, la queue entre les pattes. Yudel l'entendit crier : « Fiche le camp, ton maître t'aime bien mais moi pas. Tu pisses sans arrêt sur le plancher. » Elle retourna derrière le comptoir où Yudel ne pouvait pas la voir. Provenant de ce coin-là, il entendit des gazouillis d'enfants qui parlaient d'une voix aiguë et excitée, balbutiant des mots incompréhensibles. La femme recommença à rouspéter. « Pourquoi laisses-tu ces enfants parler anglais ? Il faut qu'ils parlent leur propre langue. »

Yudel but son jus de pomme et s'en alla. A l'évidence, Weizmann avait bien des problèmes à affronter.

« Je sais pas, dit le Grec. J'ai pas de revolver et j'ai aucun problème. »

« Aucun cambriolage ? » interrogea Yudel.

« Un seul il y a cinq ans, alors j'ai fait venir des gardes et j'ai installé un système d'alarme. Depuis, pas de problème. »

« Et les autres boutiques du coin ? »

« Il y en a qui ont des revolvers et d'autres qui ont rien, comme moi. Ils ont pratiquement jamais eu de problèmes. M. Weizmann est le seul qui a des problèmes. »

Yudel le remercia.

La soirée était loin d'être terminée quand Yudel entreprit de descendre la colline en direction du centre ville. A quelques pâtés de maisons de chez Weizmann, il rejoignit le réseau de rues arrivant de l'ouest et convergeant à la gare de Johannesburg qui se situait à une dizaine de mètres en contrebas. Cet immense jeu de pistes était traversé par des séries de ponts qui rejoignaient le quartier des affaires le plus important situé au nord de la ville, transportant le flot incessant de la circulation qui allait et venait, accomplissant ses tracés quotidiens. Johannesburg était une ville active. Beaucoup de gens s'enrichissaient et beaucoup de gens s'appauvrissaient. D'autres pensaient qu'ils allaient devenir riches, mais ils n'y parviendraient jamais. La montée des Noirs était plus nette ici que dans n'importe quelle autre ville d'Afrique du Sud et quand ils provoquaient des émeutes, leur colère était plus grande que n'importe où ailleurs. C'était une ville contrastée et extrémiste. Il y avait les ultra-libéraux qui se sentaient presque honteux d'être blancs. Il y avait les racistes les plus violents et les plus désespérés, qui n'hésiteraient pas à tuer pour protéger une position privilégiée. Il y avait les artistes et les conducteurs de trains, les Juifs et les antisémites, les religieuses et les putains, les millionnaires et les déshérités... Yudel adorait ça. Tout ce vaste catalogue de l'expérience et des motivations humaines était là pour lui, pour qu'il l'observe et essaie de le comprendre. Sans cette immense diversité, il aurait trouvé la vie monotone.

La nuit était froide, mais d'un froid moins intense que les nuits d'hiver du Highveld. Il traversa des rues. Dans son esprit il suivait le même chemin que les cambrioleurs de Weizmann. Après avoir passé un pont, il tourna à droite, se dirigeant lentement vers l'ouest par des chemins tortueux et étroits où se succédaient des petites boutiques indiennes : tailleurs, épiciers, herboristes, cordonniers... Les gens circulant dans les rues s'arrêtaient souvent pour discuter par groupes qui rassemblaient toutes les ethnies complexes et variées uniformément désignées en Afrique du Sud sous la rubrique « Noirs ».

Au-dessus des boutiques se trouvait le genre d'appartement où Cissy Abrahamse aurait pu partager une pièce avec sa mère prostituée et son petit frère. Ces appartements étaient petits, sales, d'une saleté tellement incrustée que plus rien ne les décaperait jamais. Rien à voir avec la tristesse, le côté mal entretenu des immeubles autour de la boutique de Weizmann. Ici, il s'agissait d'une déchéance qui ne pouvait être effacée par un ravalement de façade ou un coup de peinture. Les vieux planchers crevassés, les hordes de cafards, les déchets pourrissant dans les cours où personne ne nettoyait les débordements des poubelles demeureraient là jour après jour. Sur la plupart des balcons du linge séchait, des lessives probablement répétées quotidiennement parce que les propriétaires de ces vêtements n'en avaient pas de rechange.

Ce genre de quartier existait dans toutes les grandes villes. Des gens aux qualifications inutiles ou mal adaptées aux besoins des sociétés dans lesquelles ils vivaient se rassemblaient dans ces vieux appartements surpeuplés pour payer un loyer moins cher. Les femmes se tournaient souvent vers la profession la plus facile d'accès et la plus vieille du monde dans toutes les communautés de la terre. Les hommes se cachaient à eux-mêmes qu'ils n'avaient pas d'avenir, se persuadaient tant bien que mal de continuer à avancer, jour après jour...

C'était la montée lente et impossible à endiguer de ces gens qui effrayait Johnny Weizmann et ses clients. Qu'un jeune homme ou une jeune femme réussisse d'une façon ou d'une autre à briser le cercle vicieux de cette vie déprimante, sans issue, et les gens qui fréquentaient *le Restaurant des Jumelles*, ces gens-là et leurs enfants se sentaient menacés.

Yudel s'engagea dans une ruelle étroite où s'alignaient, de chaque côté, des stands de marchands de légumes indiens. L'endroit était grouillant de monde. Des habitants du quartier – des femmes pour la plupart – faisaient les courses pour leurs familles, mettaient tout leur cœur à acheter les petites choses qui réjouiraient leurs enfants et dont elles espéraient qu'elles satisferaient leurs maris. Dans un stand vide, une jeune femme africaine vêtue d'une mince robe de laine et de chaussures en cuir verni fendillées, accompagnée d'une petite fille de trois ou quatre ans, faisait griller des galettes de blé sur un brasero. Elle en avait posé quatre sur une grille au-dessus de la braise et une dizaine attendait dans un petit carton posé à côté d'elle. « Vous les vendez ? » demanda Yudel.

« Vingt cents. » Elle était mince avec un joli visage à la couleur de peau presque orientale. Elle aurait été ravissante si elle n'avait paru si fatiguée.

« Je peux en avoir une ? »

« Oui, monsieur. » En lui parlant elle avait baissé les yeux. L'enfant s'était approché de la source de chaleur, tendant ses petites mains vers les braises, les doigts écartés. Parmi ces gens rassemblés dans la rue, Yudel en avait remarqué quelques-uns qui n'achetaient pas. Ils étaient sans doute venus là pour discuter profiter de la chaleur humaine, et peut-être qu'à la fin de la soirée les commerçants leur donneraient pratiquement pour rien les marchandises qui restaient et seraient gâtées le lendemain. La plupart étaient pauvrement vêtus, et sûrement depuis longtemps. S'agissait-il de ceux qui trouvaient finalement leur chemin jusqu'à la boutique de Johnny

Weizmann ? Incapables de faire face à la pression de la ville, et ayant perdu tout espoir, ils ne résistaient pas à la tentation qu'offrait la porte ouverte d'une réserve.

Yudel savait que le vol était un crime pour ceux qui possédaient beaucoup. Il savait également que c'était beaucoup moins grave pour ceux qui ne possédaient pas grand-chose, et un péché véniel pour ceux qui avaient faim et ne possédaient rien. Ils s'étaient rendus à la boutique de Weizmann dans le passé. Tard dans la nuit, quand il ne restait plus aucun espoir, ils étaient tombés sur la porte entrouverte dans la rue latérale à peine éclairée. Et ils y retourneraient bientôt. De cela Yudel ne doutait pas un seul instant.

6.

Yudel s'empara de la lettre écrite de la main de Rosa comme d'un élément étranger qu'il avait rapidement repéré sur le désordre de son bureau. Puis il prit sa serviette qui contenait les dossiers Weizmann et se rendit dans le living, faisant un détour par la cuisine pour récupérer la tasse de café qu'il s'était déjà versée avant de s'asseoir devant la télévision éteinte. Rosa était allée se coucher dès qu'ils étaient rentrés de Johannesburg, tout en lui recommandant de ne pas traîner trop tard.

La lettre ne remplissait qu'une seule page et n'était pas sous enveloppe. Yudel soupira et jeta un bref regard au plafond, comme s'il espérait qu'il lui serait d'un certain secours, avant de se concentrer sur sa lecture. La missive ne lui était pas adressée, c'était déjà quelque chose, et elle était rédigée comme suit :

A l'attention du directeur de la publication.

The Rand Daily Mail

Cher monsieur,
Il est grand temps que votre journal prenne clairement
position en ce qui concerne les pratiques barbares et
cruelles de la corrida. Chaque année, des milliers de
chevaux et de taureaux sont sauvagement assassinés
pour distraire des etres humains assoiffés de sang. De
jeunes hommes innocents sont persuadés de prendre part
à ce dangereux passe-temps en espérant conquérir la
gloire et gagner de fortes sommes d'argent. Or ils ne
gagnent rien dans cette entreprise si ce n'est parfois une
mort prématurée. Des journaux comme le vôtre doivent
prendre conscience du rôle qu'ils ont à jouer dans la
dénonciation de la corrida et si vous ne vous décidez pas
enfin à réagir, l'humanité sera condamnée à être empoi-
sonnée par ce fléau jusqu'à la fin des temps.
Veuillez recevoir l'expression de mes salutations
dlstinguées.

Rosa Gordon.

Yudel poussa un nouveau soupir, replia la lettre et la
mit dans la poche de sa chemise. Il lui traversa brième-
ment l'esprit qu'il n'y avait pas une seule arène où l'on
toréait à sept cents kilomètres à la ronde. Quand Rosa
décidait d'entreprendre une campagne contre la corrida,
c'était un signe certain qu'elle commençait à perdre
patience avec lui, Yudel. Dans sa profession, il appelait
cela une agressivité détournée de son objectif initial. Il se
fit une fiche mentale comme quoi il devrait songer à faire
quelque chose pour apaiser Rosa et remit aussitôt le problème à plus tard.
Yudel arrangea les dossiers en éventail devant lui sur
la table basse, but une gorgée de café, se fit une fiche
mentale comme quoi il devrait en boire moins, et choisit
un dossier intitulé John Nkabinde, 5 mai 1968. L'écriture
était toujours celle de Mimi. Elle avait noté un autre nom

et une nouvelle date qui avait signé l'arrêt de mort d'un être humain, cette fois dix ans auparavant.

Le rapport du médecin légiste ouvrait le dossier et il établissait que Nkabinde était mort d'une blessure provoquée par une seule balle dans l'épaule juste au-dessus du cœur. Il n'y avait aucune marque de brûlure sur la peau.

Le rapport de police n'apportait rien, se contentant de signaler que Nkabinde avait été découvert mort, étendu sur le sol dans la boutique de Weizmann. Une des vitrines était brisée et on avait trouvé une barre de fer à côté de lui.

Yudel lut cette déposition de Weizmann plus attentivement que les autres, et certaines des phrases qu'il utilisait se gravèrent dans son esprit. « J'ai entendu un bruit de verre brisé et je suis descendu dans ma boutique pour voir ce qui se passait... Il tenait une barre de fer... une des vitrines était défoncée... J'ai tiré seulement quand il m'a menacé... »

Le magistrat avait décidé que personne n'était à blâmer pour la mort de Nkabinde.

Les dossiers n'apprirent pas grand-chose à Yudel qu'il ne sût déjà. Il les parcourut rapidement, à la recherche de détails significatifs qui lui dicteraient la marche à suivre. Jonathan Qumbisa était mort le 21 octobre 1972. D'après le contenu de ce dossier, lui et un ami avaient essayé de voler une camionnette qui était parquée près de chez Weizmann. Weizmann les avait interrompus dans leur travail et Qumbisa était mort à la première balle. L'incident avait eu lieu à Hayes Street. L'autre homme s'était enfui et la police ne l'avait pas retrouvé. « J'aime donner un coup de main à la police », avait déclaré Weizmann dans sa déposition. Personne n'avait été jugé responsable de la mort de Qumbisa.

Henderson Mhlope était mort le 28 janvier 1968. C'était l'un des deux voleurs coincés dans la réserve derrière la boutique de Weizmann. Il avait été saigné à mort après qu'une balle lui eut sectionné l'aorte. Son collègue avait été reconnu coupable de vol avec effraction et condamné à un an de prison. Il n'avait pas été blessé. Personne ne fut reconnu coupable de la mort de Mhlope.

A l'aube du 9 février 1973, Oscar Mbhele était mort de multiples blessures par balle, toujours dans la réserve de la boutique de Weizmann. Il était seul et avait menacé Weizmann avec un couteau. Personne n'avait été reconnu coupable...

Envahi par un sentiment de dégoût, Yudel repoussa les dossiers. Aucune preuve à charge n'avait jamais été apportée. A chaque fois, tout ne tenait qu'aux justifications de Weizmann. Et Weizmann n'était pas venu ce soir à son rendez-vous. Yudel savait que s'il refusait de se faire soigner, il faudrait tenter autre chose. Mais les possibilités étaient limitées et Yudel avait du mal à les envisager.

Il aurait préféré arrêter là son enquête mais toute cette histoire l'obsédait et semblait le contraindre à persévérer. Il prit un nouveau dossier sur la table.

Yudel lut qu'après une brève poursuite dans Hayes Street, un des trois voleurs était tombé mort. Les deux autres s'étaient enfuis. On avait identifié l'homme décédé, un certain Rakabaele Sono, âgé de dix-sept ans. C'était arrivé à 23 heures le 18 septembre 1967. Une photographie du corps montrait qu'il ne portait qu'un short et une chemise. Ses bras et ses jambes paraissaient d'une longueur peu commune, mais Yudel se rendit compte que c'était à cause de leur maigreur. Personne n'était coupable...

Mimi avait bien fait son travail. Parmi les dossiers, il y en avait un au nom de Daniel Weizmann, 17 décembre 1977. D'après la police, Daniel avait été trouvé dans son appartement au moment de sa mort. Le diagnostic du chirurgien du district établissait qu'il était décédé d'une crise cardiaque. Pour une raison inexpliquée, la police avait pris une déposition de son frère. « Souvent, la nuit, il y avait des jeunes et des Noirs qui traînaient autour de l'immeuble où vivait mon frère. Certains d'entre eux l'avaient menacé... »

Une ligne du rapport de l'officier de police Wolmarans lui mit la puce à l'oreille. « Nous n'avons constaté aucun signe de violence. Le corps ne portait aucune marque. » Yudel se rappela ce que Weizmann lui avait dit. « La police m'a emmené là-bas et il était méconnaissable. Je pouvais même pas reconnaître le corps de mon propre frère tellement ils l'avaient battu. » Mais le rapport de police disait que le corps était intact et le chirurgien du district affirmait que Daniel était mort d'une crise cardiaque. La contradiction entre les deux versions ne pouvait signifier que deux choses: soit les autorités avaient dissimulé la nature de la mort de Daniel Weizmann, ou alors, au cours des mois qui avaient suivi, l'esprit dérangé de son frère avait transformé une mort ordinaire en meurtre. Connaissant Weizmann comme il le connaissait, Yudel ne doutait pas un seul instant que dans cette affaire, ce n'étaient pas les autorités qui étaient à blâmer.

Yudel avait compté les meurtres et il en était arrivé à huit – le nombre que Freek lui avait donné – mais il restait encore deux dossiers. Il ouvrit celui sur lequel était inscrit Barney Tsatse, 25 décembre 1977. Tsatse avait survécu pour faire une déposition. « Je suis allé à la boutique de M. Weizmann vers 10 heures du matin... j'ai demandé quelque chose à boire... M. Weizmann voulait pas me rendre ma monnaie... je lui ai dit que je partirais pas avant d'avoir ma monnaie... il a jeté des pennies par terre. Pendant que je les ramassais il m'a frappé sur la tête avec une bouteille... je lui ai donné un coup de couteau dans le bras et il m'a encore frappé... je me souviens pas... »

La version de Weizmann était différente. « Il m'a dit que je ne lui avais pas rendu sa monnaie. Il était entré ici pour faire des histoires, il savait que j'avais déjà eu des ennuis, alors il voulait me créer des problèmes. Comme il a sorti un couteau j'ai dû me défendre... »

Il y avait aussi une déposition d'une certaine Connie Morudu. « J'ai essayé d'entrer dans la boutique et M. Weizmann m'a repoussée dehors et a fermé la porte.

A travers la vitre j'ai vu M. Tsatse par terre. J'ai vu M. Weizmann le frapper avec une bouteille. On a essayé de forcer la porte. On pensait qu'il était en train de tuer M. Tsatse... »

Une note écrite de la main de Freek disait qu'aucune charge n'avait été retenue.

Yudel abandonna le dernier dossier et retourna à la cuisine pour se préparer une deuxième tasse de café. Là, à la pendule, il constata qu'il était plus d'une heure. Enfin, demain je pourrai dormir tard, se dit-il pour se trouver une excuse. Les dossiers Weizmann transmis par Freek se situaient passablement au-delà des compétences habituelles de Yudel. Il ne comprenait pas comment cet homme avait pu tuer encore et encore sans que rien ne soit fait pour l'arrêter. Chaque « accident » semblait avoir été suivi d'une procédure légale impeccable, et puis rien. Autant que Yudel puisse en juger, il n'avait jamais été blâmé publiquement. Freek l'avait menacé, c'est vrai, mais il avait fallu onze ans et huit meurtres pour en arriver là. Toute cette affaire dépassait l'entendement de n'importe quel homme raisonnable.

Et pourtant, dans un certain sens, ce n'était pas si difficile que cela à comprendre. Il existait une loi non écrite dans le Code civil sud-africain comme quoi le cambrioleur, celui qui profanait le sanctuaire du domicile privé, pouvait être tué d'un coup de revolver. Aucune cour de justice ne prenait jamais la défense d'un cambrioleur désarmé contre un propriétaire armé. Dans une société où les biens de consommation étaient concentrés dans les maisons de ceux qui faisaient la loi et qui étaient les seuls à être autorisés à posséder une arme, dans une société où la plupart des cambrioleurs ne possédaient rien qui puisse être volé et n'étaient pas autorisés à s'armer, dans une telle société, tuer un cambrioleur n'avait pas grande importance. Les procédures légales qui suivaient n'étaient la plupart du temps que de simples formalités.

Pendant que Yudel attendait que l'eau bouille dans la bouilloire, il inventoria dans sa tête les fragments d'information qu'il était parvenu à accumuler. Peut-être la colère de Weizmann s'était-elle apaisée pour le moment, peut-être observerait-il une trêve pendant une période de temps que lui seul était apte à mesurer. Mais Yudel se rappelait maintenant que certaines des dates rapportées sur les dossiers étaient dangereusement rapprochées, et d'après ses entretiens avec Weizmann, il doutait que le danger ait été conjuré, même temporairement. Il se souvenait trop bien des yeux faibles et larmoyants, du désespoir dans la voix du vieil homme. « ... La nuit vous êtes seul. Il y a personne d'autre... les Cafres sont dans la rue... »

Et puis il y avait cette porte ouverte, cette invitation à ceux qui avaient faim. « J'ai le sommeil léger, avait dit Weizmann. J'ai le sommeil très léger. » Etait-ce vraiment aussi simple que ça ? Une simple porte ouverte et lui, un homme au sommeil si léger qu'il se réveillait à chaque fois ? Et la vitrine brisée dans l'affaire Nkabinde alors ? Quel besoin y avait-il de briser une vitrine si la porte était ouverte ? A moins qu'elle n'ait été brisée après coup pour mieux convaincre le tribunal. Mais si c'était le cas, quelqu'un aurait certainement entendu le bruit du verre brisé venant après les coups de feu et se serait proposé comme témoin, non ? Non, justement.

Et la femme de Weizmann ? Jusqu'à quel point était-elle complice dans tout ça ? Les homicides se présentaient souvent par deux dans les annales de la criminalité. Justement des couples qui n'auraient jamais tué si chacun avait été seul. Yudel se demandait si c'était le cas, et soupçonnait la femme d'être à l'origine de l'aspect racial de la question. Il se rappela la façon dont elle avait traité le client noir pendant qu'il se trouvait dans la boutique. Ses petits gestes impatients. Son irritation parce que les enfants parlaient anglais. Peut-être se trompait-il, se dit Yudel. Mais il se rappela aussi l'absence de journaux libéraux et cette attitude sereine visiblement forcée quand elle avait dit : « Je remercie tous les gens merveilleux qui nous ont soutenus. »

L'eau bouillait. Yudel se prépara lentement un café, accomplissant les gestes rituels de façon presque inconsciente. Il avait un problème. Weizmann n'était pas venu à son rendez-vous. Yudel se demandait ce qu'il pourrait bien faire pour un patient avec lequel il avait perdu tout contact. Depuis qu'il l'avait vu pour la dernière fois, il avait peu à peu acquis la certitude que Weizmann n'accepterait pas de lui-même de poursuivre le traitement.

Il retourna au seul dossier qui lui restait, sa tasse de café à la main. Sur la couverture, Mimi avait tapé le nom d'Inderasagan Reddy, 16 avril 1973. Tout comme Barney Tsatse, Reddy avait survécu pour faire une déposition. Elle constituait la première pièce du dossier. « Je conduisais dans Smith Street au volant de ma voiture à une vitesse d'environ cinquante kilomètres heure. J'étais avec mon ami Govan Singh. Une voiture a grillé un stop sur notre droite et nous lui sommes rentrés dedans. Des Blancs sont sortis d'une autre voiture et l'un d'entre eux, M. Weizmann, m'a donné un coup de poing : ma vitre était baissée. Il hurlait : « Vous pouvez pas regarder où vous allez ? » J'ai essayé de sortir et les autres Blancs ont commencé à me taper dessus à coups de poing. Après ça je me souviens de rien. »

Suivait le témoignage de Govan Singh. « ... Quatre hommes blancs sont sortis de la voiture. M. Weizmann a essayé de cogner sur mon ami par la vitre baissée. Je suis sorti et les autres ont voulu se précipiter sur moi... j'ai couru en direction du pont de Simmons Street... j'ai glissé et je suis tombé... ils m'ont donné des coups de pied... j'ai perdu connaissance... »

Un troisième Indien était impliqué dans l'affaire, et Mimi, en bonne fonctionnaire au service de l'Etat, avait regroupé les dépositions dans un ordre respectant les groupes ethniques. Yudel lut ce que Jayendra Naidoo avait déclaré à la police. « J'ai arrêté ma voiture quand j'ai vu des gens qui se battaient sur le bord de la route. J'ai essayé d'intervenir, mais un des Blancs (on m'a dit

par la suite qu'il s'agissait du sergent Jeffreys) a crié :
"En voilà un autre." Le sergent Jeffreys m'a donné des
coups de poing et M. Weizmann m'a frappé sur la tête
avec un revolver. Alors M. Weizmann m'a tiré dans la
jambe... »

Les dépositions de Weizmann, Jeffreys et Jansen, qui
fut identifié comme le beau-fils de Weizmann, racon-
taient tous à peu près la même chose : après un accident
sans gravité, ils avaient dû se défendre contre trois
Indiens agressifs. Le revolver avait été sorti en état de
légitime défense et était parti accidentellement, touchant
la jambe de Naidoo alors qu'il s'élançait sur Weizmann.

Yudel commença à lire le jugement avec une certaine
répugnance mais cette fois-ci il fut surpris. Le magistrat
avait estimé que Weizmann et ses amis « ... essayaient
d'excuser leur agression, leurs témoignages ne sont pas
crédibles ». Il les déclarait tous coupables et les condam-
nait à des amendes de cinq cents rands pour voie de fait.
Weizmann, lui, était condamné à une amende de mille
rands, le paiement de la moitié de cette somme étant suspendu si le prévenu suivait un traitement psychiatrique.
Yudel, qui se sentait peu à peu gagné par le sommeil
depuis qu'il consultait ces dossiers, se réveilla brusquement quand il en arriva à la dernière partie du jugement.
« ... est déclaré interdit de port d'arme pendant une
période de cinq ans... »

Yudel regarda une nouvelle fois la date inscrite sur le
dossier. 16 avril 1973. Cela voulait dire que l'interdiction avait expiré il y a deux mois. A peine sept semaines
après la suspension de l'interdiction, Cissy Abrahamse
était morte. Yudel vérifia à nouveau rapidement les dates
sur les dossiers. La seule mort qui avait eu lieu pendant
la période de cinq ans de suspension était celle d'Isaiah
Zulu, qui avait apparemment joué de malchance en se
jetant sous les roues de Weizmann. Aucune arme n'avait
été utilisée. C'était la première fois que Yudel prenait
connaissance de cette suspension de cinq ans, mais il y
avait là quelque chose qui clochait. Le Weizmann qu'il

connaissait ne pouvait pas plus se retenir de tuer à cause d'une décision de justice qu'il ne pouvait se guérir tout seul. Et pourtant c'est ce qu'il semblait avoir fait. L'intuition de Yudel lui disait que les morceaux du puzzle ne se mettaient pas en place. Il sentait, sans pouvoir se l'expliquer lui-même, qu'il lui manquait un élément s'il voulait vraiment comprendre Johnny Weizmann. Et Yudel était décidé à comprendre.

7.

La petite bouche affectée s'était un peu décrispée pendant l'entretien et Mme Roberts commençait à reconnaître que les problèmes entrevus par Yudel existaient vraiment. « Très bien, monsieur Gordon, admit-elle. Les relations de Graham et de son père sont épouvantables. Apparemment, ils ne parviennent pas à communiquer. J'ignore ce qui ne va pas. »

« De toute façon, ça a dû commencer il y a longtemps. »

« Ça a toujours été comme ça. William est un homme bien, un mari qui me donne toute satisfaction, mais il a toujours manqué de patience avec Graham depuis qu'il était tout petit. Comme si pour une raison ou pour une autre, il ne supportait pas d'être le père d'un garçon. »

« Vous feriez bien de m'en parler. »

« Oui. Mais je voudrais d'abord m'excuser pour mon attitude de mercredi soir. »

Yudel haussa les épaules.

« Graham est beaucoup mieux depuis mercredi. Vous semblez savoir où vous allez, même si vous êtes un peu... » Mme Roberts hésitait à nouveau sur le comportement à adopter. Les mots lui manquaient pour décrire ce M. Gordon sans se montrer grossière. Yudel vint à son secours.

« Excentrique », proposa-t-il.

« En quelque sorte. »

« Maintenant parlez-moi de votre fils et de votre mari. »

L'histoire de Mme Roberts était longue et compliquée. Elle mettait en scène un homme qui ne s'habituait pas à l'idée d'avoir donné le jour à un garçon, et un fils qui essayait perpétuellement de plaire à un père qui ne pouvait pas être satisfait. « Il ne sait pas quoi inventer pour obtenir les faveurs de son père, mais rien n'est assez bien. »

Le petit visage crispé avec une expression guindée n'était qu'une façade derrière laquelle Yudel percevait la vraie Mme Roberts, tremblante d'inquiétude. « Il faut que je rencontre votre mari », finit-il par lui dire.

« Il ne viendra pas. Il ne veut pas que je vienne vous voir et il ne viendra certainement pas lui-même. »

« Je lui téléphonerai et je lui parlerai. S'il ne se déplace pas, il faudra que le garçon aille vivre ailleurs. La solution serait peut-être de l'envoyer en pension. »

« Mais il ne nous a jamais quittés... »

« Il a vécu dans la même maison que votre mari depuis trop longtemps. La racine du problème se trouve chez votre mari, pas chez votre garçon. S'il refuse de faire une analyse, votre fils devra se séparer de lui. Vous comprenez ? »

Mme Roberts releva le menton d'un petit geste plein de colère. Elle faisait penser à une poule prenant la défense de son petit. « Oui, je comprends. Dans le fond je l'ai toujours su. Ce n'est pas facile à accepter... » Elle s'arrêta, incapable de terminer sa phrase. « Mais je ferai ce que vous me dites. »

Il y avait quelque chose dans ses manières et sa façon de parler qui inspirait confiance à Yudel. Il était certain que le jeune Graham Roberts serait désormais en de meilleures mains. « Je m'en remets à vous, déclara-t-il, mais nous essaierons d'abord d'amener votre mari à coopérer. »

Elle hocha rapidement la tête pour marquer son accord avant de poursuivre. « Il y a une autre chose qui me trouble. Certains jours Graham accomplit chaque geste trois fois. Pas tout le temps, mais ça lui arrive. »

« Trois fois ? »

« Oui. Il fait tout trois fois. Il entre par la porte d'entrée quand il revient de l'école, ressort, entre à nouveau, ressort... trois fois de suite avant de refermer la porte. Cela me brise le cœur de le voir s'asseoir à sa table de travail pour faire ses devoirs et écrire trois fois la même ligne avant de passer à la suivante et recommencer le même manège. C'est terrible, monsieur Gordon. Je lui ai demandé pourquoi il faisait cela, mais il semble l'ignorer. Une nuit, il s'est échappé de sa chambre par la fenêtre pour rejoindre des amis. Bien sûr, il n'aurait pas dû, mais il ne savait pas que je le regardais du haut des escaliers. Ses amis l'attendaient sur le trottoir. Ça a été terrible, monsieur Gordon, de voir mon fils entrer et sortir trois fois de suite par la fenêtre avant de partir en courant. Ses amis ne savaient pas quoi en penser. »

Quand Mme Roberts fut partie, Yudel décrocha le téléphone pour appeler Weizmann. Il voulait être sûr que l'autre l'évitait. La ligne était déjà occupée et il entendit des voix dont celle de Rosa. « C'est trop bête, disait-elle, quand tu penses aux qualifications de Yudel et à ce qu'il est payé. Si tu veux mon avis, le gouvernement est composé de vieux crétins réactionnaires. Tu sais combien ils paient Yudel ? »

« Au moins, c'est un salaire régulier », se plaignit l'autre voix. Yudel la reconnut, c'était celle d'Irena, la sœur obèse et sinistre de Rosa.

« Qu'est-ce que ça change ? Je parierais qu'Hymie gagne autant en un mois que Yudel en un an. »

« Pas tout à fait. Disons en six ou huit mois, c'est terriblement fluctuant », dit tristement Irena, apparemment très affligée par les revenus insuffisants de son mari.

« Je les déteste, répliqua Rosa. Si le gouvernement savait à quel point je le méprise. »

Yudel écouta les voix, étonné. Il s'attendait à entendre la tonalité, pas sa femme et sa belle-sœur. Puis il se rappela le téléphone que Rosa avait fait installer dans le hall. Il se fit une nouvelle fois la remarque que cette obsession de Rosa au sujet de ce qu'elle considérait comme des revenus insuffisants était une poche d'immaturité (il avait intérêt à ne pas le lui répéter) et se rendit compte que les deux femmes s'étaient arrêtées de parler. « Salut », lança-t-il.

« Yudel, tu écoutais ? » interrogea Rosa sur un ton accusateur.

« Bonjour, Yudel, comment ça va ? » gémit Irena.

« Bien, Irena. Toi aussi j'espère. » Il évitait soigneusement de prendre directement des nouvelles de la santé d'Irena. « Non, Rosa. Je n'écoutais pas. Je voulais seulement téléphoner. »

« On aurait dit que tu écoutais. De toute façon, je n'en ai pas pour longtemps. »

Yudel attendit jusqu'à ce que le téléphone émette une espèce de note bizarre – Rosa avait raccroché – puis il composa le numéro de la boutique de Weizmann. Dès la fin de la première sonnerie, Mme Weizmann répondit exactement de la même façon que l'autre fois. « Allô, *ja*. Les jumelles. » Yudel avait composé le numéro en espérant que Weizmann répondrait lui-même. Il ne croyait pas que sa femme ait jamais eu l'intention de l'aider et il raccrocha pensivement. Ce ne serait pas facile d'expliquer à Rosa qu'il devrait se rendre à nouveau à Johannesburg aujourd'hui. « As-tu une idée du prix de l'essence ? » ne manquerait-elle pas de lui faire remarquer.

Cinq ou six Blancs étaient assis à des tables. Dans l'entrée de la boutique se succédaient les Noirs qui allaient et venaient, servis par Weizmann lui-même, sa femme et sa fille. Aucun des Noirs ne fit mine de s'asseoir à une table. Ils connaissaient les règles sans qu'on ait besoin de leur expliquer. Weizmann vit Yudel dès qu'il entra dans la boutique. « Je ne suis pas obligé de revenir », cria-t-il. Il fixait Yudel droit dans les yeux mais il paraissait plus effrayé qu'autre chose. « Maintenant j'ai suivi un traitement. Je suis venu deux fois. Je pense que c'est assez. Ils n'ont pas dit combien de fois il fallait que j'y aille. »

« Monsieur Weizmann... » commença Yudel. Il s'était frayé un chemin au milieu des gens et se tenait maintenant devant le comptoir.

« J'ai déjà suivi le traitement. » Les clients s'étaient tous arrêtés de parler et leurs regards allaient de Yudel à Weizmann. Quant à Yudel, il était bien content d'être dans la boutique pleine de monde, et pas seul avec Weizmann la nuit dans sa réserve. « Maintenant j'ai suivi un traitement. J'y suis allé deux fois. Je pense que ça suffit. Ils n'ont pas dit combien de fois je devais y aller. »

« C'est pas bien de venir ici poursuivre mon mari. » Sa femme venait à la rescousse, sa colère était froide et brutale, amère et maîtrisée, tandis que celle de son mari était délirante et incontrôlée. « Ce n'est pas bien de venir ici comme ça. Nous travaillons. Nous travaillons dur. Nous travaillons pour gagner notre vie. On n'est pas des fainéants. Mon mari aurait jamais de problème si les gens nous laissaient tranquilles. »

« Monsieur Weizmann, est-ce que je peux vous parler seul à seul ? » s'empressa de demander Yudel.

« Je veux pas vous parler. Sortez de ma boutique. » Yudel voyait les yeux embués de larmes de Weizmann. Il voyait combien ils paraissaient effrayés et avec quelle intensité ils le fixaient. « Sortez de ma boutique. Maintenant tout va bien. J'ai suivi un traitement. J'aurais pu tuer un nègre la nuit dernière, mais je l'ai laissé filer. Je vais très bien. »

Soudain il y eut une dégringolade dans les escaliers qui

menaient à l'appartement du dessus, suivie par les cris d'excitation d'enfants en bas âge. « Vous n'êtes pas le seul, disait Mme Weizmann. On en connaît d'autres qui font le même métier que vous. On peut aller là. On n'est pas obligés d'aller chez vous. » Son visage semblait encore plus pâle, accentuant le côté flamboyant de ses cheveux roux. Elle s'était dressée pour prendre la défense de son mari. Yudel ne doutait pas que c'était là un rôle qu'elle avait souvent tenu.

Les deux petites filles déboulèrent de la réserve dans la boutique. Celle qui était en tête trébucha et tomba tandis que la deuxième chutait à son tour, toutes les deux piaillant de plaisir. Un instant plus tard, leur mère, que Yudel avait déjà vue la veille, les suivit. Elle entra précipitamment et tomba à quatre pattes en essayant d'éviter les enfants qui se trouvaient sur son chemin. Aussitôt elle se remit sur ses pieds, s'essuya les mains à son jeans, ses yeux cherchant ceux de son père. Yudel y déchiffra un moment de panique, l'évaluation rapide d'une réaction possible. Elle releva les deux enfants, les entraîna derrière le comptoir, puis dans la réserve.

Cet épisode avait détourné l'attention de Yudel. Il en profita pour prendre la parole. « Puisque vous refusez de me parler, je m'en vais. Mais vous commettez une erreur, monsieur Weizmann. »

« Tout ce que je veux, c'est que vous sortiez de ma boutique. Je veux que vous partiez. »

Yudel avait cherché le nom de Malherbe dans l'annuaire et vérifié l'adresse dans le dossier. Un homme avait répondu et lui avait appris ce qu'il désirait savoir. Il existait une nouvelle adresse et un nouveau nom de famille.

L'endroit était une maison jumelée, alignée sur des maisons du même genre, toutes sans garage, avec des voitures garées sur un large trottoir couvert de gazon. Celle-là était vieille et étroite, mais bien entretenue. Les murs avaient été passés à la chaux et le toit en tôle ondulée nouvellement repeint.

Devant la façade, un homme de plus de trente ans, vêtu d'un bleu de travail, réglait un moteur de voiture, le faisant tourner avec circonspection pour mieux saisir l'instant où il s'emballait. Il laissa le moteur baisser de régime jusqu'à tourner au ralenti quand Yudel s'approcha de lui. « Je suis Yudel Gordon. Je vous ai téléphoné. »

L'homme se redressa et le regarda. C'était un bon regard franc et honnête. Le nouveau mari, pensa Yudel. L'homme inspecta Yudel, parut satisfait et hocha la tête, davantage pour lui-même que pour exprimer ses sentiments. Puis il dit : « Elle est à la maison. »

A peine Yudel avait-il parcouru l'allée qui conduisait à la maison que Mme Van Wyk lui ouvrit la porte. Elle était visiblement nerveuse et attendait son arrivée. Malgré un après-midi assez chaud, elle portait un gilet de laine et se tenait les bras serrés contre elle comme si elle avait froid. Elle paraissait dix ans de moins que son mari mais avait déjà perdu la fraîcheur de la jeunesse. Elle n'essaya pas de sourire à Yudel.

Quand ils furent assis l'un en face de l'autre dans la petite salle de séjour, elle regarda ses ongles et commença son discours en contrôlant chaque mot de ce qu'elle disait, comme si elle l'avait soigneusement préparé. « Je n'ai pas vraiment envie de parler de Kosie. Je n'ai fait que ça pendant longtemps et ça n'a rien changé. Je suis allée trois fois au tribunal. Pour l'enquête, pour le procès et pour l'appel. J'ai perdu. Maintenant je veux oublier tout ça. Comme vous voyez je me suis remariée. On a un bébé. Aujourd'hui, je ne veux pas me souvenir de Kosie. Je veux tout oublier. »

« Il n'y a qu'une seule chose qui m'intéresse : est-il vraisemblable qu'il ait essayé de cambrioler la boutique de monsieur Weizmann ? »

« Non. » La voix était ferme, décidée et totalement dénuée d'affectation. Elle fixait Yudel avec le même regard honnête que son mari. « Il en était parfaitement incapable. Si vous aviez connu Kosie vous sauriez qu'il

104

n'aurait pas pu voler une fleur dans les jardins du City Council. »

« C'est tout ce que je désirais savoir. »

« Voilà bien douze ans que M. Sammel est mort maintenant, déclara l'imposante vieille dame. Ils ont essayé de me faire entrer dans un asile pour les vieux à Sydenham, mais je leur ai dit que je préférais continuer à vivre seule. » Son appartement était richement meublé, de vieux meubles pour la plupart, qui n'étaient pas particulièrement mis en valeur. C'était plutôt un bric-à-brac coûteux, accumulé au hasard d'un mariage long et prospère. Plus vieille que son frère, elle avait le visage marqué par les rides et les cheveux ramenés en chignon sur l'arrière de la tête. On devinait une grande expérience du monde dans ses petits yeux où se lisait une certaine roublardise, qualité qu'elle avait dû acquérir en aidant son mari dans ses affaires pendant des années, songea Yudel. « Vous voulez me parler de mon frère ? » La question avait été posée d'une façon très pragmatique et Yudel avait l'impression que l'entrevue serait rondement menée.

« C'est au sujet des ennuis que votre frère a connus ces dix dernières années. »

« Si des gens le cambriolent, ils doivent s'attendre à avoir des ennuis. » Sa voix était ferme, assurée, et elle hocha la tête pour souligner la pertinence de son propos.

« Votre frère a un problème, et j'espérais que vous m'aideriez à le résoudre. » Il marqua une pause pour s'assurer qu'il avait toute son attention avant de poursuivre. « Il y a quelques années de cela, le tribunal a ordonné qu'il suive un traitement psychiatrique, mais il ne s'est pas conformé à la décision du juge. Cette semaine, la police me l'a envoyé pour les mêmes raisons. Il est venu deux fois puis il a disparu. S'il refuse d'être soigné, je crains qu'il n'ait de sérieux ennuis. »

« Vous voulez que moi je le persuade ? » Elle avait mis l'accent sur le « moi », pour mieux souligner le ridicule de cette proposition.

« Il ne vous écouterait pas ? »

« Non, certainement pas. » Elle avait dit cela très vite avec un petit hochement de tête. « Je ne le vois pas souvent, monsieur Gordon. Il a même rejeté notre religion, vous savez. »

« Je sais. »

« Il ne m'écoutera pas. Je connais Johnny et il ne m'écoutera pas, surtout sur ce sujet. »

« Vous êtes d'accord avec le tribunal sur le fait qu'il a besoin d'être soigné ? »

La vieille dame haussa les sourcils, indiquant par là qu'elle n'en était pas du tout persuadée. « Comme beaucoup d'entre nous », répliqua-t-elle.

« Et votre frère en particulier ? »

« Sans doute. Je l'ignore. Il a été élevé bizarrement, monsieur Gordon. »

« Vous ne voulez pas m'en parler ? Si je veux l'aider, j'ai besoin de comprendre le maximum de choses en ce qui concerne votre frère. »

Elle bougea un peu sur sa chaise, ses yeux de vieille femme encore vifs et perçants passant en revue les nombreux bibelots et tableaux qui remplissaient la pièce. Elle parut fixer son attention sur un coin éloigné du salon et Yudel regarda dans cette direction. Il vit une photo de famille. Elle représentait un couple austère, dans leurs habits du dimanche, prêts à aller à la synagogue. Avec eux il y avait une jeune femme de vingt ans environ et un petit garçon. Le petit garçon se tenait fier et droit. « Que voulez-vous savoir ? » demanda-t-elle enfin.

« Tout ce que vous pourrez me dire sur la façon dont votre frère a été élevé. »

« Je ne comprends pas très bien, monsieur Gordon. » Elle fixa sur lui ses petits yeux pénétrants, comme si elle étudiait sa requête. Pendant un instant, Yudel crut qu'elle allait l'éconduire, mais la solitude d'une vieille femme qui disposait de trop de temps pour remuer ses souvenirs trancha en sa faveur. Aujourd'hui, cela n'arrivait pas souvent que l'on s'intéresse à ce que Mme Sammel avait à raconter. « Très bien, je vais essayer de répondre à votre question », déclara-t-elle.

« Nous n'étions pas comme les autres familles juives. Nous étions différents. Si je vous explique comment nous vivions, vous comprendrez mieux Johnny. C'est un homme dur parce qu'il a été élevé avec une grande dureté. Il y a tant de petites choses qui étaient différentes alors, si on compare avec aujourd'hui... »

» Pour dîner, on ne s'asseyait jamais à table avec nos parents comme dans les autres familles ou comme cela se pratique aujourd'hui. On n'a jamais dîné avec eux une seule fois. Mon père et ma mère mangeaient dans la salle à manger et nous restions à la cuisine avec les domestiques. Et nous ne mangions pas non plus la même nourriture. Nous mangions ce que mangeaient les domestiques. Je me souviens que quand j'étais très petite, c'était la bonne qui s'occupait de moi et me donnait à manger, pas ma mère. Les adultes étaient bizarres, monsieur Gordon. Ce n'est pas comme aujourd'hui.

» Mon père nous emmenait régulièrement à la synagogue, et à le voir sourire et serrer des mains, vous auriez pu penser qu'il était le meilleur homme de la terre, mais son amour et sa bienveillance, il ne les ramenait jamais à la maison. Combien de fois ne l'ai-je pas entendu dire : les enfants doivent être élevés à la baguette, c'est la seule méthode valable. Et il appliquait ses paroles à la lettre. Nous avons été élevés à la dure. Nous avons appris la discipline, monsieur Gordon. Nous n'avons rien appris de l'amour. Je me suis occupé de l'amour par la suite. Pas Johnny. Cette femme qu'il a épousée ne lui convenait pas. Il aurait dû se marier avec une femme de notre confession. Mais ne le jugez pas trop sévèrement. Il est ce que mon père et ma mère en ont fait, rien d'autre.

» Quand Johnny est né, j'avais déjà quatorze ans. Il y avait un frère et une sœur entre Johnny et moi, mais Johnny avait environ dix ans quand je quittai la maison pour me marier, et les deux autres étaient morts. Daniel est venu après Johnny, Johnny avait trois ans. A partir de ce moment-là, mon père a concentré son attention sur Johnny, afin de l'élever selon les règles. Je crois que c'est pour cette raison que mon frère est devenu ce qu'il est. Mon père ne s'est jamais intéressé à Daniel. Daniel n'était pas un enfant très vif, et pas très robuste non plus. Il se débrouillait mal à l'école et n'était pas doué pour le sport. Mon père l'a donc ignoré et c'est ce qui l'a sauvé. »

» Nous avions une ferme à vingt kilomètres environ de Pretoria, près de Derdepoort. En ce temps-là, il y avait encore pas mal de fermes là-bas. Nous étions les seuls fermiers juifs dont j'aie jamais entendu parler. Nous étions différents dans tous les sens du terme, monsieur Gordon. Mon père ne se fatiguait jamais de nous répéter que les enfants devaient tout à leurs parents. Ces derniers étaient en droit d'exiger n'importe quoi de leurs enfants, c'étaient eux qui les avaient mis au monde, nous serinait-il, nous n'avions donc rien à leur refuser. Le commandement le plus important était: tu honoreras ton père et ta mère. Une fois il a demandé à Johnny d'aller à Pretoria pour acheter quelque chose, je me souviens pas de ce que c'était. Johnny avait environ huit ans à cette époque et il fallait qu'il fasse l'aller-retour à pied: c'est-à-dire quarante kilomètres. Et c'était au beau milieu de l'été. Il avait reçu l'ordre de ne monter dans aucune voiture.

» Quand il est revenu à dix heures du soir, il était dans un état épouvantable. Son visage était cramoisi et il avait de la température. C'est moi qui l'ai mis au lit, pas ma mère. Elle avait reçu des instructions de mon père comme quoi il fallait qu'elle le laisse seul et elle lui obéissait en tout. Et tout le temps où Johnny a été parti, mon père n'a pas cessé de répéter à tout le monde combien c'était bon pour les enfants d'être élevés à la dure. Soi-disant que ça leur formait le caractère. Et ma mère n'est jamais intervenue en notre faveur.

» Johnny avait des cauchemars. Il m'a dit qu'il rêvait souvent d'une espèce de monstre qui le menaçait. Ça le terrifiait. Il avait l'impression qu'il allait le détruire. Je ne connais rien à l'interprétation des rêves, monsieur Gordon. Ils ne veulent peut-être rien dire. Autrefois les gens croyaient que si. Je me souviens d'avoir demandé à Johnny s'il pensait que son rêve voulait dire quelque chose. Il a pleuré quand il m'en a parlé. C'était déjà un grand garçon d'à peu près quatorze ans, il me semble. Moi j'étais déjà mariée et j'étais juste en visite. Il m'a dit qu'il croyait que le monstre était à l'intérieur de lui. Je lui ai dit que c'était complètement idiot, mais il a insisté, "non, non, j'en suis sûr". Le monstre était en lui et il allait le détruire.

» Si vous avez grandi dans un foyer normal, monsieur Gordon, vous ne pouvez pas comprendre ce que c'est d'avoir été élevé comme nous. Aucun mari n'a été autant dorloté que le mien. Je le traitais comme s'il était le Messie. Comment faire autrement ? Il m'avait délivrée de l'esclavage. Vous n'imaginez pas ce qu'est la vie dans une maison où, si un enfant fait une bêtise, il est maintenu à terre par les domestiques pendant que son père le fouette avec une ceinture. Je vois que vous croyez que j'exagère, mais pourtant c'était comme ça. Johnny avait trouvé un moyen d'affronter les coups. Avant que mon père commence à le frapper, il se mettait à crier. Quelquefois ça marchait et mon père se retenait. D'autres fois ça le mettait encore plus en colère. »

» De son côté, Johnny faisait tout ce que mon père lui demandait. Il ne lui refusait jamais rien. Il n'hésitait pratiquement jamais avant de lui obéir. Il n'avait qu'un seul désir : plaire à son père. Et c'était impossible, monsieur Gordon. Personne ne pouvait faire plaisir à ce vieil homme. Il n'arrêtait pas de pousser Johnny dans ses retranchements, pour voir jusqu'où il pourrait aller avant que Johnny le rejette. Et de toute sa vie, il n'a jamais atteint ce point de non-retour. Johnny en redemandait toujours. Mais il a rejeté tout ce qui avait de l'importance pour mon père. Mon père était un juif très orthodoxe et, étant enfant, Johnny se montrait anormalement religieux. Il se vantait tellement de sa judaïcité que les autres enfants se moquaient de lui. Il n'arrêtait pas de se battre avec eux. Souvent il rentrait à la maison avec des bleus, il saignait, et mon père hochait la tête en signe d'approbation. C'est ainsi qu'un garçon devait se conduire dans la vie.

» Maintenant, Johnny dit qu'il n'est plus juif. Mon père habitait à la campagne. Johnny vit en ville. Mon père avait l'habitude de dire que les politiciens étaient des canailles, qu'il ne se mêlerait jamais de politique. Johnny ne parle que de ça au contraire, et il soutient une ligne politique... vous devriez l'entendre. Mon père traitait ses enfants très durement. Johnny traite ses filles comme des petites reines. Il est aussi différent que possible de son père. Mais il ne le critiquera jamais, monsieur Gordon. Demandez-lui comment il a été élevé et il vous dira qu'il a été élevé à la dure et que c'est la seule façon d'éduquer les enfants. Il affirme que cela lui a fait du bien. Le problème avec les jeunes d'aujourd'hui, c'est qu'ils n'ont pas été élevés à la baguette, comme lui. Demandez-le-lui, il vous le dira. »

» Des fois, ils partaient et ils le laissaient seul avec Dan à la maison, tout un week-end ou même plus longtemps. Ce que je vous raconte est arrivé après que les autres furent morts, j'avais déjà quitté la maison. J'ai été mise au courant par hasard. Un voisin m'a téléphoné pour me dire que mon père et ma mère étaient partis à Bechuanaland pour une semaine et que Johnny et Dan étaient seuls. A l'époque nous vivions à Vereeniging. Pour les rejoindre, j'avais cent vingt kilomètres à faire mais j'ai tout de suite pris ma voiture et j'y suis allée. Je m'en souviens aussi bien que si c'était hier. Ce soir-là, mon mari avait du travail et il ne pouvait pas m'accompagner. Je suis arrivée à la nuit tombée et là-bas, la nuit c'est pas comme en ville, monsieur Gordon, avec toutes ces lumières, les lumières des maisons et celles des réverbères. Je vous parle de la nuit dans une ferme où tout est complètement noir. Le ciel était nuageux et il n'y avait pas de lune ni d'étoiles. Je connaissais cette ferme comme ma poche, j'y aurais retrouvé mon chemin les yeux fermés : j'ai donc éteint les phares sans réfléchir. Puis je me suis dirigée vers la maison dans l'obscurité la plus totale. Je me souviens qu'il y avait juste un rai de lumière provenant des rideaux de la salle à manger. J'ai frappé à la porte mais personne n'a répondu. J'ai encore frappé. Toujours personne. Après avoir frappé plusieurs fois de plus en plus fort, je me suis rendue à la fenêtre et j'ai pu apercevoir quelque chose par cette fente entre les rideaux. Johnny était assis sur le sofa. Je crois qu'il avait dix ou onze ans et il avait le fusil de chasse de mon père sur les genoux. Dan avait environ sept ans et il s'était endormi par terre devant Johnny. Je n'ai jamais vu un visage aussi effrayé que celui de Johnny ce jour-là. A cet instant, j'ai appris qu'une peur viscérale est une chose laide, très laide. Ce n'était pas réjouissant à voir, monsieur Gordon. D'où j'étais, je l'ai appelé et je lui ai dit que c'était moi. J'ai appelé à plusieurs reprises. Il lui a fallu longtemps avant de m'entendre. Et puis, brusquement il s'est débarrassé du fusil, a couru jusqu'à la porte pour me laisser entrer. Il s'est cramponné à moi. Je me souviens très bien comment il se cramponnait à moi. Cela me déplaît de m'en souvenir, mais il y a certaines choses que l'on n'oublie pas, monsieur Gordon.

» Ne le jugez pas. Nous l'avons tous laissé tomber, et moi aussi. Ne le jugez pas trop sévèrement.

» Même après son mariage, rien n'a changé. Un jour mon père lui a rendu visite – à cette époque Johnny était marié depuis six mois – et il lui a demandé de venir avec lui. Johnny l'a suivi sans prévenir sa femme. Mon père l'a emmené à une mise aux enchères de bétail dans le Western Transwaal où il avait besoin de son aide et ils y sont restés trois semaines. Je crois qu'il portait une chemise kaki et des shorts quand ils sont partis. Pendant ce temps-là, il a dormi dans le camion de mon père et mon père dormait à l'hôtel. On dirait que j'invente cette histoire, monsieur Gordon. Vous ne connaissez rien du genre de vie dont je vous parle. Il n'a jamais été capable de refuser quoi que ce soit à mon père, pas une seule fois. Imaginez un foyer où un garçon de huit ans s'évanouit d'épuisement en triant des feuilles de tabac à quatre heures du matin, et quand il tombe on le réveille à nouveau. Il faut aussi que vous imaginiez un foyer où le père vient à l'improviste derrière son fils et le fils fait pipi dans sa culotte au seul son de sa voix. Mon père prenait cela comme une bonne chose. Un enfant devait craindre ses parents de la même façon qu'un homme craint le Seigneur.

» Une seule fois pendant toutes ces années, mon père montra qu'il lui portait de l'affection. Une seule fois, et c'était sur son lit de mort. Il n'a pas arrêté de demander Johnny. Johnny était parti au Cap où mon père l'avait envoyé pour une raison ou pour une autre. Quand on a réussi à le joindre, mon père était déjà mort. Il est revenu aussitôt et quand il a vu le corps il a pleuré. Vous vous rendez compte, monsieur Gordon ? Après tout ce qu'il avait enduré, il voulait encore faire plaisir à ce vieux démon.

» Johnny vaut ce qu'il vaut, mais ça sera toujours mieux que son père. Je l'ai laissé tomber moi aussi, monsieur Gordon. Quand il a rejeté notre religion, je l'ai rejeté. C'est regrettable mais j'avais trouvé un grand réconfort dans la communauté juive. Mon mari et moi-même, nous étions très impliqués dans les œuvres de la communauté et j'estimais que ce qu'avait fait Johnny était terrible. Je trouvais qu'il se comportait en ingrat et en lâche et je le lui ai dit. Maintenant je suis vieille, je comprends mieux et je regrette, mais cela se passait il y a plus de trente ans, nous n'avons jamais réussi à cicatriser nos blessures. Et puis il y avait sa femme, évidemment. Ce n'était pas une personne très attachante. Et ces dernières années, il y a eu cette chose horrible qui s'attaque à ses pieds et à ses mains. »

» Pendant l'année qui vient de s'écouler, j'ai beaucoup pensé à cette époque-là, je me suis souvenue... Ce temps-là me paraît plus proche que les dernières années que j'ai vécues. Bien plus net, bien plus près de moi. Il me semble que ça vient juste d'arriver. Je crois que je comprends mieux qu'autrefois. Mais je sais qu'il est bien tard…

» Je me rappelle une chose que Johnny m'avait racontée juste avant que je quitte la maison pour me marier. C'était un petit garçon de cinq ou six ans. Il m'avait dit qu'il était en train de se regarder dans une glace, et tout d'un coup, il s'était détaché de lui-même et il s'était vu par au-dessus, mais ce n'était plus un petit garçon qu'il voyait. Debout devant la glace, il y avait un vieil homme. Il se voyait comme un vieil homme. J'ignore ce qu'il voyait sur le visage de ce vieil homme mais ça le rendait très malheureux. En y réfléchissant, je pense qu'il lisait dans l'avenir, monsieur Gordon. »

La vieille dame avait raconté toute son histoire sans montrer le moindre signe d'émotion. Elle avait voyagé dans le temps, pensive, sans amertume. Cela se passait il y a trop longtemps et elle était trop vieille.

Il y avait une question que Yudel voulait lui poser, mais il savait qu'il ne le ferait pas. Il voulait lui demander : « Pourquoi toutes ces années, depuis que les meurtres ont commencé et connaissant votre frère, pourquoi n'avez-vous rien fait ? Vous avez bien vu ce qu'il était devenu, pourquoi n'avez-vous rien fait ? »

La question ne serait jamais posée parce que Yudel la voyait tourner dans la tête de la vieille dame. A quoi cela servirait-il de soulever le problème ?

Les petits yeux vifs de la vieille dame croisèrent ceux de Yudel et les mots ne furent pas nécessaires. « Que pouvais-je faire ? déclara-t-elle. C'est mon frère. »

Pendant que Yudel se trouvait en compagnie de Mme Sammel, la nuit d'hiver était vite tombée. Dehors un crépuscule maussade s'était installé sur la ville. Yudel regarda sa montre. Seulement six heures. S'il se rendait directement chez lui, il arriverait un peu après sept heures et la mauvaise humeur de Rosa n'aurait pas encore pris des proportions dramatiques. Il mit le contact et conduisit lentement le long de la rue de banlieue tranquille avec la ferme intention de rentrer directement chez lui. En vain. Il était indéniable que la boutique dans l'obscurité de la petite rue bordée d'arbres en bas de Hillbrow l'attirait irrésistiblement. Il savait qu'il n'avait rien à faire là-bas. Weizmann refuserait de le voir. Il n'apprendrait certainement rien. Mais Yudel cherchait des réponses. Et la question la plus brûlante était de savoir comment il allait empêcher Weizmann de tuer à nouveau. Avant de garer sa voiture dans une petite rue calme non loin de chez Weizmann, Yudel avait pris sa décision. De toute façon, il ne pourrait pas le soigner, donc il lui serait impossible d'influer sur son comportement de quelque manière que ce soit. Il en savait long sur la difficulté de faire reconnaître la folie d'un homme, et en l'occurrence, il doutait de son succès. C'était peut-être possible mais ça prendrait un temps interminable et ça coûterait cher : Weizmann et sa famille se défendraient, paieraient les services d'un autre psychologue. On pouvait toujours trouver un psychologue pour jurer n'importe quoi devant un tribunal. Il ne lui restait qu'une seule solution : prouver que Weizmann était coupable dans une des affaires où il était impliqué de façon à ce qu'il soit condamné. Et il fallait que ce soit le dossier Cissy Abrahamse. Rouvrir un autre dossier prendrait trop de temps. Il devait agir vite. L'enquête ne remontait qu'à une semaine. Ce qu'il s'apprêtait à faire déplaisait fortement à Yudel. Freek lui avait envoyé le vieux commerçant pour le guérir, pas pour le faire condamner. Yudel croyait à la punition dans une société cherchant à préserver son intégrité, et il avait aidé à condamner plus d'un criminel, mais il se considérait d'abord comme quelqu'un dont le travail était de guérir. C'est ainsi qu'il se voyait, et il espérait que les autres avaient cette image de lui. Il aurait préféré n'importe quelle autre solution à celle qu'il avait choisie, mais cet après-midi il avait épuisé les alternatives.

114

A quelques mètres de là, caché dans l'ombre des arbres, il apercevait la porte de la réserve de Weizmann. Cette fois elle paraissait fermée. La boutique était déjà plongée dans l'obscurité et la rue semblait tranquille. Dans son café, Weizmann travaillait surtout pendant la journée : il ravitaillait les passants en paquets de cigarettes, en boissons fraîches, en repas pour ceux qui ne pouvaient se payer mieux. Sa boutique était un lieu de rendez-vous pour les employés du chemin de fer, les chauffeurs de bus et les retraités, les commerçants sortant de leur travail et peut-être quelques amis partageant ses opinions politiques, bien décidés comme Weizmann à assurer la sécurité dans les rues pour les honnêtes gens. A la nuit tombée, la boutique fermait, les locataires des immeubles se barricadaient chez eux, on n'entendait que le grondement sourd de la circulation sur les grandes artères pas très éloignées de quelque côté qu'on se tourne, et le bruit des trains, plus bas vers la gare, témoignait que Johannesburg ne s'était pas encore endormie.

De l'autre côté de chez Weizmann, de petits immeubles à deux étages s'élevaient un peu au-dessus des arbres. C'était le genre de construction qui devait avoir un toit plat avec un escalier extérieur pour y accéder en cas d'incendie.

Yudel trouva l'escalier derrière le bâtiment dans une petite cour remplie de poubelles. Comme il s'y attendait, il montait directement sur le toit. Et la voie paraissait libre. En gravissant les marches, il n'entendit que des bruits domestiques ordinaires, le cliquetis des couverts tandis qu'on préparait le dîner ou qu'on mangeait et les échos d'une voix de femme pleine de bons sentiments dans une émission de télévision pour les enfants. Sur le toit, les chambres des domestiques, qui ressemblaient à des cellules étaient éteintes, les portes verrouillées et certaines d'entre elles fermées de l'extérieur par des cadenas. Il se posta du côté de la rue et s'assit sur le petit mur qui bordait l'immeuble. Entre des branches d'arbres, il voyait Weizmann dans son living. Les rideaux étaient

ouverts et les deux petites filles de Weizmann étaient
assises en tailleur devant le poste de télévision. Elles
regardaient une émission avec des marionnettes et derrière elles, en partie cachée par le dossier d'une chaise
sur laquelle elle était assise, une femme cousait quelque
chose qu'elle tenait sur ses genoux. D'après le peu qu'il
en apercevait, ce devait être la fille de Weizmann que
Yudel avait vue dans la boutique. Un jeune homme entra
par la porte de l'autre côté de la pièce. Il se pencha sur
elle et Yudel vit sa bouche s'ouvrir et se fermer tandis
qu'il disait quelque chose. Il distinguait très bien les
traits de l'homme. Il avait des cheveux ondulés d'un brun
doré dégarnis sur les tempes, un visage lisse manquant
un peu de maturité. La mâchoire n'était pas très marquée,
traduisant un caractère indécis, les yeux étaient grands et
presque innocents. Yudel se demanda s'il s'agissait là du
Jansen qui avait été condamné à une amende en même
temps que Weizmann dans l'affaire Reddy, et qui donnait un coup de main pour vérifier les papiers des Noirs.
Il ne demeura près de sa femme que quelques secondes,
puis il gagna une partie de la pièce que Yudel ne pouvait
pas voir.

Yudel se déplaça lentement le long du toit pour gagner
un autre poste qui lui permettrait d'observer à travers les
branches. Il tomba sur la cuisine, dont les fenêtres
n'étaient protégées que par de fins rideaux de dentelle.
Weizmann était assis à la table. Apparemment, il regardait ses doigts étendus devant lui. Il relevait légèrement
le menton et son visage paraissait réprobateur.

Yudel était séparé de lui par la largeur d'une rue étroite
et le dominait d'un étage. Il voyait clairement l'expression désapprobatrice, les sourcils froncés et les reflets de
lumière sur les doigtiers en cuir. Pendant l'après-midi, il
avait appris beaucoup de choses sur le commerçant. Il se
demandait qui était vraiment Johnny Weizmann.
L'enfant fatigué et maltraité luttant pour plaire à son
père ? Le jeune garçon terrifié seul avec son frère la nuit
dans la ferme, le fusil en travers des genoux, paralysé par

116

la frayeur ? Ou l'adolescent qui avait tant lutté pour une dignité qui lui avait toujours été refusée ? A moins qu'il ne soit un dangereux schizophrène mu par les phobies racistes typiques de ce pays et le terrible pourrissement de son corps ? Il était possible que les meurtres se soient déclenchés seulement après que la grangène eut commencé son travail insidieux sur ses mains et ses pieds.

C'est alors que Yudel comprit qui était Weizmann, et le commerçant devait le savoir lui aussi. Johnny Weizmann était l'enfant qui avait rêvé qu'il nourrissait en lui un monstre, et avait pressenti le vieil homme qu'il deviendrait. Il était aussi le jeune homme faible incapable de se débarrasser de l'emprise de son père sur son existence. Et il était l'homme dangereux et tourmenté que Yudel observait maintenant à une courte distance, celle qui séparait la maison de l'immeuble. Il y avait là une continuité terrible. Les morceaux du puzzle que Yudel avait rassemblés, les visions fragmentaires de la vie d'un autre homme formaient un tout. Et pour Weizmann, qui avait traversé ces différents éléments, cela ne posait pas de problème. Il se souvenait des incidents de son enfance comme si c'était hier. Il les voyait avec les mêmes yeux et ils appartenaient à la même mémoire.

Quelque chose bougea quelque part sur le trottoir. Yudel se pencha et regarda furtivement à travers les branches pas encore dépouillées des feuilles mortes de l'automne, mais le mouvement s'arrêta presque immédiatement, et dans l'obscurité il ne voyait rien. Il s'avança lentement le long du toit et atteignit un point qui lui permettait de voir en partie la porte de la réserve, mais la porte était fermée et, autant qu'il pouvait en juger, personne ne s'en était approché. Le mouvement reprit, cette fois plus haut sur le trottoir, près de l'entrée de la boutique. Yudel avança dans cette direction, une main sur le petit mur pour garder l'équilibre, essayant de distinguer quelque chose dans l'obscurité. Il arriva au bout du bâtiment, ce qui le mena en face de la boutique. Il n'y avait pas d'arbres dans la rue Myburgh, et à la lumière des réverbères, Yudel voyait très bien ce qui se passait devant la boutique. Quelque chose bougea une troisième fois, une ombre se déplaça rapidement sous les arbres, puis sortit dans la lumière et Yudel reconnut le berger allemand qu'il avait vu la veille au soir. Il trotta le long du couloir et disparut dans une allée à l'autre bout de la boutique.

Plus haut, de l'autre côté de la rue Myburgh, quelque chose s'anima, cette fois devant l'entrée partiellement éclairée d'un immeuble. Ce fut si rapide que Yudel se demanda s'il n'avait pas rêvé. Ces derniers temps, son imagination n'avait guère cessé de le tourmenter. Il resta quelques minutes aux aguets mais il ne voyait que la rue tranquille et l'entrée pleine d'ombres où l'on ne distinguait rien.

Il retourna à son premier point d'observation. Dans le living, la scène était exactement la même, les petites filles regardaient l'émission de télévision, la mère cousait. Il se demanda à quoi ressemblait le monde dans lequel les jumelles avaient grandi. Mme Sammel avait dit que Weizmann « les traitait comme des petites reines », mais il se souvint du rapide coup d'œil que la fille avait jeté à son père quand elle avait trébuché sur les enfants. Cette lecture hâtive de l'expression du visage de son père pour prévoir sa réaction n'avait pas besoin d'explication. Yudel comprenait que les deux observations, celle de Mme Sammel et la sienne, étaient pertinentes. Il les traitait probablement comme des petites reines mais leur donnait des raisons de le craindre. Faute d'autres informations qui lui feraient changer d'opinion, c'est ainsi que Yudel s'imaginait leurs relations.

En dessous de la cuisine, une petite fenêtre sans rideaux lui permettait d'apercevoir un coin de l'escalier, mais il était mal éclairé et il ne voyait que quelques marches de cet escalier apparemment très raide. Dans la cuisine, Weizmann était toujours assis à la table mais maintenant sa femme l'avait rejoint. Il lui disait quelque chose en soulignant ses paroles de ses habituels petits gestes coincés que Yudel connaissait bien. Ces jeux de mains traduisaient un besoin de s'exprimer contrarié par le désir de cacher ses doigts. Sa femme souriait et hochait la tête pour l'encourager, la masse de ses cheveux roux et frisotés oscillant de bas en haut. A l'évidence, elle s'intéressait à ce qu'il racontait. Parmi tous les gens rencontrés dans sa vie, Johnny Weizmann avait au moins trouvé une personne pour laquelle il présentait de l'importance. Toutes les personnes saines et équilibrées qu'il avait connues, y compris Yudel, l'avaient trahi d'une façon ou d'une autre. Pas elle. Pour elle il n'existait pas un seul être humain qui comptât davantage.

Et ils étaient complices. Cela lui importait peu qu'il soit un assassin, jusqu'à un certain point elle l'accompagnait peut-être aussi sur ce terrain. La sœur de Weizmann s'était trompée en pensant qu'il n'avait pas rencontré l'amour. En voyant sa femme lui sourire, son visage blême et laid exprimant la bonne humeur, la satisfaction d'un être humain qui a trouvé sa place en ce bas monde, personne ne pouvait douter un seul instant que Weizmann eût découvert quelqu'un qui l'aimait et qu'il aimait en retour. Cependant il s'agissait d'une affection étriquée, qui ne rayonnait pas sur l'extérieur mais était dirigée sur un très petit groupe. Et comme dans tout sentiment amoureux, il existait un revers à la médaille, un sentiment contraire. Le revers de la médaille de l'amour de Weizmann était une hostilité incroyable projetée sur ceux dont il imaginait qu'ils le menaçaient, lui et le petit cercle de gens qui lui était cher.

Mme Weizmann avait posé une cuvette sur la table en face de son mari et elle défaisait les lacets des étuis de cuir qui protégeaient ses doigts. Elle les enlevait un par un avec des mouvements doux et tendres, surveillant son visage pour y surprendre des signes de douleur.

Et toi, d'où viens-tu ? se demanda Yudel en songeant à elle, pourquoi as-tu à ce point besoin de cet homme entre tous les hommes ?

Ce qui restait des doigts de Weizmann fut mis à

découvert et sa femme trempa un morceau de coton hydrophile dans la cuvette avant de les essuyer avec soin. La peau des doigts était décolorée et exsangue, avec des plaques bleues et grisâtres. Les mouvements soigneusement contrôlés de la femme et son expression inquiète ne faisaient qu'un, tandis qu'elle nettoyait ce qui pourrissait et se décomposait, lui parlant pour le rassurer, essayant peut-être de lui cacher que pour ses mains le temps était compté. Comme exemple d'affection et de prévenance quotidienne, c'était presque l'idéal. Malheureusement la connaissance que Yudel avait de leur véritable relation l'éclairait d'un jour nouveau.

Yudel se rendait compte que, pour Johnny Weizmann, la nuit était partagée en deux. C'était le moment de la fraternité et de l'amour, l'instant où se rassemblaient autour de vous ceux qui vous étaient proches, où les enfants et les petits-enfants étaient là, vous protégeant d'un monde hostile. Mais la nuit représentait aussi le royaume de la peur, de la violence et parfois de la mort. Elle annonçait beaucoup trop souvent l'heure de la mort.

8.

Yudel ne reconnut pas la voiture garée dans l'allée, mais il reconnut sans l'ombre d'une hésitation le capitaine Dippenaar et l'adjudant Marais dès qu'il les aperçut. Ils étaient assis dans des fauteuils du living et Rosa avait pris place en face d'eux. A voir sa tête, on aurait dit qu'elle était dans le box des accusés.

Yudel faillit demander : « Mais bon Dieu, qu'est-ce qui se passe ? » Il s'abstint. Il craignait cependant qu'ils n'aient deviné son irritation. « Bonsoir, messieurs », lança-t-il en s'efforçant de garder une voix aussi neutre que possible.

Rosa fit mine de se lever. « Asseyez-vous, madame Gordon », dit Dippenaar avec douceur.

« J'aimerais une tasse de café, Rosa, intervint Yudel. Ça t'ennuirait de me la préparer ? »

Rosa quitta sa chaise et s'éclipsa rapidement dans la cuisine. Yudel savait que, malgré ses manières autoritaires et ses proclamations véhémentes, Rosa n'était pas très courageuse. « Votre femme nous a dit que M. Weizmann était venu se faire soigner chez vous, monsieur Gordon. »

Yudel regarda le capitaine des services spéciaux et s'efforça d'oublier la peur qu'il avait lue sur le visage de Rosa. « Oh vraiment ? »

« Oui. Malheureusement, c'était essentiel pour nous de nous en assurer. » Le visage de Dippenaar arborait le même sourire que Yudel lui connaissait déjà. C'était une grimace superficielle et sans joie qui ne le trompait guère.

« Donc je n'étais pas chez moi et vous avez découvert ce que vous vouliez en interrogeant ma femme ? » Yudel parlait d'une voix douce, affectant la même correction que le policier. « Ma femme ne connaît pas mes patients. D'ailleurs, ça ne la regarde pas et vous non plus. »

« Nous avons besoin d'un peu d'aide, monsieur Gordon. »

Dippenaar n'en dit pas plus. En apparence, lui et son collègue ne menaçaient pas Yudel, mais ce dernier percevait confusément la possibilité d'une intimidation. Ils la gardaient en réserve au cas où ils en auraient besoin.

« Si cela concerne Weizmann, je ne peux pas vous aider. »

« Vous feriez mieux de m'écouter... » Le policier ne paraissait pas pressé de terminer sa phrase. Il s'amusait, savourait son pouvoir pour impressionner Yudel. C'était la dernière année du gouvernement Vorster et les forces de sécurité, avec l'ami intime du Premier ministre le général Hendrick van der Bergh à leur tête, étaient au faîte de leur puissance et de leur ascendant. Aucune porte ne leur était fermée, aucun secret inaccessible. Rosa et Yudel le savaient comme n'importe quel Sud-Africain. La plupart du temps ils n'en étaient que vaguement conscients, mais personne n'y échappait complètement.

« Ce n'est pas la première fois que je vous écoute. » Rosa était toujours dans la cuisine et tardait à revenir. Après être entré dans la pièce, Yudel était resté debout. Il voyait que la position assise commençait à peser à Marais, le plus jeune des deux.

« Il y a une chose que vous feriez bien de comprendre. Nous passons avant le reste. » Pour la première fois, le sourire avait disparu. « Ce que nous voulons, nous avons les moyens de l'obtenir. Vos serments et votre éthique sont secondaires. » Yudel haussa les sourcils d'un air ironique. « Nous avons déjà pris note des livres interdits sur vos étagères. » Yudel jeta un coup d'œil à ses livres. Il se rappela qu'ils y avaient fait référence lors de leur dernière visite. « Vous pouvez être condamné pour la possession de livres à l'index. » Les menaces de Dippenaar étaient maintenant nettement plus claires, mais ils affaiblissaient considérablement leur position en utilisant un argument aussi léger que ces quelques livres à l'index. Ils le savaient et Yudel aussi.

« Je répondrai à cette accusation devant un tribunal. »

« Nous n'avons pas l'intention de vous créer des ennuis. Nous aimerions que vous nous donniez un coup de main, voilà tout. » Mais le pouvoir et la menace n'étaient plus très tangibles.

Yudel attendit un moment pour se calmer. Il avait été surpris de les trouver là et depuis qu'il était entré, il se sentait légèrement en porte-à-faux. Cette fois il tenait à mesurer exactement ses propos. « Capitaine Dippenaar, je ne parle de mes patients avec personne. Absolument personne. Ce n'est pas que je refuse de vous aider. Dans ce cas précis c'est impossible. » Malgré ses précautions, Yudel eut le sentiment qu'il avait commis une faute.

Cette fois-ci, ses meilleures intentions n'étaient pas suffisantes. Sa colère avait débordé sur son jugement, mais il ne pouvait plus revenir en arrière.

« Vous ne voudriez pas passer pour un suspect, monsieur Gordon ? Il y a des choses plus importantes que l'éthique. Nous avons besoin de cet homme et vous pouvez nous aider... » Ce que Dippenaar racontait n'avait pas de sens, il manquait d'assurance et de conviction.

Dippenaar, Marais, ce qu'ils représentaient était profondément antipathique à Yudel. Et ils avaient fait peur à sa femme. « Je ne peux pas vous aider et je n'ai rien d'autre à vous dire. Bonsoir, messieurs. »

« J'espère pour vous que vous ne commettez pas une erreur. »

Yudel lisait dans la voix de Dippenaar et sur son visage crispé à quel point il se sentait insulté. Il ne se retourna pas pour les regarder partir et les laissa retrouver tout seuls leur chemin. Rosa sortit de la cuisine et s'immobilisa sur le seuil du living. « Ça va ? » interrogea-t-il.

Elle se précipita sur Yudel. Il la prit dans ses bras et fut surpris de constater à quel point elle tremblait. « Oh, Yudel, oh, Yudel, oh, Yudel... » Sa propre réaction surprit Yudel. Dernièrement, Rosa s'était montrée plutôt réservée à son égard et il n'était pas désagréable de la tenir contre lui. Ses frissons et son souffle court la rendaient assez féminine. Il laissa ses bras glisser jusqu'à sa taille et la serra fort. « Oh, Yudel, oh, Yudel... » C'était merveilleux. Peut-être bien que les services spéciaux servaient à quelque chose après tout. Yudel avait parfois tendance à oublier que Rosa était aussi une personne. Elle se réduisait si souvent à un tiroir-caisse doté d'une conscience. En fait elle ne manquait pas totalement de charme. « ... Oh, Yudel... » Ça lui faisait un effet étonnant. Yudel adorait ça. « Ne me laisse plus seule. Il ne faut plus... me laisser seule. » Il l'embrassa sur les cheveux, pour voir. Elle tourna son visage vers lui. Elle ne pleurait pas et il embrassa ses paupières closes. Dans l'ensemble la sensation était plutôt agréable.

Soudain Yudel fut conscient des rideaux ouverts et de la fenêtre derrière lui. Il se sentit inexplicablement gêné d'être vu depuis la rue en train d'embrasser sa femme. Abandonnant Rosa au milieu de la pièce, il alla tirer les rideaux. Quand il se retourna vers elle, elle n'avait pas bougé et le regardait avec des yeux anxieux, réclamant d'être réconfortée. Que diable, c'était un devoir conjugal, songea Yudel.

« Qu'est-ce qu'ils voulaient savoir ? » s'enquit Yudel.

« Ils étaient là depuis très peu de temps. Ils ne m'ont pas demandé grand-chose. »

« Essaie de te rappeler exactement ce qu'ils voulaient. »

« Ils m'ont parlé de ce pauvre vieux Weizmann et je leur ai tout dit. Oh, Yudel, je suis désolée mais j'avais tellement peur. »

« Je comprends, Rosa. Quoi d'autre ? »

« Ils m'ont questionnée sur un Africain. Ils avaient parlé de lui la dernière fois qu'ils sont venus. Je me souviens pas de son nom. Ils voulaient savoir si tu l'avais déjà mentionné. »

« Muntu Majola ? »

« C'est ça. Qui c'est ? »

« Je n'en suis pas sûr. Habille-toi, Rosa, on sort. » Utilisant l'appareil installé dans le hall, il composa le numéro de Freek. Freek décrocha. « Et comment s'est comporté notre cheval ? Je n'étais pas là cet après-midi. » Freek répondit sans hésitation. « Il a gagné d'une longueur comme je l'avais prédit. Tu passes à la maison pour toucher ta part ? »

« J'arrive. »

Freek vint à leur rencontre dans l'allée où on garait les voitures à côté de sa maison. C'était une grande maison au toit de chaume dans une banlieue chic de Pretoria, à Waterkloof. Freek n'était pas homme à se contenter d'un salaire de fonctionnaire. Sa belle demeure et son niveau de vie devaient plus aux chevaux dont Yudel et lui-même avaient discuté au téléphone qu'à ce qu'il touchait en tant qu'officier de police. « Magda est à l'intérieur, elle regarde la télévision, dit-il à Rosa. Va la rejoindre. »

Ils regardèrent Rosa entrer dans la maison. Puis Yudel se tourna vers lui. « Ils sont revenus. Ils voulaient encore se renseigner sur Majola. »

« Quoi d'autre ? »

« Majola et Weizmann. Ils ont posé des questions à Rosa sur Weizmann pour savoir si je le soignais, puis sur Majola. Ils ont demandé à Rosa si j'avais jamais mentionné ce nom-là. »

« Où étais-tu ? »

« A Johannesburg, parti rendre visite à la sœur de Weizmann. Après j'ai essayé de le voir, lui. Quand je suis arrivé ils parlaient avec Rosa. »

« Qu'est-ce qu'ils ont dit quand tu es entré ? »

« Ils voulaient que je les aide et j'ai refusé. Dippenaar a également déclaré : "Nous avons besoin de cet homme." Mais je ne les ai pas laissés préciser de quel homme il s'agissait. Majola, je suppose. »

« Qu'est-ce qu'ils attendaient de toi ? »

« Ça aussi je l'ignore. Je les ai coupés. »

« Bon sang, Yudel... »

« Oui, je sais. Mais ils ont fait peur à Rosa et ils m'ont pris par surprise... »

« Maintenant c'est fait. » Freek se rapprocha de Yudel, son visage large et carré troublé par ce qu'il avait entendu. « Tu as dit que tu cherchais à voir Weizmann ? »

« Plus maintenant. J'ai cerné son problème de trop près jeudi soir. Il refuse de me rencontrer. Il essaie d'échapper à ce que j'ai réveillé en lui. »

Freek fixait le sol. Yudel, qui le connaissait bien, voyait qu'il évaluait la situation, réfléchissait à la meilleure marche à suivre. « Je crois qu'il serait temps de prendre tous les renseignements possibles sur Muntu Majola », déclara-t-il enfin.

« J'espérais que tu dirais cela », conclut Yudel.

L'immeuble était énorme et les appartements minuscules, encastrés et serrés les uns au-dessus des autres, conçus pour y entasser le maximum d'êtres humains dans le minimum d'espace. Ils prirent l'ascenseur jusqu'au treizième étage, puis Freek conduisit Yudel le long d'un couloir et s'arrêta devant l'une des dernières portes. Il y frappa comme s'il la prévenait qu'il était inutile d'offrir une résistance quelconque. Après quelques secondes d'attente à peine, un jeune homme élancé, vêtu seulement d'une veste et d'un short de gym, ouvrit la porte et cligna des yeux avec curiosité. Freek l'attrapa par le revers de sa veste et le poussa à l'intérieur de la pièce. L'autre opposa une résistance provoquée par la surprise, immédiatement suivie d'une vague tentative de salut militaire. « Bonsoir, colonel », dit-il en afrikaner.

« Wynand, ce soir j'ai besoin d'une information. Il faut que tu m'aides. » Malgré le choix des mots, cela ressemblait à un ordre et Wynand tenta de rassembler ses esprits. Yudel s'imagina qu'il l'avait entendu claquer les talons bien qu'il soit pieds nus.

« Je m'habille, colonel. »

« Wynand, dit Freek en concentrant son attention sur le jeune homme dont tout le comportement s'écriait "Oui, mon colonel", Wynand, tu sais comment on accède aux données des services de sécurité, n'est-ce pas ? »

« Je ne suis pas supposé le savoir, colonel. »

« Il faut que j'aie accès à un dossier des services de sécurité. »

« Mon colonel, vous voulez entrer pendant que je m'habille ? » interrogea Wynand.

« On attendra ici. Dépêche-toi. »

Freek était connu des gardes du rez-de-chaussée et de ceux qui veillaient à l'étage du centre de données informatiques. Ils les laissèrent pénétrer tous les trois à l'intérieur en vérifiant de loin l'identité de Freek. Cette fois c'était Wynand, revêtu maintenant de son uniforme, qui les conduisait. Il les mena le long d'un passage sans lumière dans une petite pièce qui ne contenait qu'un terminal d'ordinateur. Le terminal était recouvert d'une housse en plastique, de celles que l'on met sur les machines à écrire. Wynand l'enleva, la plia et la posa dans un coin de la pièce. Puis il alluma l'ordinateur.

« Wynand, comment se fait-il que tu saches comment accéder aux dossiers des services de sécurité ? »

« Que le colonel m'excuse, mais rien de ce qui concerne les ordinateurs ne m'est étranger. »

« Je suppose que tu trouves les dossiers des services de sécurité particulièrement intéressants ? »

Wynand sourit de toutes ses dents et jeta un rapide coup d'œil à Freek. « Très intéressant, colonel. Ils ont noté comment chacun aimait le faire, les membres du Parlement, tout le monde. »

« Donne-nous des exemples. »

« Vous plaisantez, colonel, c'est top secret. »

Freek se mit à rire. « Et tu ne crois pas que ce qu'on fait est un peu irrégulier ? »

« Tout à fait d'accord, mon colonel. »

« Alors pourquoi nous aides-tu ? »

Wynand se détourna du clavier pour regarder Freek. L'espièglerie qui éclairait tout à l'heure son visage avait disparu. Il paraissait si jeune et ses yeux si honnêtes qu'aucun juge au monde n'aurait pu retenir aucune charge contre lui. « Je crois que si le colonel me le demande, c'est qu'il doit avoir une bonne raison de le faire. »

« Et tu donnerais un coup de main à tous les colonels ? »

« A très peu d'entre eux, mon colonel. »

Freek lui adressa un large sourire. « Tu iras loin dans l'armée, Wynand. »

« Je ne pense pas, mon colonel, je donne ma démission à la fin du mois. Je crois que je me débrouillerai mieux chez IBM. Que voulez-vous savoir, colonel ? »

« Qui est Muntu Majola ? »

Les doigts de Wynand bougèrent rapidement sur le clavier, trouvant leur chemin dans les codes du système qui protégeait le dossier de Majola. A la première tentative, la machine réagit de façon anarchique, imprimant trois lignes incompréhensibles avant de tout effacer. Wynand essaya à nouveau. Le résultat fut le même. Le curseur fascinait Yudel. Il écrivait de gauche à droite et de droite à gauche. « Que se passe-t-il ? » demanda Freek.

« Patientez une minute, mon colonel, je vais arranger ça... Ce ne sont pas des manœuvres que j'exécute tous les jours. »

« C'est normal que ça imprime de cette façon ? » interrogea Yudel .

« Oui, quand il travaille à partir de la mémoire », expliqua Wynand. « Il emmagasine l'information venant de l'ordinateur et donc il imprime dans les deux sens. En ce moment, nous ne parvenons pas à entrer dans l'ordinateur, alors il imprime n'importe quoi. » Wynand essaya à nouveau, ses doigts bougeaient toujours aussi rapidement sur les touches. Pendant un instant, le terminal ne transmit aucune donnée, comme si l'ordinateur réfléchissait avant de donner les informations, puis le curseur se mit à faire la navette sur la page à une vitesse vertigineuse, et l'imprimante transmit aussitôt les informations contenues dans le dossier Muntu Majola. Yudel et Freek se penchèrent pour lire en même temps que la feuille sortait de la machine.

Muntu William Majola.

Né le 01.04.1935 à Hammanskraal, Transvaal.

Etudes : Hammanskraal et Fort Hare.

Famille : père, Kaya George Majola, pasteur anglican, accusé de trahison en 1956. Frère, Kwame Majola reconnu coupable de participation à des actes terroristes en 1977. Purge une peine de condamnation à vie sur l'île de Robben. Frère, Albert Majola, mort en détention, le 13.06.1977.

Carrière : 1958, employé de bureau chez De Beers.

1972, donne sa démission pour travailler à plein temps pour le Black Social Endeavours, jusqu'à ce que l'organisation soit interdite en 1977. Occupe un poste à l'African National Congress de 1952 à 1960. Soupçonné d'être un activiste clandestin de l'A.N.C. de 1960 à aujourd'hui.

Parmi ses proches sont fichés comme communistes : Muhammed Thaver, Saths Cooper, Johnston Nene, Steve Biko, Adam Mashabane, David Mdlalose, William Hendricks...

Yudel s'arrêta de lire. Un nom, William Hendricks, l'avait arrêté dans son enregistrement des éléments de la fiche de renseignements. Yudel ne l'avait rencontré qu'occasionnellement depuis qu'ils avaient quitté l'université où ils étaient des amis très proches, il y avait presque vingt ans de cela. La dernière fois qu'il avait rencontré Hendricks, il dirigeait une petite revue littéraire lourdement subventionnée qui ne publiait que des œuvres d'écrivains noirs. Il consacrait ses soirées à une école du soir pour les domestiques. Yudel avait sa petite idée sur les motivations personnelles de Hendricks pour mener une vie aussi altruiste. Elles avaient tout à voir avec la personnalité de Hendricks et rien avec la politique.

Même à l'université, Hendricks était déjà presque chauve. Quand Yudel l'avait vu pour la dernière fois, il ressemblait à un gros œuf rose, ses traits paraissant se tasser sur le bas de son visage. « Je suis plein d'admiration pour tes cheveux, Yudel », avait-il déclaré.

Yudel se rappela qu'il avait inconsciemment porté les mains à la masse ébouriffée de ses cheveux pour les aplatir. « Ça te passerait si tu les avais sur la tête. Ton style est beaucoup plus dépouillé. »

Yudel émergea de ses souvenirs et se concentra à nouveau sur la lecture de la feuille. La liste des noms associés à celui de Majola était très longue mais ils ne lui disaient rien. Un peu plus loin un passage retint son attention.

... recherché pour le meurtre du lieutenant Walter Bradfield, le 21.08.1977, et de l'adjudant Willem Lessing, le 04.09.1977 à leur domicile. Les officiers Bradfield et Lessing appartenaient à l'équipe qui avait interrogé Albert Majola au moment de sa mort. Est également recherché dans le cadre de l'enquête sur l'attentat à l'explosif dans la poste de Germiston du 21.01.1978 où Mme May Turnbull, soixante-quatorze ans, a trouvé la mort, et sur l'attentat à l'explosif dans le bureau de la Commission d'administration du West Rand le 09.03.1978 qui a causé des dégâts matériels et où deux employées de race blanche ont été blessées...

Le reste du dossier n'intéressait Yudel ni de près ni de loin. Il n'y avait pas un seul mot qui permette d'établir un lien entre Majola et Johnny Weizmann, dont les engagements politiques se situaient à l'extrême opposé d'un éventail d'opinions pourtant très large. Quand la machine s'arrêta, Freek se tourna vers Wynand. « Ils ne disent pas comment il aime le faire ? »

« Ils ont dû oublier, mon colonel. »

Freek s'adressa à Yudel. « Je vois pas le rapport. Mais il est évident qu'ils le recherchent fiévreusement. Voilà pourquoi ils ont tellement insisté auprès de toi. »

« Je connais Hendricks », dit Yudel.

Yudel se leva en faisant attention à ne pas réveiller Rosa. Il était resté au lit jusqu'à ce qu'elle soit profondément endormie. Les somnifères qu'il lui avait donnés avaient immédiatement fait leur effet et les petits tressaillements de son corps s'étaient maintenant pratiquement calmés. Il mit sa robe de chambre et alla dans le bureau. Quelque chose le tourmentait. Il n'était pas sûr de se souvenir exactement de ce qu'il avait lu. Il trouva le dossier de Cissy Abrahamse dans sa serviette et en sortit la déposition qu'il cherchait. La première fois, il l'avait parcourue rapidement, ne s'attardant pas sur le contenu, qui ne lui paraissait pas très important. Il la

130

relut, et s'arrêta à l'endroit qui le tracassait. « Ma fille était avec moi et je suis sortie sur le balcon pour aller chercher des couches que j'avais mises à sécher. J'ai remarqué un Bantou sur le trottoir de l'autre côté de la route. C'est alors que j'ai entendu les trois coups de feu. J'ai vu le Bantou courir et je suis rentrée directement pour prévenir ma fille... »

Trois points se détachaient très clairement et Yudel était profondément agacé de ne pas s'en être aperçu avant. Un homme se tenait sur le trottoir à l'extérieur de la boutique et il y avait eu trois coups de feu. Cissy n'avait été touchée que deux fois et les balles avaient été tirées pratiquement à bout portant. Yudel se souvint des paroles de Freek « ... il utilise rarement plus d'une balle... ». Comment pouvait-il manquer sa cible à une aussi courte distance ? Le troisième point était moins net. La personne qui avait fait cette déposition avait été témoin de la scène depuis l'immeuble que Yudel avait choisi comme poste d'observation de l'appartement de Weizmann dans la soirée. De là, Yudel savait qu'on distinguait mal le trottoir devant la boutique de Weizmann. Les arbres ne vous permettaient pas d'en avoir une vision nette, surtout la nuit. Et Cissy Abrahamse était morte pendant la nuit. Pourtant, celle qui avait fait sa déposition avait apparemment affirmé sans hésitation que la personne sur le trottoir était un Bantou. Sur ce même trottoir, le berger allemand de Weizmann était apparu comme une ombre à Yudel.

Le nom tapé en haut de la déposition était celui de Mme Sinclair. Yudel savait qu'il lui faudrait parler à Mme Sinclair.

131

9.

La masseuse était une jeune fille ravissante. Allongé sur le ventre, Yudel ne pouvait pas voir son visage, mais il s'en souvenait parfaitement, l'associant dans son esprit avec les petits doigts à la fois doux et pleins de force qui malaxaient les muscles de son cou et de ses épaules, effaçant lentement les tensions.

« Retournez-vous, monsieur Gordon. » Sa voix était une clochette qui tintait joliment dans le silence de la pièce. Il s'exécuta et elle s'élança d'un pas léger vers le bout du lit. Là, elle lui massa les pieds, travaillant jusqu'à ce qu'ils soient luisants, brûlants et détendus. Il sentit ses mains monter sur ses mollets, ses genoux, et ses cuisses. Maintenant elle était tout près, il aurait pu la prendre dans ses bras. A sa grande surprise, le petit costume blanc qui ressemblait à une tenue de tennis avait été jeté par-dessus les moulins. Ses cheveux et ses seins se balançaient à l'unisson tandis qu'elle malaxait ses cuisses.

« Vous réservez ce traitement à tous vos clients ? » demanda Yudel. Il avait des difficultés à articuler quelque chose.

« Oh non, monsieur Gordon. Vous êtes un client très spécial. Cela vous est spécialement réservé. »

Elle termina son travail avec la même adresse étonnante qu'elle avait montrée pendant les préliminaires. Yudel la sentit se glisser hors du lit et l'entendit enfiler à nouveau son uniforme. Il ferma les yeux, savourant la chaude relaxation de tout son corps.

Il l'entendit revenir vers lui, ses pieds nus avançant à pas feutrés sur le plancher. Il ouvrit les yeux et vit qu'elle tenait un gros tampon en caoutchouc à la main. « Qu'est-ce que vous... », commença Yudel. Avant qu'il ait eu le temps de terminer sa phrase ou de faire un geste pour l'arrêter, elle lui avait appliqué le tampon sur le ventre et sur la cuisse gauche. En ces deux endroits, on pouvait maintenant lire *Servi par Lucy* imprimé en grosses lettres indélébiles. « Pourquoi vous avez fait ça ? » hurla Yudel.

« C'est une publicité pour notre entreprise, monsieur Gordon. Nous le faisons à tous nos clients. »

« Mais ma femme... »

« Elle comprendra, monsieur Gordon. C'est tout à fait régulier. »

Yudel était dans son bain et frottait désespérément mais les lettres sur son ventre et sa cuisse ne voulaient rien savoir. « Yudel, mon chéri, tu m'entends ? Yudel, chéri... » C'était la voix de Rosa et elle s'approchait. « Chéri ? » Elle était juste derrière la porte et il ne pouvait pas frotter aux deux endroits à la fois. « Yudel chéri. » La porte s'ouvrit. « Yudel, chéri... »

« Yudel, mon chéri. » Rosa se pencha sur lui. Il essaya désespérément de recouvrir les marques laissées par le tampon. « Inutile de sursauter. Je t'ai juste apporté ton café. »

C'était dimanche matin et le soleil donnait directement dans la pièce, inondant Yudel qui était étendu dans son lit. Il regarda Rosa poser la tasse de café sur la table de chevet.

« Merci. »

« Tu as l'air tellement effrayé. Tu as dû faire un mauvais rêve. »

« Je ne m'en souviens pas. »

« Quel est ton programme pour aujourd'hui ? » demanda-t-elle en s'asseyant au pied du lit. Elle portait une robe de chambre rose en tissu duveteux et la nuit passée l'avait rendue agréablement féminine. Son visage respirait une affection tranquille, et le café au lit le dimanche matin ne ressemblait pas tellement aux habitudes de Rosa.

« J'aimerais que tu passes la journée avec Irena si cela ne te dérange pas, lui dit Yudel. Il faut que je retourne à Johannesburg. »

« Mais tu y étais hier. »

« J'ai manqué quelqu'un que je voulais voir et il y a encore une autre personne dans le coup dont j'ignorais l'existence. »

« L'essence coûte cher. » Même cela, elle l'avait dit d'un air aimable, comme s'il s'agissait d'un sujet qu'elle n'avait pas envie d'aborder et surtout pas pour engager une dispute.

« Je sais, mais il faut que j'y aille. Je dois absolument régler cette affaire. »

Rosa hocha lentement la tête. Sur ce point au moins, ils étaient d'accord.

Yudel frappa à la porte de l'appartement de Mme Sinclair. Il était situé au premier étage de l'immeuble dont le toit avait servi de poste d'observation à Yudel pour épier Weizmann. Au milieu de la porte, un œilleton permettait à Mme Sinclair de voir qui lui rendait visite. Yudel entendit quelqu'un bouger à l'intérieur. Le bruit s'arrêta, le temps pour Mme Sinclair de l'examiner par l'œilleton, supposa-t-il. Puis la porte s'entrouvrit de quelques centimètres, la chaîne de sécurité cliqueta, et Mme Sinclair amorça la deuxième phase de son examen. C'était une petite femme d'un certain âge, avec un visage à la peau flasque, et qui paraissait sous-alimentée. « Oui ? » demanda-t-elle.

« Je suis Yudel Gordon. C'est moi qui vous ai téléphoné au sujet de... »

« Ah oui. » Elle l'étudia encore un peu avant de refermer la porte et de défaire la chaîne. Puis elle ouvrit en grand. Elle portait un peignoir en tissu éponge d'un bleu passé, et avait des bigoudis sur la tête. « Je viens de me lever », s'excusa-t-elle. Elle avait dit ça sur un ton qui laissait supposer que c'était honteux d'être encore en peignoir à cette heure de la journée. « C'est tout en désordre. » Elle referma derrière Yudel et remit la chaîne. « Je n'ai pas encore fait le ménage. » Elle parlait d'une petite voix et d'un ton mal assuré, battant en retraite devant Yudel jusqu'au petit salon, marchant à reculons pour ne pas le perdre de vue. « C'est dans un désordre épouvantable. Je suis vraiment confuse. » Des patrons, des échantillons de travaux au crochet, des pelotes de laine et des bouts de tricot traînaient dans tous les coins. D'une certaine manière, la pièce rappelait à Yudel son bureau. « J'ai été très occupée hier, expliqua Mme Sinclair. Voulez-vous vous asseoir ? » Elle ramassa un livre de patrons qui traînait sur une chaise pour lui faire de la place.

Il accepta l'invitation et elle envoya promener quelques pelotes de laine avant de s'installer sur le petit sofa. « J'espère que nous ne réveillerons pas M. Sinclair », dit Yudel.

« Il n'y a pas de M. Sinclair. Ça fait très exactement huit ans, quatre mois et sept jours qu'il m'a laissée tomber. » Elle avait dit cela très vite en détournant le regard, comme si elle avait honte. « Remarquez, je n'en voudrais pas s'il revenait », s'empressa-t-elle d'ajouter.

« Alors, vous vivez seule ? »

« Oui, assez seule. »

« Mais pendant la nuit de mercredi dernier, votre fille était ici ? »

« Elle passait ses vacances avec moi. Maintenant elle est retournée au Cap. »

Il ne fallait donc pas compter sur la fille, songea Yudel. Il devrait se débrouiller avec Mme Sinclair. « Deux points ont retenu mon attention dans ce que vous avez déclaré à la police, Mme Sinclair. D'abord vous avez dit que vous aviez entendu trois coups de feu. Vous en êtes sûre ? »

« Oh, absolument. Il y a bien eu trois coups de feu. »

« Mais la fille n'a reçu que deux balles. Donc il en manque une. »

« Mmm. Non. » Mme Sinclair fronça les sourcils d'un air pensif. Elle était visiblement ravie qu'il soit là, à lui poser des questions. Comme Mme Sammel, il ne lui arrivait pas souvent qu'on lui accorde de l'importance. Probablement, elle appréciait le fait d'habiter en face de

135

chez Weizmann. Sa présence devait donner du piment à une existence bien fade. « Non, absolument pas. Je m'en souviens comme si c'était hier soir. »

« Tant mieux. Alors parlez-moi de cet homme sur le trottoir. Vous avez dit qu'il y avait un homme sur le trottoir. »

« Il y avait un indigène sur le trottoir. Je l'ai vu se sauver en courant après avoir entendu les coups de feu. »

« Comment saviez-vous qu'il s'agissait de coups de feu ? »

Mme Sinclair sourit d'un air éminemment supérieur. « En vivant près de chez M. Weizmann, vous apprenez à reconnaître des coups de feu. Ça fait vingt ans que je vis ici et je reconnais parfaitement des coups de feu. Dès que je les ai entendus, j'ai dit à Leslie – c'est ma fille – voilà que ça recommence chez Weizmann. »

« Vous avez une chaîne de sécurité à votre porte, remarqua Yudel. Vous avez déjà eu des ennuis ? »

« Monsieur Weizmann a beaucoup d'ennuis. »

« Bien sûr. Vous le connaissez bien ? »

« Très bien. Comme je vous l'ai dit, je vis ici depuis vingt ans. Ce sont des gens très gentils. Stricts mais très gentils. »

« Il n'a pas eu d'ennuis pendant les dix premières années où vous avez habité ici. »

« Oh, ce quartier va à vau-l'eau. » Elle ouvrit de grands yeux pour donner de l'emphase à ce qu'elle racontait. « C'est bien pire qu'avant. Depuis qu'ils ont supprimé cette insignifiante histoire d'apartheid, tout va à vau-l'eau. Tous les locataires convenables d'autrefois déménagent. De cette époque il ne reste que moi, les Weizmann et une poignée de gens. Les autres ont déménagé. »

« Vous-même, avez-vous jamais eu d'ennuis ? »

« Pas personnellement, mais je connais... »

« Oui, bien sûr. Sans compter les problèmes de M. Weizmann. Je peux voir votre balcon ? »

Mme Sinclair s'empressa de se lever tout en lissant des deux mains le devant de son peignoir. « Je vais vous montrer l'endroit exact où je me tenais. » Elle traversa la pièce et ouvrit la porte-fenêtre qui donnait sur le balcon. Yudel la suivit. Il y avait à peine la place pour les deux transats qui y avaient été installés. Yudel dut en replier un pour la rejoindre. « Je me tenais ici exactement. Les transats n'étaient pas là. J'avais installé un petit séchoir pour étendre les couches de ma petite-fille dans ce coin. »

Yudel regarda la boutique de Weizmann. Elle était pratiquement invisible depuis le balcon, et il restait suffisamment de feuilles d'automne aux arbres pour former un écran pratiquement impénétrable le long des deux côtés de la rue. Il voyait seulement de petits fragments de la vitrine et ne distinguait pas du tout la porte de la réserve. Pendant qu'il regardait, un homme en bleu de travail passa sur le trottoir. Tout ce que Yudel en voyait c'était ses jambes à partir des genoux. « Voudriez-vous être assez gentille, demanda Yudel, pour me dire à nouveau exactement ce que vous avez vu mercredi soir ? »

« Eh bien... Mme Sinclair marqua une pause, rassemblant apparemment ses idées, toujours flattée à l'évidence par l'intérêt que Yudel lui portait. Comme je l'ai dit dans ma déposition, j'étais venue chercher des couches quand j'ai remarqué un indigène, là, sur le trottoir devant la boutique de M. Weizmann. Alors j'ai entendu les coups de feu... »

« Les trois l'un après l'autre ? »

« Non, je ne pense pas. » Mme Sinclair essayait de se rappeler. « D'abord deux et puis un seul, ou alors un et puis deux. Il y a eu un petit temps d'arrêt si vous voyez ce que je veux dire. »

« Oui et alors ? »

« Alors l'indigène a couru le long du trottoir, a tourné le coin et est passé devant la boutique. »

« Qui était-ce, à votre avis ? »

« Il aidait celle que M. Weizmann a attrapée, bien sûr. Il y en avait deux et celui-là a eu de la chance d'en réchapper. »

« Je vois. Et comment saviez-vous que l'homme sur le trottoir était noir ? »

Mme Sinclair ouvrit de grands yeux et haussa les épaules. « Je l'ai vu, monsieur Gordon. » Yudel regarda en direction du trottoir et la petite femme à la figure toute ridée se tourna pour suivre son regard. Un autre passant qui venait du côté de la gare s'avançait sur le trottoir d'un pas rapide. Ses chaussures étaient en cuir noir brillant, on distinguait aussi très bien le pli impeccable de son pantalon bleu marine. Pendant quelques secondes, ce furent les seules certitudes de Yudel. Quand il eut rejoint le coin de la rue devant la boutique de Weizmann, Yudel avait pu vérifier, grâce à une vision fragmentaire entre les feuilles, qu'il était blanc et portait une chemise bleu pâle au col ouvert. « Vous voyez. On s'en rend bien compte », dit Mme Sinclair.

« Difficilement. Mais c'était la nuit, onze heures du soir, c'est bien ça ? »

« C'est ça. Les lampadaires... »

« Ils n'éclairent même pas le trottoir, Mme Sinclair. »

« Peut-être bien, mais j'en suis sûre... » Mme Sinclair rejeta la tête en arrière d'un petit geste brusque et irrité, provoquant une oscillation de ses bigoudis.

Yudel la prit par le bras. Il essaya de paraître aussi gentil que possible. « Mme Sinclair, je suis sûr que l'homme sur le trottoir était noir et je suis sûr que vous n'auriez pas rapporté à la police une version des faits dont vous n'étiez pas certaine, mais à onze heures du soir vous ne pouviez pas être catégorique sur ce point en regardant de votre balcon. Vous ne pouviez même pas affirmer qu'il s'agissait d'un homme et pas d'une femme. Maintenant, dites-moi pourquoi vous avez raconté à la police qu'il était noir ? »

« Ma domestique, Julie, revenait de la boutique du Grec. Il est encore ouvert à cette heure de la nuit. » Elle parlait très vite, pressée de se débarrasser de tout ça. « Elle l'a vu courir sur le trottoir devant la boutique. Elle a dit que c'était un indigène, mais je savais bien que ça ne pouvait pas être un Blanc. Il n'y a que les indigènes pour cambrioler les boutiques. »

« Cette Julie... elle connaît le nom de cet homme ? »

« L'indigène ? »

« Elle connaît son nom ? »

« Je pense pas. C'était juste un voyou... »

« Où est Julie maintenant ? »

« Dans sa chambre sur le toit, mais elle ne sait rien d'autre. J'ai très clairement vu ce qui s'était passé. »

« La police l'a interrogée ? »

« Oui. » Elle affichait l'expression réprobatrice d'une maîtresse d'école. « Deux genres de policiers complètement différents sont venus l'interroger. Je me demande bien ce qu'elle avait à dire de si important. »

« La deuxième équipe de policiers était composée d'un homme d'un certain âge et d'un plus jeune assez râblé, et ils portaient des vêtements civils ? »

« Oui. Vous les connaissez ? »

« Ce sont de vieux amis. C'est seulement à elle qu'ils ont posé des questions, non ? »

« Ne me dites pas que vous voulez aussi l'interroger ? »

« J'en ai bien peur », répondit Yudel.

Julie était une femme imposante, et au premier coup d'œil, Yudel lui trouva l'air ensommeillé. Elle était assise contre le mur de sa chambre qui formait un L avec un autre mur, la protégeant complètement du vent. Les jambes étendues devant elle et croisées aux chevilles, exposée à un chaud soleil d'hiver réfléchi par les murs et les fenêtres des immeubles environnants, elle était sur le point de s'assoupir. « Vous vous appelez Julie ? » demanda Yudel.

« Oui, monsieur », dit Julie. C'était une voix agréable, timide, et elle fronça un peu les sourcils en parlant.

« Qui était l'homme qui s'est sauvé devant la boutique de M. Weizmann la nuit où il a tué la fille ? »

Julie se réveilla aussitôt. Elle batailla pour se remettre

maladroitement sur ses pieds. « Vous êtes de la police, maître ? » demanda-t-elle.

« Non. » Yudel était désolé de troubler l'idée que Julie se faisait de cette affaire, mais il savait que peu de ses compatriotes noirs avaient confiance dans la police.

Julie l'observa d'un air pas convaincu, ne sachant visiblement que penser de cet étrange petit homme blanc aux cheveux ébouriffés et au regard pénétrant qui posait des questions comme un policier mais disait qu'il n'en était pas un. « Oh, maître, dit Julie, trop de policiers et maintenant le maître. »

« Trop de policiers ? »

« Beaucoup trop. Ils posent des questions et des questions et des questions. »

« Et vous avez répondu aux questions ? »

« Oui, maître. » Debout, Julie était plus grande que Yudel et bien plus large, avec de grosses jambes et de gros bras qui sortaient de son uniforme de « domestique », mais elle était timide, pas pressée de répondre à la question de Yudel, anxieuse cependant de ne pas l'offenser.

« Qu'est-ce qu'ils ont demandé ? »

« Ils ont demandé... » Sa voix manquait d'assurance et elle le regardait, indécise.

Yudel avait constaté qu'un malaise grandissant envahissait Julie et il essaya de la rassurer. « Je suis avocat. L'Eglise me paie pour essayer de savoir ce qui s'est passé. Ils pensent que M. Weizmann raconte des histoires. » Dire la vérité à Julie aurait été trop compliqué et beaucoup moins crédible. Quand c'était nécessaire, Yudel mentait avec une telle sincérité et une telle conviction que des victimes infiniment plus roublardes que Julie le croyaient sans hésitation.

« A-ah », dit Julie, en étirant la voyelle comme un long soupir. A l'évidence, elle trouvait que c'était une idée formidable.

Pendant un instant, Yudel craignit qu'elle ne demande à quelle Eglise il appartenait, tout en se disant que le nom

140

importait peu et qu'elle méritait certainement son appui. Yudel s'empressa de poursuivre la conversation avant qu'elle ne s'égare. « On ne veut pas qu'il s'en tire comme ça, qu'en pensez-vous ? »

« Non-on », répondit Julie en regardant Yudel du coin de l'œil. Elle l'admettait à regret, la réponse avait mis du temps à venir. Son souci prédominant était d'éviter les ennuis.

« Maintenant vous allez me dire ce qu'ils vous ont demandé. »

Julie fronça les sourcils dans un effort sincère. « Ils demandent si j'ai vu le vieux maître tirer sur la fille. »

« Et qu'est-ce que vous avez dit ? »

« J'ai dit non. »

« Qu'ont-ils demandé d'autre ? »

« Ils demandent ce que j'ai vu. Je dis que je suis dans la rue près de la boutique. Alors j'entends le vieux maître tirer. Et puis je vois un homme courir droit sur... venant directement vers moi. »

« Vous l'aviez déjà vu auparavant ? »

« Oh oui. » Julie sourit. Elle se rappelait visiblement un souvenir agréable. « Je le connais. »

« Comment s'appelle-t-il ? »

« Muntu Majola, maître. »

Yudel regarda la grosse femme timide, les bras ballants le long du corps, les doigts tripotant le tissu de sa jupe. Il se demanda si elle se rendait compte de l'importance de l'information qu'elle lui donnait. Elle sourit de son petit sourire timide et Yudel fut convaincu qu'elle n'en savait rien du tout. « Comment ça se fait que vous le connaissiez, Julie ? »

« D'Alexandra, maître. Quand j'étais jeune fille, j'ai connu Muntu là-bas. Il était Msomi. »

« Msomi ? demanda Yudel. C'est quoi ? »

« Msomi. C'est... » Il fallut quelques secondes à Julie pour trouver le mot. « ... C'est une bande. »

« Il faisait partie d'une bande ? »

« Il faisait partie d'une bande, répéta-t-elle. Une fois ils

141

m'ont kidnappée. » Julie pouffa, baissant la tête et se balançant d'un pied sur l'autre dans un silence embarrassé. Cela n'avait visiblement pas été une expérience déplaisante.

« Il avait quel âge à l'époque ? »

« Il avait... » Elle leva les yeux au ciel pour réfléchir. « Il avait peut-être bien quinze ou seize ans. » Elle s'arrêta de parler, se souriant à elle-même, faisant sans doute resurgir des images du passé, le revoyant, revivant ce qu'elle avait senti. Puis elle redevint sérieuse. « Muntu est un grand homme maintenant, un très grand homme. »

Yudel comprenait que, quand elle l'appelait un grand homme, cela n'avait rien à voir avec sa taille. « Il est resté combien de temps dans les Msomis ? » interrogea-t-il.

« Jusqu'à dix-huit, dix-neuf ans peut-être bien. »

« Et alors ? »

« Alors il travaille. » Elle haussa les épaules. « Il grandit, il se marie... »

« Tout ça s'est passé il y a longtemps, Julie ? »

« Oh, maître. » Son visage d'un brun sombre parut encore plus foncé.

Yudel lui adressa un large sourire. « Deux ou trois ans ? »

« Oh, maître. Vingt-cinq ans. »

« Vingt-cinq ans. Ça fait longtemps. Vous êtes sûre que c'était bien Muntu que vous avez vu ? »

« Oui. » Julie paraissait maintenant très sérieuse. « C'est Muntu. Je sais que c'est Muntu. »

« Mais il faisait nuit. Comment pouvez-vous être certaine ? »

« Il m'attrape. »

« Il vous a attrapée ? »

« Il m'attrape. J'avance, je marche dans la rue Myburgh. Je passe devant la boutique du vieux maître Weizmann. J'entends le fusil du vieux maître Weizmann. Bang bang. Je vois quelqu'un courir. J'ai très peur. Je bouge plus.

J'entends encore bang et je vois l'éclair du fusil. Muntu court droit sur moi. Il m'attrape et me tire jusqu'au coin. Il me dit : "Cours ma fille, tu en as assez de la vie ?" Je cours. Muntu me tire. Alors il me tire dans une petite rue, une rue étroite... » Elle rapprocha les paumes de ses mains pour indiquer combien la rue était étroite. « Il s'arrête dans un endroit sombre. Il se tient très tranquille. Moi j'ai trop peur. Muntu me tient, il me serre contre lui, il met sa main sur ma bouche. » Elle mit une main sur sa bouche pour montrer à Yudel comment il s'y était pris. « Muntu me dit : "Tiens-toi tranquille, ma fille. Si tu veux pas mourir, tiens-toi tranquille." » Yudel pouvait constater que Julie se rappelait chaque geste exactement. « Muntu est un grand homme maintenant. »

« Il vous a reconnue ? »

« Maître ? »

« Savait-il qui vous étiez ? Il vous a reconnue ? »

Julie secoua tristement la tête. « Il sait pas. Il fait sombre. Il me regarde pas. Il regarde si le vieux maître Weizmann, il vient. On attend. On bouge pas pendant longtemps. Après, Muntu il dit : "Maintenant tu peux t'en aller, ma fille." Et il s'en va très vite. Je le vois s'arrêter une fois, se retourner. » Yudel regarda pensivement Julie. Il avait besoin d'un peu de temps pour digérer cette nouvelle information, ou plutôt cette confirmation de ce qu'il suspectait déjà. « Si Muntu m'attrapait pas, le vieux maître me tirait dessus aussi », ajouta Julie.

« C'est bien possible. Merci, Julie. Vous m'avez été d'un grand secours. »

« Tant mieux, maître, dit-elle alors qu'il s'apprêtait à partir. Vous allez l'attraper maintenant ? »

« J'attraperai qui ? »

« Le vieux maître Weizmann. Vous l'attraperez ? »

« Je l'espère. »

« Peut-être que l'Eglise va prier et alors vous l'attraperez. Peut-être que Dieu entendra. »

« Peut-être bien. »

Tandis qu'il redescendait par l'escalier de secours,

Julie s'était à nouveau installée sur son coussin au soleil. C'était une personne simple qui n'avait pas vraiment conscience de ce que la vie avait fait de Majola ces dernières années. Elle se rendait vaguement compte qu'il était « un grand homme » maintenant. Yudel ne croyait pas qu'elle aurait répondu aussi volontiers si elle avait compris que la police le recherchait. Elle ne se doutait certainement pas que les deux policiers qui lui avaient rendu visite en dernier se souciaient peu de la mort de la jeune fille et voulaient surtout retrouver Majola.

C'était dimanche et Yudel l'avait interrogée en début de semaine. Cela le dérangeait de penser que Dippenaar et Marais l'avaient gagné de vitesse. Il se demanda s'il aurait été plus avancé en les laissant lui expliquer ce qu'ils attendaient de lui.

Un fait était incontournable. Il y avait eu un témoin de la mort de la petite mulâtresse. Muntu Majola savait exactement ce qui s'était passé cette nuit-là.

Yudel resta sans bouger dans sa voiture pendant quelques minutes, les yeux fixés sur la boutique de Weizmann. Des clients entrèrent et sortirent avec leurs rations de nourriture. Il y avait peu de circulation dans les rues, Johannesburg combattait encore les effets du samedi soir. Par la porte ouverte, il pouvait voir Mme Weizmann seule dans la boutique, servant ses clients avec les mouvements brusques, la colère à peine contenue qui semblaient la caractériser.

Il mit le contact et trouva son chemin vers l'une des grandes artères allant au nord. Il laissa derrière lui Braamfontein, si mal entretenu avec son béton sale, ses peintures écaillées, et arriva dans le quartier résidentiel du nord de la ville avec ses jolis jardins boisés – les rouges, les bruns et les jaunes de l'hiver brillant au contact du vert profond des conifères – et ses grandes maisons solides abritées derrière les feuillages de leurs jardins.

La petite rue dans laquelle vivait Bill Hendricks se terminait en cul-de-sac. La maison n'était pas très grande et tapissée d'une plante grimpante aux feuilles luisantes rouges et marron. Hendricks jardinait dans son potager à côté de la maison, son crâne chauve couvert d'un chapeau de soleil en toile enfoncé jusqu'aux oreilles. Il leva la tête et s'appuya sur sa fourche quand Yudel poussa la grille et s'avança dans l'allée qui menait jusqu'à lui. Son visage qui ressemblait à celui d'un lutin était plissé par la curiosité et la suspicion tandis qu'il regardait Yudel s'approcher.

Yudel s'arrêta devant lui et lui tendit la main. « Bill ? »

Hendricks hésita avant de prendre la main de Yudel. Puis il la serra brièvement. « Je me demande seulement pourquoi tu es là, Yudel. »

« J'ai besoin de ton aide. »

« Il semblerait que tout le monde ait besoin de moi par les temps qui courent. » Il retourna à son jardinage. « Ecoute, je n'ai jamais pensé que tu avais une conscience politique, mais je dois dire que je suis assez choqué que tu laisses ces gens t'utiliser. »

« Personne ne m'utilise, Bill. »

« C'est un peu difficile à avaler. Ils viennent ici et comme ils n'obtiennent rien de moi, ils t'envoient parce qu'ils savent que nous avons été amis. Ça semble assez logique. » Il s'arrêta de bêcher pour jeter un coup d'œil à Yudel. « A moins qu'il y ait quelque chose que je n'aie pas compris. »

« Quand sont-ils venus ? » demanda Yudel.

« Comment, ils ne te l'ont pas dit ? »

« Je t'écoute. »

Hendricks se redressa, enfonça profondément la bêche dans la terre fraîchement retournée et se tint droit, regardant fixement Yudel. « Ils sont venus hier soir. » Yudel calcula qu'ils avaient probablement parlé à Julie le mardi ou le mercredi. Le jeudi ils se rendaient chez lui pour chercher de l'aide. Le samedi soir ils abandonnaient cette piste et décidaient de tenter une approche plus directe en contactant les vieux amis de Majola. « Si tu ne cherches pas Muntu qu'est-ce que tu veux ? ». Hendricks voulait savoir.

« Je le cherche, mais pas pour la même raison. Tu connais Johnny Weizmann ? Tu as peut-être entendu parler de son dernier meurtre dans les journaux. »

« Evidemment, mais ce vieux salaud s'en tirera blanc comme neige, je ne me fais pas de souci. »

« Muntu Majola a été témoin du dernier assassinat. »

« Je ne te crois pas. »

« C'est vrai. Apparemment, c'est arrivé par hasard. »

« C'est incroyable. »

« Je te l'accorde mais c'est comme ça. »

Hendricks s'essuya les mains sur son pantalon. Il était petit, pas plus grand que Yudel, mais sa façon de relever le menton et de toiser Yudel, le nez en l'air, le faisait paraître beaucoup plus grand, aux yeux de Yudel tout du moins. « J'ignore jusqu'à quel point je te crois, Yudel, mais entre toujours. Je suis sûr que Marion sera contente de te revoir. »

Yudel suivit Hendricks derrière la maison, et ils entrèrent par la cuisine. Marion était une femme pâle et qui paraissait encore plus pâle car elle ne se maquillait pas. Elle était assise sur le sofa du living, notant les copies de ses étudiants. Elle portait une robe vague rouge et noire et des sandales qu'elle semblait avoir empruntées à son mari. Mais c'était bien la Marion que Yudel avait connue. Dès qu'elle le vit, elle laissa tomber la feuille de papier qu'elle tenait à la main, se leva précipitamment et courut vers lui. « Bill, c'est Yudel. C'est bien Yudel ! » Elle lui donna un baiser rapide et recula d'un pas pour le regarder. « Tu es sur le chemin de l'aventure, Yudel, je ne me trompe pas ? »

« Salut, Marion. »

« Oui, c'est bien ça. Je devine tout de suite quand Yudel est sur le chemin de l'aventure. Il a les cheveux plus en bataille que jamais parce qu'il arrête de les peigner, et dans ces moments-là ses yeux se mettent à briller comme des escarboucles. » Il y a longtemps de cela,

Yudel pensait que Marion était sa petite amie. Mais de façon inattendue, du moins pour Yudel, elle avait épousé Bill Hendricks. Quand il lui avait demandé pourquoi, elle avait répondu : « Il est engagé, pas toi. »

« Engagé dans quoi ? » avait demandé Yudel.

« Toi tu ne t'engages dans rien, Yudel. » Aujourd'hui Yudel s'était engagé, mais Marion avait épousé Bill et il avait épousé Rosa.

Après que Marion fut revenue de sa surprise en le voyant, ils s'assirent dans une pièce qui ressemblait exactement à une maison de communistes selon les critères de la police de la sécurité : des livres partout, dans des caisses, sur les tables, éparpillés dans la pièce... Sans Rosa, la maison de Yudel aurait ressemblé à cela. « Et qui devons-nous remercier pour cette faveur exceptionnelle ? » interrogea Marion.

« Je me renseigne sur Muntu Majola. En fait, j'ai besoin de le trouver. »

Marion jeta un rapide coup d'œil à son mari et elle prit imperceptiblement ses distances par rapport à Yudel. « On ne sait pas grand-chose de lui », avança-t-elle prudemment. Elle mentait mal.

Yudel lui expliqua pourquoi il recherchait Majola et elle se tourna à nouveau vers son mari avant de parler. « Yudel, ils ne t'ont pas envoyé ? » L'expression sur son visage disait : je t'en prie, je ne peux pas accepter que ce soient eux qui t'aient envoyé. Elle disait aussi : je ne prendrai aucun risque avec toi, pas après tout ce temps passé, je n'oublie pas qui sont ceux qui te paient.

« Non, ils ne m'ont pas envoyé. J'ai dit à Bill pourquoi j'étais venu. J'ai besoin du témoignage de Majola, c'est la seule façon de convaincre le tribunal que Johnny Weizmann est coupable de son dernier assassinat. »

« Même si on te croit, dit Bill Hendricks, je ne vois pas où tu veux en venir. Ils recherchent Majola. Ils le rattraperont avant même qu'il puisse mettre un pied au palais de justice. »

« Peut-être pourrait-il se défendre devant un tribunal,

répliqua Yudel. Il y a des organisations qui donneraient de l'argent pour le défendre. Peut-être n'est-il pas coupable. »

« Il a pas besoin d'être coupable. » Soudain Hendricks parut fatigué. « Yudel, comment se fait-il que tu aies vécu si longtemps dans ce pays sans rien apprendre ? N'as-tu jamais entendu dire qu'ils pouvaient l'embarquer sans jamais l'amener devant un tribunal ? N'as-tu jamais entendu parler de prisonniers retrouvés morts pendant leur détention ? »

« Si, je... » Yudel essayait de se défendre.

« Muntu fait partie de ceux qui ne sortent pas vivants d'une détention. »

« Comment peux-tu en être sûr ? »

« Tu peux me croire sur parole. J'ai une grande expérience de ces choses-là. Je suis... »

« Engagé », suggéra Yudel.

« Ce n'est pas ce que je voulais dire, mais crois-moi, Majola a toutes les chances de sortir de John Vorster Square les pieds devant. Il le sait, je le sais et il ne pourra pas témoigner. »

« Il pourrait peut-être me donner un témoignage écrit accompagné d'une déclaration sur l'honneur. »

Le grognement méprisant de Hendricks en disait long sur ce qu'il pensait du témoignage écrit. « Un témoignage écrit accompagné d'une déclaration sur l'honneur ? Lui, un soi-disant terroriste qui est recherché par la police de la sécurité ? Tu me fais rire, Yudel. Muntu a été plus impliqué que n'importe qui dans le Black Social Endeavour à l'époque où ils l'ont interdit. C'était un militant, un homme d'action, pas un théoricien... »

« La police de la sécurité a l'air de penser qu'il était politiquement très engagé. »

Hendricks secoua la tête, comme s'il essayait de se débarrasser de l'ignorance de Yudel. « Bien sûr qu'il est politiquement très engagé. Si un homme veut à ce point sauver son peuple, il est aussi concerné par ses droits. Il

148

n'était pas un dirigeant du mouvement dans le sens strict du terme. Son rôle était plutôt celui d'un lieutenant de confiance, d'un travailleur infatigable... Et quand ils ont interdit l'organisation, fermé ses portes et volé ses fonds, il était probablement plus amer que n'importe qui. Ça t'intéresse de savoir qui a posé ces bombes et tué ces gens ? C'est peut-être bien lui. Il en était là. Tu es au courant pour ses frères ? »

« Oui. »

« Et il y a eu la mort de Biko, de Mohapi et des autres. Ils étaient tous très proches. »

« Où est-il maintenant, Bill ? »

« Où sont-ils tous ? Les dirigeants du Black Social Endeavours ont été dispersés, ils fuient, ils se cachent, essayant de ne pas se faire remarquer, d'échapper à la prison, de rester en vie. Il est quelque part tout seul et si la police de sécurité ne le fait pas tomber dans ses filets avec ses tables d'écoute, ses micros et ses passages à tabac, je ne pense pas que tu as plus de chances qu'eux de le trouver. » Il s'arrêta de parler et regarda sa femme. Elle le fixait intensément et Yudel allait de l'un à l'autre, les étudiant tour à tour. Il ne doutait pas qu'ils pouvaient lui en dire bien davantage.

« Qu'avez-vous raconté à la police de sécurité ? »

« Rien. Rien du tout. A part ça, que peut-on faire pour toi ? »

Yudel regarda autour de lui. La pièce paraissait très accueillante et confortable avec son côté désordonné. Il regarda Marion, ses grands yeux, son visage pâle, innocent et candide. Même Bill, malgré sa colère, paraissait innocent: un homme concerné par les autres, quelles que soient ses motivations inconscientes. « Je peux passer l'après-midi avec vous ? demanda Yudel. C'est ça, ou bien la compagnie de mon beau-frère et ma belle-sœur. »

Bill Hendricks parut surpris, la colère s'effaça aussitôt de son visage. Il se tourna vers sa femme et haussa les épaules. L'idée semblait plaire à Marion. « Tu n'as pas besoin de le demander », dit Hendricks.

« Vous pourriez peut-être me parler de Majola ? » demanda Yudel.

Le froid de l'hiver tomba rapidement cet après-midi-là, ils s'assirent donc dans le living, se racontant des histoires du temps passé et d'autres plus récentes pour se tenir au courant de leurs vies respectives. Yudel leur parla d'un cas qu'il avait eu l'année précédente à Middelspruit, où un paysan noir schizophrène avait été faussement accusé d'un meurtre. Quant à Bill et Marion, ils accédèrent à sa demande et parlèrent de Majola. Ce qu'ils racontèrent et la façon dont ils décrivirent la position de Majola au sein du Black Social Endeavours donna à Yudel l'impression d'un homme doté d'une grande énergie et sachant où il allait, plus doué pour l'action que pour la théorie. Les photographies que Marion lui montra l'intéressèrent presque autant que ce qu'ils lui avaient raconté. La plupart étaient des photos de groupe, avec des gens souriant simplement devant l'objectif, face à un bâtiment qui leur ferait bientôt office de bureau ou dans un hall vide après un meeting. Sur certaines des photos, on remarquait les visages blancs de Bill et Marion Hendricks au milieu des visages plus sombres de leurs camarades. Sur tous les clichés, le large visage plein d'une confiance confinant parfois à l'arrogance de Muntu Majola se détachait clairement. Il regardait l'objectif d'un air provocateur, et c'était certainement symbolique de son attitude devant la vie en général. Yudel voyait pour la première fois le visage de l'homme qu'il cherchait. Souvent, il y avait une jeune femme qui se tenait près de lui, et c'était toujours la même. Elle était jolie, avec une peau lumineuse, et paraissait beaucoup plus jeune que lui. Contrastant avec la sévérité des traits de son compagnon, elle souriait souvent, et même sur les photos où elle affichait une expression plus sérieuse, on la sentait prête à rire, comme si elle réprimait sa nature enjouée. C'était une femme qui aimait la vie. A partir de cette mince certitude, Yudel devinait qu'elle était sans doute davantage attirée par Muntu Majola, l'homme, que par Muntu Majola, l'insurgé.

« Il est marié ? » interrogea Yudel.

« Il l'était... il y a des années de cela. Sa femme est morte. »

Dans le lot, il y avait des photos de l'équipe du Black Social Endeavours et de leurs amis repeignant des murs, construisant des cloisons, fixant des toits, portant des toasts avec des verres de bière et se donnant l'accolade dans des réunions amicales. Cela ne ressemblait guère à une opération montée de façon rationnelle et organisée. Tous ces hommes et ces femmes avaient aidé à rénover les vieux bâtiments, à les peindre et à les mettre en état de fonctionnement. Ils se souvenaient certainement de cette période comme de la meilleure de leur vie. Aucun d'entre eux n'avait rêvé qu'ils parviendraient un jour à une telle réalisation et ils étaient probablement tous convaincus que cela durerait toujours.

Jusqu'à aujourd'hui, Yudel n'avait pas spécialement remarqué l'existence du Black Social Endeavours. Comme la plupart de ses concitoyens, il vivait dans une société fermée, dont les frontières ne dépassaient pas les préoccupations étroites du groupe auquel il appartenait. Il n'avait que rarement l'occasion grâce à son travail d'aller au-delà de cette vision limitée. Il savait que ses compatriotes noirs évoluaient dans un monde totalement différent de celui dans lequel il vivait et il comprenait en partie leur souffrance, mais comme il ne les partageait pas, cela restait évidemment limité.

Quand il eut tiré tout ce qui l'intéressait des photos et des histoires que Bill et Marion avaient racontées sans se faire prier, il commença à orienter progressivement la conversation sur le crime, l'homicide, et enfin Johnny Weizmann, en utilisant les techniques de sa longue expérience. Il leur fit un compte rendu de chaque dossier que Mimi avait préparé pour lui, inventant certains détails quand sa mémoire lui faisait défaut. Finalement, il expliqua que Weizmann tuerait certainement à nouveau, à moins qu'il ne trouve un moyen de l'arrêter. Et il conclut en disant qu'il ne voyait pas d'autre moyen que Muntu

Majola. Quand il eut terminé, ils restèrent silencieux pendant quelques minutes. Les Hendricks comprenaient maintenant où Yudel voulait en venir. Ils comprenaient aussi pourquoi c'était si important pour lui.

« Il y a une femme à Soweto », lâcha enfin Bill.

« La femme de Majola ? »

« Oui. »

« Celle qui est sur les photos ? »

« Exactement. Si quelqu'un sait où il est, c'est bien elle. »

« Je ne peux pas me rendre à Soweto la nuit sans un permis, surtout pendant le week-end. On va me ramasser. »

« Tu peux y aller la nuit, répliqua Bill, mais pas par la route. Il y a un chemin. »

10.

« Rosa a l'air embêtée », disait Hymie. Elle nous a parlé des services spéciaux. » Hymie marqua une pause pour examiner attentivement Yudel. « Tu t'es mêlé de politique, Yudel ? »

« Non, Hymie. Et toi ? »

« Moi ? » Ce brusque changement du cours de la conversation désarçonna Hymie. « Pourquoi tu me demandes ça ? »

« Et toi ? Pourquoi tu me demandes ça ? »

« Pour rien... C'est juste que Rosa nous a parlé des services spéciaux. »

« Et qu'est-ce qu'elle a dit ? »

Hymie haussa les épaules, ouvrit les mains d'un air désemparé et fit une moue qui déforma sa grosse bouche aux lèvres épaisses. « Je sais pas. Qu'ils vous ont rendu visite ou quelque chose comme ça. » Comme Yudel ne répondait pas, il poursuivit : « Tu sais, nous aussi nous soutenons les libéraux. J'estime que nous devons nous faire entendre, mais dans les limites du parlement. J'ai été très clair sur ce sujet avec les enfants. Je leur ai dit qu'ils pouvaient adhérer à n'importe quel mouvement politique à l'université, mais je refuse qu'ils se radicalisent. Il est normal de contester mais il y a des limites à tout. » Hymie s'estimait infiniment sage et il s'écoutait parler avec une attention bien plus soutenue que celle de Yudel. « L'opposition d'accord, la révolution non. »

Yudel regarda le grand jardin avec ses arbustes, ses plantes exotiques, ses statuettes et ses murs décoratifs en pierre. Il regarda la maison qui avait coûté une fortune, la piscine qui était exactement moitié aussi grande qu'une piscine olympique, le court de tennis en matériau synthétique. « J'aime bien cet endroit », déclara-t-il.

Sa sagesse politique et les propos de Rosa concernant les services spéciaux tracassaient toujours Hymie. « Merci, répondit-il distraitement. Donc il est inutile de se faire du souci ? Je veux dire en ce qui concerne les services spéciaux ? »

« Totalement inutile. »

« Je suppose qu'ils accomplissaient leur devoir. »

« Et mon devoir à moi, tu y penses ? » demanda innocemment Yudel.

« Eh bien, je... »

« Oui, bien sûr, il s'agissait juste d'une visite de routine », le rassura Yudel.

« J'avais dit à Irena qu'il n'y avait pas de quoi fouetter un chat. Rentrons à l'intérieur. Il commence à faire froid. »

Irena, Rosa et deux invitées, appartenant clairement au milieu que fréquentaient Hymie et Irena plutôt qu'à celui de Yudel et Rosa, si on en croyait leurs tenues vestimentaires et leurs manières supérieures et ennuyées, prenaient le thé, le regard fixé sur le tennis vide. « C'est un authentique Petzer, disait Irena. Nous l'avons payé une fortune, mais ça valait le coup. Aujourd'hui il n'y a plus de véritables artistes sud-africains. Cela m'est égal de dépenser de l'argent pour une véritable œuvre d'art. » Pendant une seconde, Yudel se demanda en quoi un court de tennis ressemblait à une œuvre d'art, mais les femmes dans la pièce se tournèrent avec un air approbateur vers une peinture représentant un gros taureau orange avec des organes génitaux roses et proéminents.

« C'est ravissant, avança Rosa. On dirait qu'il a subi l'influence de Batiss. »

Yudel se demanda qui pouvait bien être Batiss. Il espérait que Rosa ne se trompait pas. En tout cas, ça sonnait tout à fait bien.

« Mais c'est évident, intervint une des invitées. Cette utilisation des couleurs... »

A cet instant Irena remarqua la présence de Yudel. « Yudel est arrivé », lança-t-elle sur un ton qui semblait sous-entendre que cette arrivée éclipsait tous les autres événements de la journée. Elle se souleva pour se mettre sur ses pieds, la chair de ses puissants avant-bras tremblant comme de la gelée, et avança vers lui toutes voiles dehors. Yudel essaya de se cacher derrière Hymie, mais Irena fit le tour de son mari, le poussant doucement de côté sans ralentir. Yudel tourna rapidement la tête sur le côté pour recevoir le baiser sur la joue. Au moins il était plus sec que d'habitude, songea-t-il. « J'espère que vous restez dîner », dit tristement Irena. Aux oreilles de Yudel sa voix résonnait tristement quels que soient ses propos.

« Malheureusement, il faut que nous rentrions tôt, j'ai un rendez-vous à la maison ce soir. »

« Alors laisse-moi Rosa. Elle peut rentrer plus tard dans la semaine. »

« C'est une bonne idée, renchérit Hymie. Laissons les sœurs se retrouver. Ça te permettra de respirer un peu. » C'était dit d'un air coquin, laissant entrevoir à Yudel toutes les choses fascinantes qu'il pourrait faire en l'absence de sa femme.

Yudel lisait sur le visage de Rosa à quel point elle avait

envie d'accepter l'invitation. Il savait que c'était lié à sa peur de rester seule à la maison. Les salauds, songea Yudel. S'il pouvait seulement leur faire payer ça... « Je crains que la présence de Rosa ne soit indispensable. Mais elle peut vous rejoindre demain. » Rosa parut surprise. C'était la première fois qu'elle entendait parler de cette histoire de rendez-vous.

« Eh bien, prenons quand même un verre avant que vous partiez », proposa Hymie.

Yudel accepta un brandy. Dehors la nuit tombait rapidement. Par les grandes portes-fenêtres il voyait une lune presque pleine déjà haute dans le ciel. Il en fut satisfait car cela faciliterait son projet.

La conversation s'orienta sur le prix de l'essence qui ne cessait d'augmenter. (Hymie parlait même de vendre une de ses trois Mercedes familiales.) On se demanda également s'il serait raisonnable d'autoriser des pistes d'atterrissage privées pour les hélicoptères à Bryanston. (Non, ce serait pour le seul bénéfice des Zietsman et des Trafford-Smyth. Est-ce que les Zietsman s'imaginaient que ramasser des fortunes à la Bourse ou avec leur chaîne d'hypermarchés leur donnait droit à des égards réservés aux altesses royales ?) D'autre part, dans l'éventualité de nouveaux soulèvements, il serait plus facile de sortir son argent du pays en achetant des peintures et des diamants. (Plutôt des diamants, on n'était jamais sûr de la valeur des peintures.) Et quels seraient les biens les moins affectés par les prochaines émeutes ? (Les possessions très bon marché, n'ayant donc aucun intérêt pour les personnes ici présentes, à part peut-être Yudel et Rosa.) Rosa essayait de ne pas paraître embarrassée ou intimidée par tout ça, et prétendait même s'y intéresser. Si Yudel avait fait attention à elle, il aurait compris que pour Rosa, ne trouver aucun intérêt à une telle conversation lui provoquait une douleur presque physique. Après tout, c'était sa sœur totalement dénuée de charme qui discutait de ces choses avec une telle aisance.

Mais Yudel n'écoutait rien. Dans sa tête, il récapitulait

l'itinéraire à suivre pour arriver jusqu'à Soweto et la maison de Thandi Kunene, et les difficultés qu'il risquait de rencontrer.

« Où va-t-on ? » demanda Rosa.

« Tu me laisseras à l'endroit que je t'indiquerai et tu reviendras me chercher dans deux heures. »

« Où ça ? »

« Je t'y emmène. »

« Yudel, que se passe-t-il ? » Il percevait un début de panique dans la voix de Rosa.

« Ecoute, Rosa, il ne faut pas t'inquiéter. Je vais voir quelqu'un et je ne peux pas m'y rendre en voiture. Tu me laisseras où je te dirai et tu iras au restaurant, te promener, ou ce que tu voudras pendant les deux heures qui vont suivre. »

« C'est complètement fou, Yudel. »

« Je sais, mais fais ce que je te demande, j'entrevois enfin une issue à tout ça. »

Il prit l'autoroute en direction du sud, et tourna sur une petite route qui s'orientait vers la droite et longeait des plantations de gommiers. Les arbres étaient en retrait de chaque côté de la route. Yudel regarda sur la gauche. Le faîte des arbres était bien visible dans le clair de lune, mais à leur pied le sol dur du Highweld demeurait dans l'ombre. Ils passèrent devant une large brèche dans le rideau d'arbres. De son centre partait une piste reflétant la lumière du clair de lune. La route était tranquille. Ils croisèrent une voiture qui passa très vite, puis plus rien, seulement la route qui tournait peu à peu vers la droite et les arbres silencieux dans la nuit sans un souffle de vent. A la seconde brèche dans les arbres servant de coupe-feu sur sa gauche, Yudel freina légèrement. Dans son rétro-viseur, il vit une voiture qui se rapprochait rapidement. Il ralentit suffisamment pour la laisser passer, puis il atteignit le troisième coupe-feu et s'arrêta sur le bas-côté sablonneux de la route. « Je ne risque rien, Rosa, dit Yudel. C'est la troisième brèche depuis que nous avons quitté la grand-route. Reviens dans deux heures. Il est six heures trente. Je t'attendrai donc à huit heures et demie. Si je ne suis pas là, tu repars et tu reviens une heure plus tard... »

Rosa regardait les ombres noires des arbres du côté de la route où ils étaient garés. « Et si tu n'es toujours pas là ? »

« Penses-tu. »

« Mais, Yudel, c'est une forêt... »

« Je l'avais déjà remarqué. Tu feras ce que je te dis ? »

Elle s'était penchée sur Yudel pour regarder les arbres de l'autre côté de la route. Ils paraissaient tout aussi sombres et rébarbatifs.

« Tu es sûr que ce n'est pas dangereux ? »

« Certain. » Yudel sortit de la voiture et regarda Rosa se glisser sur le siège du chauffeur. « Ne retourne pas chez Irena. »

« Tu me prends pour une idiote ? » Elle avait l'air en colère. Chez Rosa c'était bon signe.

Yudel s'avança vers l'ombre des arbres. « Deux heures », lança-t-il.

« Tu as intérêt à être là », dit Rosa.

Il attendit que la voiture disparaisse dans la longue courbe de la route, puis il rejoignit la piste qui partait du bout de la brèche entre les arbres. La lune était haute, juste en face de lui. Devant, il voyait la limite de la plantation de gommiers et au-delà, directement en travers de son chemin, une clôture accessible en fer barbelé et un seul arbre qui étendait des branches où les feuilles dessinaient un réseau dentelé. La plantation de gommiers faisait quelques centaines de mètres de profondeur. Ensuite la piste virait à droite, puis à nouveau à gauche avant de se poursuivre par un trou dans les barbelés. Yudel marchait rapidement, inspirant profondément l'air froid de la nuit, conscient des petits nuages de vapeur sortant de sa bouche à chaque fois qu'il expirait. Il traversait un pré inégal. Devant lui se détachait sur le ciel le long toit plat d'un hangar. Loin sur sa droite, le pré était délimité par d'autres arbres, plus gros que les gommiers et très noirs. C'étaient peut-être des pins.

Les aiguilles lumineuses de sa montre indiquaient sept heures moins le quart. Cela signifiait qu'un quart d'heure sur les deux heures s'était déjà écoulé, et Dieu sait quelle distance il lui restait encore à parcourir avant de rejoindre Soweto. Yudel allongea le pas et se mit à courir en petites foulées. Il n'était pas un athlète et ne l'avait jamais été mais il avait un corps léger, des épaules et des hanches étroites et pas de kilos superflus. Sa santé avait toujours été bonne et son énergie surprenante, pour quelqu'un qui n'avait jamais suivi le moindre entraînement.

Dans la lumière du clair de lune, il voyait chaque trou et chaque bosse sur le sentier. Il pouvait avancer aussi rapidement qu'en plein jour. La position de la lune signifiait que n'importe qui sur le sentier devant lui se détacherait parfaitement sur un ciel étonnamment clair. Inversement, quelqu'un qui le suivrait pourrait bénéficier du même avantage et ne courrait pratiquement aucun risque d'être vu. Il se baissa et se retourna pour regarder le chemin qu'il venait de parcourir. Tout était gris dans le clair de lune, le pré et les gommiers se confondaient, il était impossible de voir où commençait l'un et où finissait les autres. Yudel se dit qu'il était totalement seul sur ce coup. Si les autorités le découvraient, elles le suspecteraient d'inciter les habitants de Soweto à se révolter. Quant aux Noirs, les émeutes de 76, où des centaines d'entre eux avaient trouvé la mort, ne remontaient qu'à deux ans. Mais il savait aussi que la furie incontrôlable de la foule, qui faisait alors d'un visage blanc un passeport assuré pour l'éternité, s'était éteinte. Il se demanda un instant s'il préférait tomber dans les mains des habitants de Soweto ou dans celles de la police de la sécurité. La réponse était évidente. Il préférait de loin les habitants de Soweto.

Le chemin longeait le hangar au toit en tôle ondulée. Il voyait la double rangée interminable de lumières sur le

158

sol, qui marquait le terrain d'atterrissage et s'estompait au loin. A une grande distance sur sa gauche, les lumières d'une tour de contrôle s'élevaient au-dessus de la piste d'atterrissage. Il ne remarquait aucun signe d'activité. Il embrassait la piste d'un seul coup d'œil mais devait faire un effort pour distinguer les projecteurs orange de Soweto brillant au-delà des collines et des barrières d'arbres qui se succédaient et se fondaient au loin.

Sans s'arrêter, il coupa le terrain d'aviation en diagonale, repérant une rangée de pins dont Bill Hendricks lui avait parlé à l'endroit où l'herbe soigneusement tondue du terrain laissait la place aux herbes sauvages du veld. Il y avait une double rangée de grands arbres, qui descendaient en pente douce et formaient une piste. Yudel avançait plus lentement, avec difficultés à cause de l'ombre, mais il valait mieux ça que de se lancer dans le veld, et puis les arbres l'abritaient des regards. Il se laissa guider par la piste, repérant les obstacles au fur et à mesure. Quand il arriva en bas, il fut accueilli par un souffle d'air glacé qui semblait monter à l'assaut de la colline et l'enveloppa brusquement alors qu'il avait le front et le dos mouillés de sueur.

Il s'arrêta dans la ravine au pied de la pente, sur le lit sablonneux d'un cours d'eau asséché. En regardant attentivement et en laissant à ses yeux assez de temps pour s'accommoder à ce qu'il voyait, il distingua des taches plus claires sur la pente de la colline suivante en direction de la banlieue noire. Il lui fallut un moment avant de comprendre qu'il s'agissait des lumières de lampes à pétrole brillant derrière des rideaux, et un instant de plus pour distinguer la première rangée de petites maisons de brique sur sa droite.

Il fit un demi-cercle vers la gauche, dans une plantation de petits gommiers, pour s'éloigner des maisons. Hendricks lui avait dit qu'il trouverait son chemin à l'angle de la plantation. Tout en suivant une nouvelle brèche dans les arbres, il tourna le coin lentement, surveillant les ombres entre les gommiers, guettant un mouvement. Les bruits de Soweto parvenaient maintenant jusqu'à lui : des aboiements de chiens, un chant tribal lancinant avec un rythme curieux battu sur un tambour et un chœur de voix libres et rauques, une radio d'où s'échappait un air de rock and roll, le ronflement occasionnel d'un moteur de voiture... Quelques minutes s'écoulèrent et il revint vers les maisons. Les petits arbres poussaient en rangs serrés et Yudel allait d'un groupe d'arbres à l'autre, essayant de rester à couvert dans l'ombre. Entre les arbres, il apercevait les projecteurs orange aux lumières vives qui, toute la nuit, baignaient la plus grande partie de Soweto dans un demi-jour. Les lumières se trouvaient accrochées à des pylônes assez hauts pour être hors de portée des pierres des vandales. Le pylône le plus proche était tout juste visible au-dessus de la crête de la première colline, projetant au loin une faible lumière.

Une lueur vive éclaira le visage de Yudel, il s'accroupit prestement. La lumière serpenta entre les gommiers et il entendit le bruit d'une voiture qui s'approchait. Un instant plus tard, il voyait les feux arrière clignotant pas très loin devant lui entre les arbres. Le son d'une radio lui parvint, plaintif et déformé, avant de s'évanouir. Il respirait la poussière soulevée par la voiture, retombant autour de lui. Il attendit quelques secondes sans bouger, regardant la ligne du toit d'une des petites maisons en forme de boîte d'allumettes de l'autre côté de la route empruntée par la voiture. C'était tout ce qu'il voyait. Yudel s'avança à nouveau sur un terrain dépouillé des petites branches mortes qui jonchaient habituellement les plantations de gommiers. Le fuel était un problème à Soweto et le bois de gommier brûlait bien et faisait de la bonne braise qui chauffait longtemps après que le feu se fut éteint. Cette fois, quand il s'arrêta, la route était entièrement visible. Les petites maisons noires se découpaient sur le ciel rendu orange par les projecteurs. Maintenant la silhouette d'un homme montait la côte de la route, lentement et sans à-coups. Yudel vit le haut de son corps passer entre deux maisons. En quelques secondes, l'homme s'approcha suffisamment de Yudel pour qu'il puisse voir le mouvement de ses jambes et le contour d'une bicyclette.

Une voiture arriva dans l'autre sens, roulant doucement. Cette fois, Yudel vit le cahotement de la lumière des phares sur la chaussée en mauvais état. Il se baissa encore un peu en s'appuyant sur les mains. Mais il avait besoin des lumières. Bill Hendricks lui avait dit de chercher une maison avec une façade peinte en noir. La voiture arriva lentement à sa hauteur, zigzaguant pour éviter les nids-de-poule, les phares éclairant de façon intermittente les feuilles au-dessus de Yudel. Les lumières n'éclairaient pas très loin devant les phares, mais en arrivant devant lui, la voiture passa sur une bosse et la lumière monta plus haut. Yudel eut une brève vision de la maison. Les murs noirs se détachaient des autres façades en brique rouge. Il attendit que la voiture tourne le coin et se redressa. Autant qu'il pouvait s'en rendre compte, il n'y avait toujours personne sur la route ni posté devant les maisons. Les rideaux de coton bon marché étaient tirés pour isoler de la nuit. La faible lueur des lampes à pétrole ou des bougies, filtrant à travers le tissu trop fin, formait les taches pâles qu'il avait aperçues de loin.

Yudel marcha rapidement dans la direction que la voiture avait prise tout en restant sur le bas côté de la route, à l'ombre des arbres. Comme on le lui avait annoncé, la maison peinte en noir faisait le coin d'une rue. Il s'arrêta au coin, examinant la longue rue latérale. Elle était sombre, éclairée seulement par la faible lumière jaune du projecteur le plus proche et par le clair de lune qui perdait ici de son intensité. D'après Hendricks, la maison où vivait Thandi Kunene était la première du troisième lotissement sur la gauche. Yudel ne parvenait pas à voir le bout du premier lotissement, mais s'il était sur le modèle des autres banlieues noires, il risquait de faire plusieurs centaines de mètres. Yudel devrait passer devant un défilé de portes. Un bon nombre de gens probablement hostiles s'interposeraient entre lui et la sécurité relative des gommiers. Et il pouvait vous arriver des tas de choses dans l'obscurité d'une rue comme celle-ci. Même pour les habitants de Soweto, ces rues n'étaient pas sûres la nuit. La frustration accumulée par des millions d'insultes trouvaient un exutoire dans des assassinats quotidiens.

Regardant autour de lui une dernière fois, Yudel s'engagea dans la rue en petites foulées, examinant les maisons de chaque côté épiant des signes de vie. Il ne l'aurait admis devant personne mais tout au fond de lui, Yudel était assez excité de faire partie de la société de l'apartheid. Il aimait cette stimulation, la menace de la police, l'exaltation causée par des expéditions comme celle-ci, la présence trouble de Soweto, Thembisa, Atteridgeville, Mdatsane, Gugutelu, Kwa Mashy... Il y avait beaucoup de choses ici qui n'existaient pas dans des sociétés plus sophistiquées et qui contribuaient à donner à la vie menée par Yudel une acuité qu'on ne trouvait pas dans une société vraiment libre. Il détestait le système dans lequel il vivait, avec ses privilèges et ses injustices, mais il n'aurait donné sa place pour rien au monde. Rôdé à cette société très particulière, il était en quelque sorte un joueur qui misait gros. Et ici c'était son champ de course privé.

Un peu plus haut sur la droite, il entrevit la lueur diffusée par une porte ouverte. Derrière lui un chien aboya, bientôt un autre se joignit à lui. Les maisons de chaque côté de la rue étaient basses et étroites, séparées les unes des autres par des clôtures en fil métallique. Le projecteur le plus proche le gênait, l'empêchant de bien se diriger dans la rue sombre. La rue suivante n'était toujours pas en vue, mais il avait déjà presque atteint la porte ouverte et maintenant des voix d'hommes parvenaient jusqu'à lui. Yudel envisagea un instant de s'arrêter mais il n'hésita pas longtemps. A quoi cela l'avancerait-il ? Il serait bien obligé de passer devant la porte et personne ne la fermerait pour lui.

Il accéléra l'allure, posant ses pieds sur le sol aussi doucement que possible. Par l'entrebâillement, il vit un dos vêtu d'un pardessus gris, un visage qui ne regardait pas dans sa direction, et un deuxième dos vêtu lui aussi d'un pardessus... Yudel détourna la tête en passant devant la porte pour dissimuler sa peau blanche. La porte était maintenant derrière lui et personne n'avait crié pour donner l'alarme, il n'avait entendu aucun remue-ménage dans la pièce.

C'est alors qu'il distingua la fin du premier lotissement, vingt ou trente maisons devant lui. Soudain, une porte s'ouvrit brusquement à quelques mètres et un petit garçon pieds nus vêtu d'un short et d'un gros pull à col roulé, sortit en courant, portant dans les mains des ordures ménagères enveloppées dans un papier journal. Lui et Yudel se fixèrent droit dans les yeux à une certaine distance. Yudel lui fit un grand sourire, ne sachant pas si l'enfant distinguait ses traits. L'enfant s'était figé sur place en apercevant Yudel, serrant son paquet sur sa poitrine. Il tourna lentement la tête pour mieux le regarder approcher. Quand Yudel se retourna après l'avoir dépassé, il vit que le petit garçon n'avait pas bougé et l'observait. Les silhouettes d'un homme et d'une femme venant de l'autre côté de la rue sortaient de l'ombre. De plus près, Yudel vit qu'ils étaient jeunes. L'homme, maigre, ne portait malgré le froid qu'un pantalon et une chemise blanche ouverte au col. La femme qui marchait derrière lui était vêtue d'une robe, probablement en coton, avec un châle serré autour des épaules. Yudel ralentit et ses petites foulées se transformèrent en une marche rapide. Il faisait trop sombre pour qu'il puisse distinguer clairement les traits de l'homme, mais sa façon de marcher et d'avancer le cou trahissait une perplexité mêlée de surprise plus que d'hostilité. « Patron ? » lança-t-il à Yudel. Cela ressemblait tout à fait à une question. Qu'est-ce que vous faites ici à cette heure, patron ? Ou bien est-ce que je peux faire quelque chose pour le patron ? Cet homme ne lui causerait certainement pas d'ennuis. Yudel agita la main en direction des maisons le long de la route, puis vers les projecteurs les plus proches. « L'éclairage », grommela-t-il à mi-voix d'un ton laconique.

« A-ah », fit l'homme, émettant une modulation prolongée de surprise.

Maintenant, trois hommes s'avançaient rapidement vers lui de ce côté-ci de la route, le cou rentré dans les épaules comme pour se protéger du froid. Ils n'étaient qu'à quelques pas de Yudel quand l'un d'entre eux s'avisa de sa présence. « Salut », lança-t-il avec la nuance de provocation de l'individu classé d'habitude au bas de l'échelle, qui se retrouve temporairement en position de supériorité. Yudel ne dit rien, prenant seulement garde de passer bien au large, espérant que le froid les dissuaderait de s'arrêter pour pousser plus loin leur enquête. « Salut », lança à nouveau la même voix.

Yudel se retourna. Les trois hommes s'étaient arrêtés et le regardaient. « Salut », répondit-il.

Les trois hommes se détournèrent et poursuivirent leur chemin. Yudel n'avait plus peur. Dans les petites maisons identiques devant lesquelles il passait, avec leurs rideaux de couleurs vives déchirés aux fenêtres et les vieilles voitures défoncées abandonnées dans la cour ou garées devant, vivaient des êtres humains. Ils naissaient là, faisaient leurs premiers pas incertains dans la vie adulte, et là s'engendraient leurs rêves qui flamboyaient dans la réalité ou mouraient la plupart du temps à Soweto. Là étaient construites les maisons d'une communauté humaine très déprimée, ni plus ni moins dangereuse que n'importe quelle communauté n'importe où dans le monde. Il n'était pas surprenant que ces gens soient hostiles à Yudel, mais la pensée qu'ils saisiraient l'occasion de le tuer s'ils le rencontraient se promenant dans leurs rues n'était fondée que sur la terreur collective du groupe auquel il appartenait, et non sur une véritable connaissance de cette communauté.

Un homme assis dans une voiture derrière son volant

s'était écroulé contre le dossier de son siège. Il roula la tête en direction de Yudel dont les pas résonnaient sur la route, les yeux dans le vague, incapable de distinguer quoi que ce soit, soûl probablement.

Yudel trouva la maison qu'il cherchait. Elle était semblable aux autres. Seul son numéro, que Bill lui avait donné, et sa position au début du troisième lotissement la distinguaient des autres. Il frappa à la porte et aussitôt un jeune garçon lui ouvrit. L'adolescent recula en voyant Yudel, les yeux agrandis par l'étonnement et la frayeur. Yudel entra dans une petite pièce pleine de gens. « Bonsoir, je cherche Mlle Thandi Kunene. » Mais il l'avait déjà trouvée. Elle était assise à la table au centre de la pièce, la bouche ouverte et les yeux écarquillés sous l'effet de la surprise. Elle correspondait à l'image qu'en avaient donnée les photographies. C'était une jeune femme à la peau lisse d'un brun profond. Ses cheveux étaient coiffés en crête sur le sommet de la tête et accentuaient l'expression de surprise. Le silence qui s'abattit sur la pièce était de ceux qui suivent une révélation terrible sur quelqu'un dans une assemblée, proférée par lui-même ou par un autre. Embrassant la pièce d'un rapide coup d'œil, Yudel avait surpris le même regard exprimant un étonnement mêlé de frayeur chez la plupart de ces gens. « Vous êtes mademoiselle Thandi Kunene ? » dit Yudel à la femme.

Elle hocha lentement la tête. Yudel la fixait mais il était conscient que certaines des personnes présentes s'étaient précipitées vers la porte. La plupart de ceux qui se tenaient dans la pièce quand Yudel était entré étaient des jeunes gens. Les hommes de l'âge de Thandi étaient moins nombreux. Un des jeunes gens répondit à la place de Thandi. Assis à la table à côté d'elle, il parla en bégayant. « C'est... c'est... c'est qui qui la demande ? »

Yudel se tourna vers lui. Le jeune visage était à la fois arrogant et alarmé, effrayé et furieux d'en avoir pris conscience. « Yudel Gordon. J'aimerais parler en privé à Mlle Kunene si c'était possible. » Yudel entendit des interpellations et quelqu'un qui courait dans la rue. Il regarda le jeune homme droit dans les yeux. « Faut-il que je pose ma question à une personne en particulier ? » déclara-t-il en jetant un regard interrogateur dans la pièce comme s'il s'attendait à trouver cette personne.

Le garçon n'essaya pas de répondre et le regard de Yudel croisa celui de la femme. Elle ne l'avait pas quitté des yeux et son expression de surprise était maintenant teintée de curiosité. Elle souleva légèrement une main et eut un geste furtif et rapide pour lui indiquer qu'il devait se taire.

Soudain, la rue fut à nouveau tranquille, les pas s'étant apparemment dispersés dans toutes les directions. Il entendit une porte claquer quelque part, puis une deuxième. Yudel examina la pièce. A part Thandi et le jeune homme, une autre femme et deux hommes étaient restés là. Les hommes avaient pris position juste derrière Yudel. Il leur jeta un bref coup d'œil et lut sur leurs visages le même mélange de peur et d'hostilité qu'il avait lu sur le visage de celui qui avait parlé. Des lieutenants, décida Yudel, des auxiliaires, peut-être même de simples sympathisants, rien de plus.

On entendit à nouveau des bruits de pas. Un jeune homme qui n'avait probablement pas encore vingt ans entra brusquement dans la pièce, dit quelque chose dans une langue africaine que Yudel ne comprit pas et s'appuya le dos à un mur. Un autre le suivit. « Il y a personne, dit-il en anglais. Il semble bien qu'il est venu seul. » Deux hommes entrèrent à leur tour, suivis d'un troisième, porteurs du même message. Leurs investigations dans les rues avoisinantes n'avaient pas donné de résultats. Yudel se demanda ce qui se serait passé s'ils avaient rencontré des patrouilles de police. S'attendant à être fouillé, il fut surpris que personne n'y pense. Ces jeunes gens jouaient à un jeu dangereux qu'ils n'avaient pas choisi, et jusqu'à présent ils ne se conduisaient pas de façon très professionnelle. Yudel savait qu'à ce jeu-là, si vous n'appreniez pas très rapidement les règles, vous aviez rarement l'occasion de compléter votre éducation.

Le garçon assis à la table dirigea son regard vers un des gardes de Yudel qui se tenait derrière lui. « Tu-tu-tu en penses quoi ? » Le premier mot de la phrase semblait prisonnier, luttant pour trouver sa liberté, mais quand il fut débloqué, les autres suivirent sans encombre.

« Système », dit l'autre.

Yudel connaissait suffisamment l'argot des banlieues noires pour savoir que « système » dans le cas présent voulait dire police de sécurité. Il n'avait pas très envie qu'ils commettent cette erreur.

Celui qui se tenait assis à la table s'était tourné vers un autre de ses amis. A nouveau Yudel entendit le mot « système » pour décrire son identité supposée.

Le mot revint. « Système. » Encore et encore jusqu'à ce que tout le monde, excepté les femmes, ait donné son opinion, et toutes les opinions concordaient.

Yudel supposa que ce qu'il voyait était le dernier vestige, méconnaissable, du Black Social Endeavours. L'organisation qui s'était donné pour but d'en finir avec le racisme s'était trouvée réduite à cette petite bande traquée. Les grands rêves avaient fui, maintenant ils se contentaient d'essayer d'échapper à la police. Et quelque part, près d'ici sans doute, Muntu Majola se cachait lui aussi, peut-être bien décidé à pousser sa campagne de vengeance encore plus loin. « Je peux me joindre au débat ? » demanda poliment Yudel.

« Nos-nos amis ne diraient à personne de venir ici à moins d'y être forcés. Et personne ne vous connaît ici. »

« Bill Hendricks me connaît. »

« Qui d'autre ? » Il reprenait confiance en lui et il parvenait à parler sans bégayer.

« Sa femme. »

« Qui d'autre ? »

« Personne. »

« Et vous pensez qu'on va vous croire ? »

« Il serait préférable que vous m'écoutiez avant de vous faire une idée. »

« Parle, homme blanc. Parle vite et bien si tu veux rentrer chez toi ce soir. »

Yudel parla. D'abord il souligna que s'il était un policier, il n'était certainement pas le seul à savoir où il se trouvait et il risquait de leur causer des problèmes, mort ou vivant. D'autre part, s'il était un policier il n'avait aucune raison de venir seul. Puis il leur dit ce qu'il avait raconté à Bill et Marion Hendricks. Il supposa que la plupart avaient entendu parler de Weizmann et cette partie au moins de son histoire serait crue. Il leur fournit donc des détails que seule une personne ayant une parfaite connaissance de l'affaire pouvait révéler. Tout en parlant, il les regardait l'un après l'autre sans se retourner. Ils étaient jeunes, et maintenant ils paraissaient plus sérieux qu'agressifs. Ils représentaient les innocents, les soldats vêtus de pantalons et de chemises en guenilles et de chaussures de tennis qui n'avaient pas accepté la fin de l'organisation qui avait tant compté pour eux. Maintenant ils n'étaient pas grand-chose de plus que les supporters de Muntu Majola, prêts à le protéger de leurs jeunes vies privées d'espoir s'il le fallait. En les regardant, Yudel n'était certain que d'une chose : il retenait leur attention. Il finit par raconter comment Majola avait sauvé la vie de la domestique de Mme Sinclair, Julie.

Personne ne parlait. Yudel sentit que certaines des personnes présentes le croyaient. Il sentit également que le jeune homme à la table, dont l'opinion comptait visiblement beaucoup, ne le croyait pas. Il regarda quelqu'un derrière Yudel. « Système, déclara-t-il. Il veut Muntu. ». En contemplant le jeune visage hostile, Yudel regretta la vie de mécréant qu'il avait menée.

« Il dit la vérité », intervint Thandi. Le jeune homme se tourna vers elle. « Muntu m'a tout raconté. Il a vu le vieux tuer la fille. Il était là. La porte était ouverte, il l'a vu. Et il a sauvé cette femme. »

L'homme hésita, les yeux toujours fixés sur Yudel,

apparemment peu enclin à reconnaître qu'il n'était pas « système ». « Et qu'est-ce que ça vous rapporte toute cette histoire ? » demanda-t-il.

« C'est mon travail. »

« Votre travail ? » La voix était glaciale et incrédule.

« Weizmann est mon patient. »

« Votre travail ? C'est pas votre travail. »

« Je veux empêcher Weizmann de continuer à tuer. »

« Pourquoi ? Qu'est-ce que ça peut vous fiche qu'on tue un Noir de plus ? »

« Il dit la vérité, Wilson, dit la femme. Sinon, comment saurait-il que Muntu a vu la petite ? »

« Personne n'a vu Muntu. Pour moi, il peut toujours appartenir au système. »

« Et comment je connaîtrais le nom de Thandi ? » interrogea Yudel.

« Et comment on saurait où se trouve Bill Hendricks maintenant ? Il a pu parler de Thandi sous la torture. »

« Demandez à quelqu'un de lui téléphoner, prenez vos renseignements. »

« On va voir », dit l'homme qui s'appelait Wilson. Il fit signe à un des gardes de Yudel. La porte s'ouvrit et Yudel sentit une bouffée de vent froid souffler dans son dos encore mouillé de sueur. Elle se referma presque immédiatement et il entendit un bruit de pas s'éloigner et décroître sur la route en terre battue de la banlieue noire. Il espérait que Bill et Marion n'avaient pas décidé de sortir ce soir-là. « Si votre histoire n'est pas vraie, vous avez signé votre arrêt de mort, homme blanc », dit tranquillement Wilson. Il n'y avait aucun doute dans l'esprit de Yudel : son interlocuteur aurait préféré régler le problème de cette façon. Ce serait au moins une réparation partielle pour beaucoup d'autres morts. Ce serait une solution qui satisferait, momentanément du moins, certaines des pulsions émotionnelles de Wilson.

« Et si vous trouvez Muntu ? » demanda la femme.

« Alors je lui demanderai son aide pour que Weizmann soit accusé de meurtre. »

A cette idée, elle haussa les sourcils et un sourire à la fois incrédule et amusé apparut sur son visage. C'était un visage séduisant, dégageant une chaleur et un sens de l'humour qui rappelait à Yudel les photographies de Bill et Marion. Apparemment, chez elle, ces qualités-là finissaient toujours par ressortir. Intérieurement, Yudel approuvait le goût de Majola en ce qui concernait les femmes. « Vous voulez que Muntu vienne témoigner au tribunal ? »

Dit comme ça, même Yudel trouvait l'idée ridicule. « Il est mon seul espoir. Il faut que je trouve quelque chose d'ici vendredi quand ils vont ouvrir l'enquête. Je sais qu'il ne peut pas venir au tribunal. Mais il a vu ce qui s'était passé. Il peut peut-être m'aider. J'espérais qu'il me donnerait une déclaration certifiée sur l'honneur. Il existe aussi une possibilité qu'il me dise quelque chose conduisant à une nouvelle preuve. »

« Il peut courir pour sauver sa peau. C'est tout ce qu'il peut faire. »

L'homme qui était parti téléphoner revint et dit à Wilson qu'il avait parlé à Bill Hendricks et que tout paraissait en règle. « On ne peut toujours pas vous aider, homme blanc », dit Wilson.

« Ecoutez, intervint Thandi, je vais vous dire la vérité. » Elle se pencha vers Yudel par-dessus la table, la lueur d'amusement dansant toujours dans ses yeux. « Nous ne savons pas où est Mundi. Quand il s'en va, même à moi, il ne dit pas où il va parce qu'il sait qu'on ne peut pas faire confiance à quelqu'un sous la torture. »

En plongeant dans les yeux bruns respirant la franchise, Yudel était aussi sûr qu'un homme peut jamais l'être quand il s'agit d'une femme qu'elle disait la vérité. « Dites-lui que je suis venu et ce que j'attends. »

« C'est d'accord. »

« Merci. En ce qui me concerne, le secret de cet endroit sera bien gardé. Je peux m'en aller ? »

« Ne revenez pas », lança Wilson.

Yudel donna à Thandi son numéro de téléphone au cas

où elle pourrait encore l'aider. Puis il s'en alla. Il n'avait surtout pas l'intention de revenir.

Sur la pente juste derrière la piste d'atterrissage, Yudel s'arrêta pour regarder les projecteurs orange. Il médita sur Wilson, Thandi et Majola, sur lui-même, Johnny Weizmann et la conjoncture singulière qui avait lié leurs destins. A Soweto, comme dans la petite boutique de la rue Myburgh, la nuit était divisée. Ici aussi l'amour et le groupe se battaient contre la douleur et l'aliénation pour le pouvoir. Et ici non plus Yudel ne voyait pas de solution.

11.

Yudel vit les phares de la voiture qui ralentissait quand il arriva à la brèche dans les arbres. Rosa avait à peine arrêté le véhicule qu'il ouvrait déjà la portière. « Pousse-toi, je vais conduire. »

Rosa glissa sur le siège du passager, oubliant de mettre la voiture au point mort. Elle fit un petit bond en avant et cala. « Excuse-moi... »

Yudel ne se souvenait pas avoir entendu Rosa parler d'une voix aussi peu assurée. « Tout va bien, la tranquillisa-t-il, je vais très bien. » Il lui jeta un coup d'œil, juste à temps pour la voir hocher la tête, une série de petits mouvements rapides comme pour se persuader de ce qu'il disait. Il se sentit impuissant et mal à l'aise devant sa détresse évidente qu'il voyait grandir depuis le jour de la première visite des services spéciaux, le jeudi de la semaine dernière. « Et toi, tu vas bien ? » demanda-t-il.

Elle hocha à nouveau la tête et se tourna vers lui. « Yudel, ça va durer combien de temps ? »

« Pas longtemps. » Ils laissaient les arbres derrière eux et passaient devant des petits bâtiments industriels. « Il ne devrait plus y en avoir pour bien longtemps. »

« Je t'en prie, Yudel. Il faut que tu fasses quelque chose. Règle ce problème ou trouve une autre solution, mais dépêche-toi. Je ne peux pas continuer comme ça. »

Il allongea le bras vers elle et lui tapota les mains qu'elle tenait serrées sur ses genoux. « Maintenant il n'y en a plus pour longtemps. J'ai bien avancé. » Il disait cela pour la rassurer mais il savait que ce n'était pas vrai. Il semblait bien qu'il avait joué ses dernières cartes et que ça ne l'avait mené nulle part. La situation paraissait sans issue. Mais Yudel était incapable d'oublier Weizmann, pas avant de s'assurer que les meurtres cesseraient. Punir le vieil homme au passé terrible et aux membres gangrenés était l'ultime possibilité. Il était obsédé par une seule chose : les meurtres devaient cesser. « Je crois qu'il vaudrait mieux que tu t'installes chez Irena jusqu'à ce que tout soit terminé », proposa-t-il.

« Et toi ? »

« Il n'y a pas de quoi s'inquiéter, Rosa. »

« Je ne comprends pas ce qui se passe. »

« Je te raconterai tout quand ça sera terminé. En attendant tu vas chez Irena. »

« Tu ne risques rien ? »

Yudel savait que Rosa s'inquiétait de ce qui pouvait lui arriver comme on accomplit des formalités. Ce qu'elle désirait réellement, c'était se sortir de là. Elle l'interrogeait sur les risques qu'il courait, mais ce qu'elle voulait dire c'était : « Oui, j'irai chez Irena. Essaie de ne pas te faire tuer mais en ce qui me concerne, j'irai chez Irena. »

Quand il mit le contact, Yudel vit Hymie rentrer dans la maison après s'être arrêté un instant sur le seuil de la porte pour agiter la main d'un geste qu'il voulait rassurant..Rosa était déjà installée dans une des nombreuses chambres d'amis d'Irena. Yudel avait été bref dans ses explications à l'intention de Hymie et Irena. Irena, sans doute l'admiratrice la plus fervente de Yudel, avait hoché la tête comme si elle comprenait tout, et Hymie avait paru perplexe et peut-être un peu irrité avant de raccompagner Yudel jusqu'à sa voiture et de lui dire : « S'il y a quoi que ce soit que je peux faire pour toi, ne te gêne pas. » Yudel mit cette offre dans le même panier que les inquiétudes de Rosa sur sa sécurité.

Il était dix heures moins le quart à sa montre. Il avait le temps d'aller chez les Hendricks et de leur raconter ce qu'il avait appris, ou plutôt ce qu'il n'avait pas appris. Peut-être pourraient-ils lui suggérer une autre façon d'approcher Majola.

La banlieue chic où vivaient Hymie et Irena n'était pas très éloignée de celle où habitaient Bill et Marion. Il n'y avait pas beaucoup de circulation et il passa par de jolies rues bordées d'arbres. En moins de dix minutes, Yudel arrivait devant chez les Hendricks.

Il n'avait pas reconnu la voiture la première fois qu'il l'avait vue garée près de chez lui. Cette fois il la repéra immédiatement. Freinant brutalement, il fit marche arrière à toute allure et tourna le coin de la rue au bout du pâté de maisons. Il s'arrêta juste derrière une autre voiture garée près du trottoir de façon à ce que sa voiture ne soit pas visible en passant devant le coin. Puis il courut à un poste d'observation d'où il pouvait voir la maison.

La voiture était toujours là, bloquant l'allée qui conduisait chez les Hendricks. De l'endroit où il était embusqué, il ne voyait que le toit de la maison, le reste était caché par la clôture d'un voisin. Vite, Yudel descendit la rue, longeant de l'autre côté un mur qui faisait le tour d'un jardin. La maison juste en face de celle des Hendricks avait apparemment un grand jardin avec beaucoup d'arbustes fournis. Yudel s'y dirigea, jetant sans arrêt des coups d'œil en direction de la voiture de la police de la sécurité et de la maison de Bill et Marion. Celle d'en face était plongée dans l'obscurité. Il sauta par-dessus un petit mur en pierres et se retrouva derrière un épais buisson qui avait miséricordieusement gardé ses feuilles en ce début d'hiver. Le jardin n'était pas un poste d'observation aussi intéressant qu'on se l'imaginait de la route, mais il ferait l'affaire tant que le propriétaire ne sortait pas et n'allumait pas une lumière extérieure.

Yudel était arrivé juste à temps. L'adjudant Marais descendait l'allée de la maison, suivi de Bill Hendricks. Bill était penché en avant, comme un homme arpentant une pièce et plongé dans de profondes réflexions. Un policier que Yudel n'avait jamais vu auparavant le suivait de près. Marais ouvrit la portière arrière de la voiture et pénétra à l'intérieur. Yudel vit Bill hésiter un instant et se retourner, jetant un dernier coup d'œil à ce qu'il était peut-être sur le point de perdre. Les rides de son front remontèrent un peu sur la calotte rose de son crâne. Il se redressa brusquement : il venait visiblement de recevoir une bourrade, sa tête se rejetant vers l'arrière tandis que le rythme de ses pas subissait une accélération en direction de la voiture. Le deuxième policier prit place à côté de Bill, qui se retrouva coincé entre les deux hommes. Maintenant Dippenaar arrivait à son tour, avançant droit et raide avec l'assurance d'un homme d'affaires. A l'évidence il se voyait comme une personne exerçant des fonctions d'une certaine importance. Le regard de Yudel remonta jusqu'à la maison, mais les rideaux des fenêtres étaient tirés et il ne voyait pas ce qui se passait à l'intérieur. Il attendit que la voiture, où Bill Hendricks paraissait avoir rapetissé entre les deux costauds qui l'encadraient, descende lentement jusqu'au bout de la rue et disparaisse en tournant le coin.

Rien ne bougeait dans la maison mais s'ils l'avaient vu arriver, leur départ n'était peut-être qu'un piège. Yudel s'enfonça plus avant dans la propriété où il se cachait, suivant une allée étroite pavée de briques qui longeait la maison. Il grimpa un mur en béton armé au fond du jardin et se retrouva dans une autre propriété. Cette fois le jardin était plus vaste et il put se tenir à distance de la maison tout en marchant sur une grande pelouse soigneusement entretenue. Devant, il n'y avait pas de mur et il atteignit la rue suivante au moment où un chien se mettait à aboyer près de la maison. Il fila jusqu'au coin et s'arrêta pour chercher la voiture de Dippenaar et Marais. Son propre véhicule était garé vers le milieu du lotissement en direction de la rue qu'il venait de quitter. A part quelques autres voitures garées là, la rue était vide. Il ne restait qu'un seul danger – qu'ils aient laissé un de leurs hommes chez les Hendricks. Yudel se dit qu'il pourrait le vérifier en téléphonant, mais il était maintenant très fatigué, et trouver un téléphone sans se lancer dans toutes sortes d'explications poserait des problèmes. Il décida donc qu'il s'en fichait. S'il tombait sur un de leurs acolytes, il l'affronterait au culot.

Yudel retourna à la maison des Hendricks, toujours aux aguets au cas où la voiture qui avait embarqué Bill réapparaîtrait. Tout paraissait normal. La banlieue offrait la même tranquille apparence, avec ses portes et ses fenêtres fermées pour se protéger du froid de la nuit et des possibles rôdeurs, ses lumières à quelques fenêtres, le rectangle lumineux d'un poste de télévision brillant derrière les rideaux d'un voisin. Rien ne laissait supposer qu'un homme venait d'être arraché à son foyer par la force, un homme dont Yudel savait qu'il n'avait commis qu'un seul crime : s'intéresser de trop près à des gens qui étaient incapables de se prendre eux-mêmes en charge.

Yudel frappa deux fois avant que Marion ne réagisse. Sa voix, faible et choquée, répondit à travers la solide porte en bois. « Oui... qui est-ce ? »

« C'est moi, Yudel. »

Il entendit Marion ouvrir la porte avec fébrilité puis elle se jeta dans ses bras, s'accrochant à ses épaules pour se soutenir. Yudel réfléchit que c'était la deuxième fois en quelques jours que la police de sécurité lui jetait une femme dans les bras. Cette fois la sensation n'était pas tout à fait aussi agréable et il se contenta de la serrer contre lui. Les épaules et la poitrine de Marion se soulevaient convulsivement, comme si elle étouffait. Yudel lui tapota doucement le dos jusqu'à ce qu'elle se détache de lui.

Dès qu'ils furent entrés à l'intérieur, la porte refermée et verrouillée derrière eux, il lui demanda si ça allait.

Elle hocha la tête, lui rappelant Rosa qui avait réagi de la même façon quelques heures auparavant. Puis elle prit sur la cheminée un verre d'alcool qu'elle s'était déjà versé et en avala la moitié. « Ça va », dit-elle d'une voix entrecoupée. Cette suffocation n'avait rien à voir avec le degré d'alcool de ce qu'elle avait avalé. La bouche ouverte, elle inspirait de l'air dans ses poumons comme une personne en train de se noyer venant d'atteindre subitement la surface.

Yudel n'était pas très doué pour voler au secours des dames en détresse. Il voulait s'avancer vers elle et la prendre à nouveau dans ses bras, mais il doutait de ses capacités à accomplir ce geste avec tout le naturel et l'élégance requis. Et avait-il vraiment envie de le faire ? Il voulait aussi lui dire quelque chose de réconfortant mais aucun discours adapté à la situation ne lui vint à l'esprit. Finalement il prit la bouteille de brandy sur la cheminée et s'en versa un verre. « Je vais t'accompagner », déclara-t-il. C'était minable, on se serait cru dans une soirée, et Yudel regretta d'avoir ouvert la bouche. Marion essayait toujours de reprendre sa respiration, les yeux fermés, cramponnée des deux mains à son verre de brandy, quand Yudel trouva enfin quelque chose d'intelligent à dire. « Que vas-tu faire ce soir ? Tu veux que je dorme ici ? »

« Non. » Elle secoua résolument la tête. « Tu n'es pas impliqué dans tout ça. Reste en dehors. J'ai des amis déjà engagés politiquement qui vont passer me chercher. » Ce mot « engagé » s'interposait à nouveau entre eux, continuait de faire obstruction dans l'esprit de Marion. « Je leur ai téléphoné. Tu sais ce qui s'est passé ? »

« Ils ont emmené Bill. J'ai tout vu de l'autre côté de la route. » Marion ferma les yeux, craignant de se mettre à pleurer, et ne dit rien, redoutant que sa voix ne se brise. « Assieds-toi, ça vaudra mieux. » Yudel la prit par le bras et la conduisit jusqu'à une chaise. Elle s'assit toute droite sur le bord du siège, les mains pressées l'une au-dessus de l'autre, crispées autour du verre de brandy. Il s'assit près d'elle sur une chaise. « Tes amis arriveront bientôt ? »

Avec précaution, entre deux inspirations, elle essaya de parler. « Ils arriveront... » Quelque chose céda dans sa voix et le dernier mot se perdit. Elle essaya encore. « ... bientôt. Ils arriveront bientôt. » Elle se tourna brusquement vers Yudel, oubliant les convenances, se moquant qu'il la voie pleurer. « Que vont-ils lui faire ? »

« Ils l'interrogeront. »

« Quoi d'autre ? »

« Rien d'autre. Ils n'aiment pas la mauvaise publicité. » Yudel avait entendu parler des méthodes de la police de sécurité, et vu le cercle de gens que Marion fréquentait, il était sûr qu'elle en connaissait davantage que lui sur ce chapitre. Il se figura qu'ils se montreraient d'autant plus sauvages qu'ils se sentiraient poussés dans leurs derniers retranchements. Et s'ils croyaient vraiment que Majola avait tué deux de leurs officiers, ils n'en étaient sans doute pas loin. Yudel savait, et il était certain que Marion le savait également, que leur arme la plus sûre contre la mauvaise publicité était de traiter les gens de telle façon qu'ils ne se résoudraient jamais à répéter les détails des traitements qu'ils avaient subis. Il y a des choses qu'un homme ou une femme répugne à revivre pour toujours. Aucun être humain normal ne cherche volontairement sa propre humiliation.

Elle secoua la tête et porta ses mains à son visage, renversant le verre de brandy sur le sol. « Ce n'est pas tout. Tu sais que ce n'est pas tout. » Les mots étaient entrecoupés et étouffés.

« Essaie de ne pas y penser. » A l'évidence c'était une suggestion idiote. Il ne s'en tirait pas trop bien.

Marion ne tenta même pas de répondre. Elle n'avait pas bougé, toujours assise toute raide sur le bord de sa chaise. C'était surprenant comme elle avait peu changé pendant toutes ces années, depuis qu'il l'avait connue à l'université. Son visage était un peu plus rond, mais pas marqué par les rides, sa silhouette toujours aussi mince et sa peau aussi pâle. Elle ne se souciait pas plus de son apparence qu'en ce temps-là. Elle portait les mêmes robes, qui sur elle paraissaient sans forme, et elle avait aux pieds les mêmes lourdes sandales masculines que l'après-midi. Mais bien des choses avaient changé depuis l'époque où elle inspirait à Yudel un respect mêlé de crainte devant ses opinions et ses actions, qui ne toléraient pas le moindre compromis quand ce qu'elle considérait comme des injustices politiques et sociales était en jeu. Pour autant qu'il sache, elle n'avait jamais mené de campagne contre les corridas. C'est probablement cette conviction qui l'habitait qui avait fait peur à Yudel et l'avait rendu hésitant dans ses rapports avec elle, et c'était cette hésitation qui avait persuadé Marion que Bill était l'homme qu'il lui fallait. Résultat, Bill Hendricks était dominé par sa femme, sa forte personnalité et sa force de conviction dans tout ce qui avait de l'importance pour lui, tandis que Yudel était dominé par sa femme dans tout ce qu'il considérait comme sans importance. Dans les domaines essentiels, Rosa ne remettait jamais en question les agissements de Yudel et n'essayait de l'influencer que quand l'argent était en cause.

« Ils t'ont dit quelque chose ? » demanda enfin Yudel. Elle le regarda d'un air troublé, un peu comme si elle n'avait pas compris la question. « Ils t'ont dit quelque chose ? Qu'est-ce qu'ils t'ont dit ? »

« Ils ont dit... » Son visage était enfoui dans ses mains et parler lui était difficile. Elle respirait plus facilement mais les membranes qui permettaient à la parole de s'articuler étaient crispées par la tension qui l'habitait. « Ils ont dit... » Il ne sortit qu'un coassement douloureux de sa gorge. « Ils ont dit qu'ils le garderaient jusqu'à ce que je leur apprenne où trouver Majola. Ils ont dit que si je prévenais les journaux ou que si je leur donnais pas la réponse dans les vingt-quatre heures ils ne me rendraient pas le même homme... »

« Ce Majola, commença Yudel. C'est un dangereux... »

« S'il est dangereux, c'est eux qui l'ont rendu ainsi. » Pendant un instant sa voix exprima la colère, pendant un instant seulement, puis elle se brisa à nouveau, désespérée. « Yudel, qu'est-ce qu'ils vont lui faire ? Ce n'est pas un homme très résistant. Que vont-ils faire à Bill ? Tu le sais ? Si ça n'avait pas été pour moi, je ne pense pas qu'il se serait jamais mêlé à tout ça. » Elle le fixa intensément, cherchant une réponse sur son visage et n'en trouvant pas. « Qu'est-ce que je vais faire ? Si je leur dis ce que je t'ai dit cet après-midi, ils emmèneront Thandi. Dieu sait ce qu'ils lui feront. Ce sera bien pire que ce qu'ils feront à Bill. Si je ne dis rien... Dis-moi, Yudel, qu'est-ce qu'ils vont lui faire ? Dis-moi... »

Le sommeil était insaisissable, une dérive près de la surface, une course au cœur des vents furieux, une fuite devant des peurs sans nom, un combat au milieu des ombres et des séjours obscurs, une tentative de saisir des secrets au vol et un engourdissement, une paralysie glacée dans les griffes d'un grand danger... Yudel se réveilla, arracha les draps, courut vers la porte, s'arrêta au milieu de la pièce, ne sachant pas où il allait et ne connaissant pas les raisons de sa peur. Il revint lentement jusqu'à son lit. Quand il alluma la lampe de chevet, il s'aperçut qu'il était un peu plus de quatre heures. Encore frissonnant des effets du rêve et pas très désireux d'y replonger, il mit ses pantoufles, sa robe de chambre, et se rendit dans la cuisine où il alluma sous la bouilloire pour se préparer un café. Yudel buvait du café dans toutes les occasions : dans les moments critiques et dans les moments de détente, pour se calmer et pour se donner de l'énergie, pour s'endormir ou pour se réveiller. D'après Rosa il était drogué. Maintenant, il en buvait dans une vaine tentative de dissiper les effets d'un rêve dont il ne se souvenait pas et de s'éclaircir les idées. De la confusion de ces derniers jours, il devait dégager les éléments significatifs. Il fallait qu'il décide de la marche à suivre.

Même le café ne lui fut d'aucune aide. Une vision nette était difficile depuis qu'il savait le dilemme auquel Marion était confrontée. D'autre part, son imagination ne lui laissait rien ignorer de l'endroit où Bill avait été emmené et des traitements qu'il subissait. La semaine qui venait de s'écouler l'avait pour la première fois mis en présence de la police de sécurité, mais en prison il en avait eu d'autres échos. Une fois il avait eu affaire à un prisonnier politique qui s'était pratiquement déconnecté de la réalité à la suite des souffrances qu'on lui avait infligées. Les efforts de Yudel avaient été condamnés à l'échec. Il était normal et souhaitable chez un psychologue de libérer un patient de ses peurs imaginaires, mais comment Yudel pouvait-il libérer un homme d'un danger dont ils savaient tous les deux qu'il existait toujours ? Il aurait d'abord fallu qu'il amène cet homme à la folie pour le libérer de sa terreur.

Il refusait de penser à la police de sécurité ou à Marion et Bill. Ils avaient pris des risques en toute connaissance de cause. C'était leur problème. Il n'y penserait pas. Il revit Thandi Kunene et le jeune homme qui s'appelait Wilson. Non. Ça aussi, il le refusait. Ça ne servait qu'à le distraire de son but. Et il ne pouvait rien faire pour eux. En était-il certain ? Yudel haïssait cette situation. Il haïssait son impuissance à faire quoi que ce soit pour les aider. Il haïssait la peur dont il avait été le témoin chez Rosa et chez Wilson. Et il haïssait sa propre peur.

Mais il devait penser à Weizmann. L'autre, ça n'était pas son problème. Il ne pouvait pas se payer le luxe de se laisser distraire.

Quand il eut terminé sa première tasse de café, il s'en prépara un deuxième. Puis il alla chercher les dossiers Weizmann dans son bureau. S'il était impossible de prouver la culpabilité de Weizmann dans l'affaire Cissy Abrahamse, peut-être pourrait-on en rouvrir un autre. Cela prendrait du temps mais il n'y avait pas d'autre solution... Il s'absorba à nouveau dans l'examen des dossiers, soupesant ses chances de succès pour chacun d'entre eux. L'affaire Malherbe était hasardeuse. Une enquête avait été faite, la partie civile longuement entendue et Weizmann avait gagné sur toute la ligne. Dans l'affaire Isaiah Zulu, aucun autre témoin ne s'était manifesté à part Weizmann. Yudel pouvait se lancer à la recherche d'un éventuel témoin, mais Weizmann avait renversé Zulu la nuit dans une zone industrielle. L'endroit ne fourmillait sûrement pas de témoins. D'après le dossier, Weizmann était le seul témoin dans l'affaire Nkabinde. En ce qui concernait Qumbisa, la victime était accompagnée d'un ami, mais le procureur avait décidé de ne pas engager de poursuites. Ce que l'ami avait déclaré n'avait visiblement pas influé sur sa décision. Le seul témoin de la mort d'Oscar Mbhele avait été Weizmann. Henderson Mhlope se trouvait en compagnie d'un ami. L'ami était allé en prison et Weizmann avait été laissé en liberté. Barney Tsatse avait survécu pour faire une déclaration à la police, mais on n'avait retenu aucune charge contre Weizmann. Seule l'affaire Ressy s'était retournée contre lui, mais personne n'était mort et il avait payé l'amende à laquelle il avait été condamné. Tout ça n'était pas très encourageant. Sur chaque affaire, Yudel avait toutes les chances de s'épuiser, de gaspiller son temps et de n'obtenir aucun résultat. Et pendant ce temps-là, Weizmann pouvait recommencer à tuer.

C'en était trop pour Yudel. Ses pensées dérivèrent, battirent en retraite devant Weizmann et les autres, cherchèrent un endroit où se réorganiser là où une solution serait possible. Il se retrouva en train de penser au jeune Graham Roberts et à cet étrange comportement qui le poussait à répéter ses actions trois fois de suite avant d'être satisfait, chaque ligne de ses devoirs écrite trois fois, les portes ouvertes et refermées trois fois avant qu'il s'autorise à les franchir...

Yudel n'ignorait pas que le nombre trois avait une signification spéciale dans l'inconscient. Pendant des milliers d'années, les hommes avaient inventé des mythologies et des divinités qui dépendaient de ce nombre, avec comme résultat d'imprimer son importance dans la psyché humaine de façon indélébile. A moins que ce ne soit le contraire. Peut-être qu'une certitude profondément ancrée dans l'homme l'avait-elle amené à visualiser l'Eternel sous forme d'une trinité. Quoi qu'il en soit, trois semblait être le nombre de l'accomplissement, de la perfection, du tout, le nombre de l'éternité. L'ancienne Babylone, surgissant d'un difficile passé tribal pour atteindre une gloire que le monde n'avait encore jamais connue, avait sa triade composée d'Ana, Bel et Ea. L'Egypte les appelait Isis, Osiris et Horus. La chrétienté cherchait à soulager la souffrance et la culpabilité qu'elle s'imposait par le biais du Père, du Fils et du Saint-Esprit. Trois rois avec trois cadeaux s'étaient rendus auprès de l'Enfant Jésus. Il se rappela avoir appris que dans la tradition slave, Dieu était le soleil, le ciel et le feu. Dans les religions et les systèmes sociaux, tout allait par trois. On estimait que la mère, le père et Dieu étaient nécessaires à la vie.

Les souvenirs d'enfance de Yudel étaient remplis de contes de fées dont le héros devait accomplir trois actions chevaleresques avant d'épouser la fille unique du roi, ou alors il avait le droit de faire trois voeux avant d'affronter un géant, un dragon, ou une autre force du mal. Dans le tabernacle, le sanctuaire était divisé en trois. Même Freud, explorant les tunnels et les cavernes sans fond de l'inconscient humain, avait décrété que la psyché humaine comportait trois parties, le ça, le moi et le surmoi. Les anciens mystiques avaient appris que les trois éléments de la flamme d'une bougie — la flamme bleue, la flamme blanche et la chaleur – symbolisaient les trois parties de l'âme. Les écritures dont on avait abreuvé un Yudel récalcitrant étaient pleines de sacrifices du troisième-né, de fêtes qui duraient trois fois trois ans – un monde constitué de trois éléments : la terre, le ciel et l'enfer.

Pour le jeune Graham Roberts le mot *God* avait trois lettres, et aussi le mot *man* et le mot *boy*... il était un garçon. Le père qu'il essayait si désespérément de satisfaire était un homme. Dieu était parfait et l'homme avait été fait à son image. Graham Roberts était obsédé par la perfection. Quelque part, bien au-delà d'une pensée rationnelle normale, il était persuadé que trois signifiait la perfection, et que s'il parvenait à atteindre la perfection, il serait alors peut-être accepté à la fois par Dieu et par son père. D'ailleurs dans son esprit, les deux étaient sans doute synonymes.

Soudain, Yudel fut secoué de violents frissons. Il n'arrivait pas à le croire, mais il avait appris que rien n'était trop étrange pour s'accommoder à l'esprit humain. Il commença à feuilleter fiévreusement les dossiers, notant les dates de chaque homicide, laissant de côté ceux où la victime avait survécu. Weizmann lui aussi était obsédé par l'idée de satisfaire son père. Il se souvint de Mme Sammel lui disant : « Il ne désirait qu'une seule chose : plaire à mon père. » Il se rappelait Weizmann lui-même essayant de défendre son père. « Si un homme est élevé à la dure, il apprend à marcher droit. » Et il se rappela la réaction de Weizmann sous hypnose quand il lui avait dit que son père s'approchait de lui, tendait la main pour le toucher, sa brusque tentative alors de s'échapper et la tache d'urine sur son pantalon, provoquée par la peur.

Maintenant il avait retranscrit toutes les dates des meurtres et aussitôt Yudel vit le schéma se détacher. 18 septembre 67, 28 janvier 68, 5 mai 68... Les trois premiers meurtres étaient séparés de quatre mois et s'étaient accomplis en l'espace de huit mois. Puis il y avait une interruption de plus de quatre ans. 21 octobre 72, 16 décembre 72, 9 février 73... cette fois, trois meurtres en moins de quatre mois. Yudel raya l'affaire Reddy où personne n'avait trouvé la mort. Le 16 avril 1973 Weizmann avait été interdit de port d'arme pendant cinq ans. Cela voulait dire que l'interdiction avait pris fin deux mois auparavant, mais il avait renversé et tué Isaiah Zulu le 15 février, juste avant la date de l'expiration de l'interdiction. Il semblait avoir préparé en quelque sorte le retour de son revolver qui lui permettrait de compléter une nouvelle série de trois meurtres. Cissy Abrahamse était le deuxième. Le troisième était encore en suspens.

Quand il tuerait à nouveau, car Yudel savait qu'il recommencerait, il aurait accompli trois séries de trois meurtres. Yudel se demanda si le cycle serait alors complet. Weizmann pourrait-il se détendre persuadé qu'il avait atteint la perfection ? Il n'y avait aucun moyen pour Yudel de le savoir. Mais il était certain d'une chose. La série actuelle devait être complétée.

12.

Le gazouillis du téléphone s'infiltra lentement dans les couches protectrices d'un sommeil troublé. Yudel était très fatigué, il s'assit au bord du lit, regardant d'un air absent autour de lui pour repérer sa robe de chambre, avant de comprendre enfin ce qui l'avait réveillé. Il se rendit dans son bureau pour répondre. « Gordon à l'appareil », dit-il dans l'écouteur.

« Monsieur Gordon ? » La voix de l'autre côté de la ligne était douce, féminine, avec un accent nettement africain. Il lui vint à l'esprit qu'il connaissait cette personne. Il attendit qu'elle parle à nouveau, maintenant complètement réveillé. « Monsieur Gordon ? » Le ton était hésitant, interrogateur. Le i de monsieur était aigu, prolongé... monsieur. Yudel était sûr qu'il écoutait la voix de Thandi Kunene. Il hésita un instant, retardant le moment de couper le contact. Puis il raccrocha. L'avertissement de Freek comme quoi, quand on entrait en rela-

tion avec certaines personnes il valait mieux ne pas utiliser le téléphone, lui était revenu brusquement à la
mémoire, en même temps que l'allusion de Bill Hendricks au réseau d'écoutes téléphoniques de la police de
sécurité. Il avait oublié ces informations quand il avait
donné son numéro à Thandi. Maintenant, quel que soit
son message, il ne pouvait pas le prendre. Ça ne leur était
même pas possible d'arranger un rendez-vous. Il était
impensable de la jeter dans les bras de ceux qui les écou-
taient peut-être.

Le téléphone gazouilla à nouveau. Yudel s'assit à son
bureau et attendit qu'il s'arrête. Il sonna longtemps, mais
quand il s'arrêta, il resta définitivement silencieux.

La lumière grise et terne du début de la matinée s'infil-
trait à travers les rideaux. Il en ouvrit un pour regarder
par-dessus les toits de la ville qui s'éveillait. Il se
demanda combien de personnes dans ces maisons de
brique et de tuiles avec leurs moquettes, leur chauffage
au charbon dans le living, leurs appartements pour les
domestiques dans la cour, leurs jardins soignés, leurs
arbustes et leurs parterres de fleurs – combien d'entre
eux avaient une idée des actes accomplis pour les
défendre ?

Echapper au Dr Williamson était un problème. Finalement Yudel inventa un mensonge compliqué au sujet de
l'état mental d'un prisonnier libéré sur parole vivant à
Johannesburg et finit par convaincre le vieux psychologue qu'il y avait urgence. « Revenez dès que vous
aurez terminé », déclara Williamson.

« Naturellement », le rassura Yudel, et il quitta son
bureau à la hâte, l'esprit déjà occupé par l'endroit où il se
rendait. Son retour était un sujet mineur qu'il envisage-
rait plus tard.

Il prit la même route que la veille, mais cette fois-ci, il
ne tourna pas dans la route secondaire qui allait à la plantation et continua en direction de Soweto. Il se dit qu'en
plein jour, avec une plaque d'immatriculation officielle,

il n'attirerait pas l'attention et éviterait les questions embarrassantes pour savoir s'il était en possession d'un permis.

La voix au téléphone n'avait prononcé que deux mots, « Monsieur Gordon », mais ils s'étaient gravés dans la mémoire de Yudel avec une telle netteté qu'il les entendait encore résonner. La question de savoir pourquoi elle lui avait téléphoné si vite après l'avoir rencontré le préoccupait. Qu'avait elle à dire de si important ? Peut-être avait-elle parlé avec Majola et désirait-elle arranger une rencontre. Son souvenir de Thandi Kunene était lié à son visage sur les photographies, toujours proche de Majola, au son de sa voix au téléphone et à sa façon rapide et assurée de prendre sa défense la veille. Et surtout, il était lié au fait qu'il savait qu'elle était la femme de Majola et maintenant elle voulait lui parler.

La route n'avait que deux voies, une dans chaque sens, et était très encombrée. Les camionnettes de livraisons, les voitures officielles, les vieilles voitures déglinguées avec de temps en temps un modèle plus récent sortaient ou rentraient dans l'énorme réseau de petites maisons identiques où l'existence ressemblait à quelque chose entre la vie urbaine et le camp de concentration. Dès qu'il eut atteint les premières maisons, Yudel quitta la route principale. Il prit une route qui longeait l'extérieur de Soweto en conduisant lentement, cherchant l'endroit par où il était entré la nuit précédente. Les maisons avaient toutes des toits en amiante blanc et des murs en brique rouge ou noire. Beaucoup étaient entourées de clôtures plus hautes que les passants, surmontées de fils barbelés pour protéger le pêcher près de la maison, les quelques rangs de légumes dans le jardin de derrière, et bien sûr un homme, une femme et leurs enfants.

Les rues étaient tranquilles : des vieux qu'on ne considérait plus en âge de travailler, des enfants qui n'étaient pas encore en âge d'aller à l'école, un groupe de garçons qui auraient dû être à l'école et donnaient des coups de pied dans un seau en plastique, quelques personnes au travail, principalement des femmes qui ramassaient des détritus le long de la route, certaines d'entre elles avec un enfant dans les bras : tous s'affairaient, accordant à peine un regard à la voiture officielle qui passait. De jour, ses frayeurs nocturnes paraissaient ridicules à Yudel. Les rues tranquilles, les quelques habitants qui paraissaient s'ennuyer et l'immunité relative contre les demandes de papiers conférée par la voiture officielle, replaçaient tout ça dans une normalité superficielle.

Sur sa droite, en haut d'une élévation assez abrupte, il voyait déjà une longue bande de terrain plat qui s'étirait sur le veld, la piste d'atterrissage de l'aéroport, et un bout du toit en tôle ondulée du hangar. Il tourna à droite pour rester en bordure de la banlieue noire, s'engageant dans une rue portant le nom d'un conseiller municipal de Johannesburg soutenant le gouvernement en place, et passa devant une maison avec un écriteau devant une des fenêtres qui disait « tentes à louer ». Plus loin à droite, il voyait la rangée de pins qu'il avait suivie. Puis il longea la petite plantation de gommiers derrière laquelle il s'était caché. Un instant plus tard, il repérait la maison à la façade peinte en noir et tournait au coin, suivant le même chemin que la veille. Comme les autres rues, celle-là était tranquille. Seuls quelques jeunes enfants jouaient dans un tas de sable qui s'était formé de l'autre côté de la rue pendant une tempête d'été et n'avait jamais été enlevé.

La porte de la maison où vivait Thandi Kunene était fermée et les rideaux des fenêtres étaient tirés. Un jeune homme vêtu d'un pull-over rouge, d'un jean bleu et de chaussures de tennis, était appuyé au mur de la maison. Il sourit de toutes ses dents quand Yudel passa la grille, sa lèvre supérieure se retroussant sur des gencives roses et des dents jaunes. « Mlle Kunene est là ? » interrogea Yudel. Le sourire demeura inchangé et le garçon se redressa d'une poussée contre le mur avec un hausse-ment d'épaules. Il leva les mains devant lui et cogna les jointures de ses poings les unes contre les autres. Yudel

perçut distinctement le bruit qu'elles produisaient.
« Mlle Kunene est là ? demanda à nouveau Yudel.
J'aimerais voir Thandi Kunene. »

Le jeune homme au pull-over hocha vigoureusement la
tête, toujours souriant et heurtant ses jointures. « Thandi
Kunene », dit-il à Yudel.

« Je veux la voir. Elle est à l'intérieur ? »

« A l'intérieur », dit le jeune homme.

« Je peux entrer ? »

« A l'intérieur », répéta-t-il.

Une femme était sortie de la maison de l'autre côté de
la route et s'avançait vers eux. Elle était maigre et paraissait fatiguée ; une robe informe, marron et noire, pendait
mollement autour de son corps. « Je peux vous aider,
maître ? Il entend pas. »

« Il entend, protesta Yudel en jetant un rapide coup
d'œil au jeune homme pour voir sa réaction. Il m'a
répondu. »

Apparemment, le jeune homme ne réagissait pas. Il
paraissait toujours aussi bien disposé, la lèvre supérieure
retroussée en une même grimace amicale que tout à
l'heure. « A l'intérieur », dit-il à nouveau. A l'évidence
c'était un mot qui s'épanouissait dans sa bouche.

« Il ne peut pas entendre, maître », répéta la femme en
se frappant la tempe du bout des doigts.

Yudel regarda attentivement le jeune homme, comprenant cette fois à quelle sorte d'entendement la femme faisait allusion. « J'aimerais voir Thandi Kunene », déclara-
t-il à la femme.

« Elle est pas là. »

« Vous êtes sûre ? Je lui ai parlé hier au soir. Je peux
entrer pour voir ? »

« Vous pouvez entrer mais elle est pas là. La police est
venue. » C'était dit tranquillement, sans emphase particulière, comme s'il s'agissait d'un événement tellement
ordinaire qu'il n'avait pas besoin d'être accompagné
d'un commentaire particulier.

« C'étaient des policiers en uniforme ou en civil ? »

« En uniforme et en civil. »

« Quand sont-ils venus ? »

« Aux environs de six heures. »

Il vint à l'esprit de Yudel que ça devait être à peu près au moment où elle avait essayé de l'appeler. « Ils l'ont emmenée ? »

« Ils ont emmené Thandi et ils ont emmené Wilson. »

« A l'intérieur », dit le garçon qui n'entendait pas.

Le regard de Yudel se fixa sur lui. Il avait au moins compris quelque chose.

Quelques heures seulement après l'arrestation de Bill, ils avaient obtenu ce qu'ils voulaient. Yudel se demanda si c'était Bill qui n'avait pas été capable de supporter leurs attentions, ou si c'était Marion, torturée par son imagination et sa culpabilité, qui n'avait pu se résoudre à laisser son mari entre leurs mains. Il se demanda ce que Bill et Marion se diraient la prochaine fois qu'ils se verraient. Parleraient-ils de Thandi ?

Le substitut du procureur ne s'intéressait pas du tout à ce que Freek lui racontait. A l'évidence, il estimait que Yudel et Freek empiétaient sur le territoire du ministère de la Justice et que plus vite ils réintégreraient leur propre département, mieux cela vaudrait. Son ministère n'avait pas besoin que celui de la Prison et de la Police lui donne des conseils. « Je ne pense pas que nous prendrons des mesures dans ce cas précis », déclara-t-il. Il parlait mal l'anglais, avec un fort accent afrikaner. Sa façon de rejeter la tête en arrière, de s'efforcer avec application de paraître à la fois pensif et hautain, et de s'appliquer à ne jamais céder sur rien, tout cela rappelait à Yudel le Dr Williamson. Le substitut était jeune, mais il avait appris très vite. Yudel en déduisit que son avenir dans l'administration était assuré.

« Je parlerai au procureur », dit Freek.

Le visage sévère qui affichait une expression de supériorité parut surpris à l'idée qu'un policier suggère une chose pareille. « Je vous transmets une décision du parquet, et non mon sentiment personnel. »

« En ce moment, le procureur est occupé... » Yudel eut l'impression de voir l'ombre d'un sourire moqueur sur le visage du magistrat .

« J'attendrai », déclara Freek.

« Vous pouvez peut-être attendre dans le couloir ? »

« J'attendrai ici. »

« J'ai du travail. Vous n'êtes pas autorisé à... »

« On ne vous dérangera pas », lui assura Freek.

Dans un mouvement défensif, le magistrat se rejeta en arrière sur sa chaise, comme s'il essayait de mettre le plus de distance possible entre lui et ses interlocuteurs. Maintenant il avait perdu son air de supériorité. Il semblait envisager diverses éventualités, dont l'une au moins lui paraissait peu probable. Ces deux-là, de l'autre côté de son bureau, le grand à l'air pas commode et le petit à l'air rusé, ne partiraient pas comme ça. Il se leva et quitta la pièce sans ajouter un mot.

« Qu'est-ce que t'en penses ? » demanda Yudel.

« Maintenant on va voir son patron », répondit Freek.

Une minute à peine s'était écoulée quand une jeune femme entra dans le bureau. « Monsieur van Jaarsveld va vous recevoir. » Ses manières étaient très professionnelles et son expression réprobatrice. Elle leur tenait visiblement rigueur de faire une entorse au protocole.

Tout en restant dans les limites raisonnables d'un statut de fonctionnaire, le cabinet du procureur, avec son bureau et sa moquette, était beaucoup plus grand que celui du substitut qui avait disparu de la circulation. C'était un homme corpulent aux cheveux gris. Il leur tendit la main à tour de rôle. « Je crois bien que si je ne vous avais pas reçus vous ne seriez pas partis », déclara-t-il en afrikaner. Il avait dit cela sur un ton impliquant qu'ils étaient déjà de vieux amis.

« C'est un peu ça », répondit Freek dans la même langue avec un rire bref tout en lui serrant la main.

« Ravi de vous connaître », hasarda Yudel.

« Bien, asseyez-vous, messieurs. C'est au sujet de l'affaire Weizmann, n'est-ce pas ? »

« C'est exact. »

« Et qu'est-ce que vous me voulez exactement ? » C'était dit sur le même ton bienveillant qu'il avait utilisé pour les accueillir et maintenant Yudel doutait que cet homme leur soit d'une utilité quelconque. C'était le type de personne asservi au gouvernement, qui vous assurait de son aide, vous encourageait vivement le plus amicalement du monde et ne bougeait pas le petit doigt. Yudel craignait qu'ils ne soient tombés sur l'un de ces individus.

« Il y a une décision du tribunal stipulant qu'il doit suivre un traitement psychiatrique. Je veux la faire respecter. »

« Vous avez vu le document signifiant cette décision ? » Il souriait, toujours amical et serviable, mais un de ses sourcils s'était mis en accent circonflexe d'un air interrogateur. Maintenant Yudel était persuadé qu'ils perdaient leur temps.

Freek n'avait pas vu le document en question, mais pendant toutes ces années il avait eu affaire à plus d'un Jaarsveld. « Vous voulez que je vous en fournisse une copie ? » demanda-t-il.

Van Jaarsveld secoua la tête. « Non, non, ça ne sera pas nécessaire. » L'expression de son visage et le ton de sa voix se récriaient : je vous en prie, messieurs, je ne mets pas votre parole en doute. « Il est parfois utile d'étudier les termes exacts du jugement », expliqua-t-il.

Freek lui adressa un large sourire. Il jouait le jeu du procureur. « Absolument, renchérit-il. Nous aurions dû vous en apporter une copie. Mais il stipule très simplement qu'il doit suivre un traitement psychiatrique. Nous voulons le faire appliquer. »

« De toute façon, cela ne lui fera probablement aucun bien. Mais pourquoi vous attaquer à ce vieil homme ? »

« Vous connaissez son dossier ? » interrogea Yudel.

« Il a tiré sur quelques cambrioleurs, si mes souvenirs sont exacts. »

« Seul le témoignage de Weizmann nous assure que ce sont des cambrioleurs. »

Van Jaarsveld haussa les épaules. « Sinon, pourquoi les aurait-il tués ? » C'était dit sur un ton qui suggérait qu'aucune réponse n'était nécessaire.

« Dans l'affaire Singh, l'informa Yudel, il n'y a pas eu de cambriolage. Tout a commencé avec un accident de voiture et le magistrat a ordonné que Weizmann suive un traitement psychiatrique. Il n'en a pas tenu compte. Nous voulons faire respecter la loi. Vous comprenez ? »

Les manières brutales de Yudel et le choix de ses mots ouvraient une brèche dans la façade doucereuse et rassurante de son interlocuteur. L'expression de son visage perdit de sa bonhomie. « Oui, bien sûr. Etes-vous sûr qu'il n'a pas déjà reçu un traitement ? »

« Je suis le psychologue. »

« Si vous êtes le psychologue, il s'est déjà fait soigner. »

« Il m'a consulté deux fois. »

Jaarsveld haussa les sourcils et les épaules à l'unisson. « Le jugement stipule qu'il doit se faire soigner et il s'est rendu deux fois chez vous. C'est une question d'interprétation du texte. Deux séances peuvent être considérées comme un traitement. »

« Je pense que c'est au psychologue d'en décider. »

« C'est vous qui le dites ou bien le jugement du tribunal ? »

« A l'évidence, ce n'est pas à un patient souffrant de troubles mentaux d'en juger. »

Freek, qui assistait à l'échange entre Yudel et le procureur, fronça les sourcils. Yudel ne faisait guère avancer la conversation et il décida d'intervenir. « Monsieur van Jaarsveld, pourquoi refusez-vous de nous aider ? »

Jaarsveld ouvrit de grands yeux et leva les mains au ciel en signe de protestation. « Ce n'est pas que je ne veux pas vous aider. Il s'agit d'un cas difficile... »

« Donc vous ne ferez rien ? » interrogea Yudel.

« Ce n'est pas que je ne veux rien faire, mais je ne

pense pas qu'il y ait grand-chose à faire. L'enquête va bientôt avoir lieu, non ? »

« Oui, vendredi », répondit Freek.

« Alors pourquoi ne pas leur laisser assumer la responsabilité de tout ça ? » suggéra van Jaarsveld.

Freek et Yudel se levèrent. Van Jaarsveld adressa un clin d'œil à Yudel. « Les affaires ne marchent pas trop fort en ce moment, hein ? »

La femme paraissait avoir dépassé la quarantaine. Des années d'exercice lui conféraient une apparence de supériorité sans qu'elle eût à fournir d'effort particulier. Ses lèvres étaient pincées en un petit bouton de rose bien dessiné, ses cheveux fermement maintenus en place à coup de laque. Elle portait un tailleur bon chic bon genre certainement coupé sur mesure. « Il vous faut un rendez-vous pour voir le procureur général, déclara-t-elle. Il est très occupé. »

« Je comprends, dit Freek. Mais il s'agit d'une affaire importante. J'avais espéré qu'il pourrait nous recevoir aujourd'hui. »

Elle consulta un agenda, manifestement pas du tout intimidée par le ton pressant de Freek. « Mercredi après-midi. Mercredi après-midi vous conviendrait ? Si jamais il y avait un empêchement, je vous téléphonerais. Laissez-moi votre numéro... »

« Pourquoi n'avons-nous pas utilisé la même tactique qu'avec l'autre ? » interrogea Yudel en sortant.

« Parce que je n'ai pas envie de me faire couper le cou, répliqua Freek. Un procureur général et un procureur, ce n'est pas la même chose. » Le regard que Freek lui adressa fit comprendre à Yudel qu'il ne serait effectivement pas prudent de continuer sur cette lancée.

« Pourquoi te casser la tête, Freek, attends jusqu'à vendredi, dit le brigadier van Zyl. On ne peut pas toujours faire ce qu'on veut, tu le sais bien. »

« C'est juste que je n'ai pas trop confiance dans ce qui

va se passer vendredi, et pendant ce temps-là, il y a cet ancien jugement qui est toujours valide. Il faut se dépêcher. »

« Mais pourquoi ? Je comprends que tu n'as pas envie que ce Weizmann continue à tirer sur les gens, parfait, mais pourquoi te presser ? »

Yudel parla de la santé mentale précaire de Weizmann, de la possibilité qu'il recommence à tuer d'un moment à l'autre, et termina avec l'histoire de la symbolique du nombre trois. Avant d'avoir fini de parler, il comprit qu'il commettait une erreur. Le brigadier ouvrait des yeux de plus en plus grands, exprimant un sérieux scepticisme. « Eh bien, c'est très intéressant, monsieur Gordon, du point de vue d'un psychologue s'entend... mais je ne suis qu'un simple agent de police », dit le brigadier quand Yudel eut terminé. Il se tourna brusquement vers Freek. « Freek, vieux frère, qu'est-ce que tu penses de cette histoire ? »

Freek haussa les épaules, perplexe. Yudel trouva qu'il avait l'air vaguement embarrassé.

« Merci de ton aide, tu as été formidable », dit Yudel alors qu'ils s'en allaient.

« Tu te rends compte jusqu'où je me suis mouillé dans cette affaire ? demanda Freek. Et ce truc des meurtres qui marchent par trois, c'est quand même un peu... » Yudel lui adressa un regard sévère. « ... difficile à accepter pour un vieux policier comme van Zyl », conclut-il prudemment.

Yudel avait quitté son bureau en milieu de matinée pour partir à la recherche de Thandi Kunene. Puis l'après-midi avait passé rapidement dans sa quête illusoire d'amener quelqu'un de suffisamment haut placé à faire appliquer le jugement prononcé contre Weizmann. Le soir était vite descendu, comme si le vent froid qui s'était levé en même temps que disparaissait le soleil l'avait brusquement soufflé sur la ville. A la nuit tombée, ils étaient encore dans le bureau de Freek à qui Yudel avait tout raconté sur Julie, Bill Hendricks, Marion et Thandi Kunene. Freek avait écouté en silence. Il aurait préféré ne pas être confronté aux hommes, aux femmes rebelles et aux organisations séditieuses qui s'étaient élevés contre le système social mis en place par son peuple.

« Ce que je ne comprends pas, c'est que le type du C.I.D. a appris par Julie que Majola était là quand la petite a été tuée. Et il a dû contacter les services spéciaux. Alors pourquoi ne t'a-t-il rien dit ? » interrogea Yudel.

« Ça s'explique. Il a peut-être pensé que ça ne m'intéressait pas. »

« Mais il aurait dû le mettre dans son rapport. »

Cette pensée troubla Freek mais il refusait de lui donner une signification particulière. Son conflit d'intérêts manifeste avec la police de sécurité lui suffisait. Il rechignait à se méfier de son équipe. « Je crois que je sais pourquoi. Moi aussi je n'ai pas perdu mon temps. J'ai découvert que le patron de Dippenaar et de Marais est un colonel du nom de Tollie Nieuwenhuysen. J'ai été le sergent de Tollie il y a des années de ça quand il était agent de police. »

« Il a pris des galons plus vite que toi. »

Freek soupira et parut un peu chagriné. « On grimpe toujours plus vite dans la sécurité. C'est le département le plus prestigieux de la police. »

« Tu lui as parlé de Weizmann ? »

« Pas encore, je viens de découvrir tout ça. Et puis il y a autre chose. » Le froncement de sourcils de Freek s'accentua. Il se confiait à regret et abordait un sujet qui ne lui plaisait guère. « J'ai découvert que Tollie appartient à une organisation anti-communiste qui s'appelle le South African Freedom Campaign et Weizmann en fait également partie, ainsi que Louis Pienaar, le type que j'ai délégué sur l'affaire Weizmann. Je ne pense pas qu'ils aient délibérément essayé de me tenir à l'écart. Simplement ils travaillent de préférence les uns avec les autres. Cette histoire d'anti-communisme est tout bêtement plus importante pour Pienaar que son travail. Un de ces jours

195

il sera probablement intégré dans les services spéciaux et dans quelques années il se retrouvera lui aussi colonel. A mon avis, il ne faut pas trop se monter la tête sur cette histoire. » Yudel ne dit rien mais il était d'accord. Par sa nature même, un mouvement anti-communiste était susceptible d'attirer des policiers, surtout des policiers se rattachant à la police de sécurité. Weizmann y avait aussi sa place. « J'ai également appris qu'ils se réuniront pour un meeting demain soir au *George Hotel*. Tu veux y aller ? »

« C'est ouvert au public ? »

« Il faut être membre, mais je peux nous avoir des cartes. »

« Weizmann sera là. Il me verra. »

« Nous arriverons en retard, juste après le début de la séance. »

« Freek, s'ils sont tous amis, Weizmann, Nieuwenhuysen et les autres, et en admettant qu'ils veulent utiliser Weizmann, pourquoi ont-ils besoin de moi ? »

« On leur demandera. »

« Ça ne nous avancera pas à grand-chose de parler avec ces gens-là. »

« Ça ne nous avancera pas à grand-chose de rester ici à rien faire. »

« Je crois que c'est une erreur de vouloir les contacter, Freek. »

« Je ne pense pas. D'une certaine façon, ce sont tous des agents de police ordinaires. Et à n'importe quel moment, on peut les renvoyer régler la circulation. Ce sont des policiers comme moi, Yudel. »

Yudel estima que les explications de Freek étaient surtout destinées à se convaincre lui-même. « Ce ne sont pas des policiers ordinaires », répliqua Yudel.

« Je vais leur parler. »

« Ce serait une erreur. »

« Je ne pense pas. » Freek semblait fatigué. « Et si on se fiait à mon intuition pour changer ? »

« Est-ce que tu vas essayer de parler à Nieuwenhuysen demain soir ? »

« Si l'occasion se présente. On lui paiera un verre et on le mettra de bonne humeur. »

« Ce Nieuwenhuysen, tu as encore de l'influence sur lui ? »

« Il fut un temps où tout ce que je lui disais était parole d'évangile, mais c'était il y a longtemps. Maintenant... je ne sais pas. Mais ça m'étonnerait. » Freek se leva. Son visage paraissait toujours troublé. « Rentrons à la maison. »

Un doute se réveilla dans la mémoire de Yudel. Il se leva pour suivre Freek. « Et en ce qui concerne le frère de Weizmann, tu te souviens qu'il avait raconté que son frère avait été battu à mort ? »

« Tout ça, c'est des foutaises, Yudel. A l'époque, il a fait un tel ramdam que des gens de chez nous ont pris des photos. Je m'étais posé les mêmes questions que toi et c'est moi qui les avais envoyés. Son corps ne portait pas une seule marque. »

Ils se rendirent dans l'allée derrière l'immeuble, où la voiture de Freek était garée. Yudel était venu à Johannesburg ce matin dans une voiture officielle qu'un de ses collègues lui avait reprise dans l'après-midi. Il s'était arrangé avec Freek pour rentrer à Pretoria avec lui. Après s'être installés dans la voiture, ils restèrent là un moment dans l'obscurité, submergés par un sentiment d'impuissance et d'inutilité qui leur était tombé dessus sans prévenir. Yudel et Freek étaient tous les deux des hommes qui aimaient être confrontés à des problèmes parce qu'ils prenaient un plaisir particulier à les résoudre. Régulièrement, quand l'un d'entre eux avait un problème qui présentait des difficultés particulières – et Freek était responsable de la plupart des obstacles que rencontrait Yudel –, il en discutait avec son copain. C'était un système de coopération qui leur était d'une grande utilité et où ils trouvaient souvent une récompense à leurs efforts. Leurs talents et leurs zones d'influence se complétaient, ainsi ils compensaient les manques et les défauts dont souffrent même les hommes les plus brillants. Ni l'un ni l'autre n'était vraiment conscient de l'étendue de cette dépendance, mais dans des moments comme celui-ci, ils se tournaient instinctivement l'un vers l'autre pour trouver un réconfort, des idées ou un coup de main, suivant ce dont ils avaient besoin.

« Passons par chez Weizmann », proposa Yudel.

« Pour quoi faire ? »

« Allons-y, on verra bien après. »

« Sommes-nous en présence d'une des fameuses intuitions de Yudel Gordon ? »

« On y va, c'est tout. »

Freek gara la voiture près du café de Weizmann, quelques rues plus haut. « Et maintenant ? » interrogeat-il. Yudel sortit et Freek le suivit à contrecœur en grommelant qu'au moins, dans la voiture, on avait chaud.

« Tu vois l'immeuble de l'autre côté de chez Weizmann ? Du toit, tu plonges directement chez lui. Je vais te montrer. »

« Oh, je veux bien te croire », répliqua Freek.

« Allez, viens. »

Les pièces de l'appartement que Yudel avait déjà identifiées comme étant la cuisine et le living étaient plongées dans l'obscurité. Une lumière brûlait dans une des autres pièces, probablement une chambre. En bas la boutique était close, les vitres obscures. La porte de la réserve était fermée et le trottoir devant la boutique désert. Seule une vieille femme noire, probablement illettrée, passait par là. Elle portait un sweater où était inscrit en grosses lettres sur la poitrine « J'ai étranglé Linda Lovelace ». Elle marchait lentement en direction de la gare.

Yudel conduisit Freek derrière l'immeuble puis ils grimpèrent par l'escalier de secours avant d'arriver sur le toit. Dans une des petites pièces qui servaient aux domestiques, une lumière brûlait, et Yudel crut entendre la voix de Julie qui se chantait doucement quelque chose. Il montra à Freek la cuisine de Weizmann et le haut des escaliers plongés dans une obscurité presque complète, et en s'avançant sur le toit, le salon éclairé par la lumière de la chambre dont la porte était ouverte, ce qui permettait de distinguer un poste de télévision et une petite table au centre de la pièce. Freek regarda patiemment ce que Yudel lui indiquait puis il se tourna vers lui. « Dis-moi, Yudel, finit-il par demander, qu'est-ce qu'on fait là ? On mène une enquête ? On cherche quelque chose ? »

Yudel le regarda d'un air affligé. « Je ne sais pas. »

Freek avait enfoncé les mains dans les poches de son pardessus et s'était tassé sur lui-même pour se protéger du froid. « Je crois que nous sommes allés aussi loin que nous le pouvions. Demain au meeting je parlerai à Tollie et on verra si ça nous met sur une piste. On aura peut-être de la chance. »

« Je ne suis pas très optimiste. »

« Alors quoi ? Si ça nous rapporte rien, on aura été jusqu'au bout. Il faudra bien l'accepter. »

« Il doit y avoir un moyen de tirer tout ça au clair. »

« Qu'est-ce que tu veux tirer au clair ? Weizmann ? Tes amis qui ont des ennuis avec les services spéciaux ? Majola ? C'est impossible, Yudel. Il y a des choses que toi et moi nous ne pouvons pas tirer au clair. » Yudel ne répondit pas. Il continuait de fixer sans le voir l'appartement obscur de Weizmann. Il devait y avoir une solution. Il avait bâti sa vie autour du principe que rien n'était insoluble. « C'est fou, s'exclama Freek, on est là sur ce toit en train de se geler alors qu'on pourrait être tranquillement au chaud dans notre lit... » Il s'arrêta comme s'il lui venait une idée. « ... Avec la femme d'un autre. »

« C'est complètement idiot de dire ça. Ça dénote une certaine dose d'immaturité dans ta structure interne. »

« Arrête de me faire la leçon, Yudel. Je préférerais être au lit avec la femme d'un autre plutôt que d'être là à mourir de froid. »

« Tu ne devrais pas te complaire dans ce type de projet immature. »

« Fiche-moi la paix avec ta morale. Ne me dis pas que tu as toujours été fidèle à ta femme. »

199

« Si je ne l'ai pas été, je m'en vante pas. »

« Ah ! » Freek faisait sur place de petits bonds silencieux pour essayer de se réchauffer. « Donc tu ne l'as pas toujours été. Je me suis souvent posé des questions à ce sujet. Avec qui ? »

« Bon Dieu, Freek, si tu te mêlais de tes affaires ? »

« Quel père la pudeur ! Je suis ton ami, Yudel. Alors tu l'as fait avec qui ? »

Yudel se taisait. Grâce à la lumière qui montait de la rue, il pouvait distinguer le sourire de Freek. « C'est bizarre... » Il s'arrêta, peut-être occupé à mettre en forme la confession qu'il avait été sur le point de faire.

« Quelle bonne blague. Raconte-moi tout. »

« Tu sais... » Yudel le regarda à nouveau. il aurait préféré que Freek arrête de sourire. « C'est bizarre, mais à chaque fois que j'ai trompé ma femme, c'était avec des afrikaners. Je crois que c'est un problème de dominance. Vous nous dominez par le nombre dans tous les autres domaines, bande de salopards. Je crois que d'une certaine façon il s'agit d'une revanche. »

« Alors comme ça c'est un problème de dominance ? Il y a eu combien de filles ? »

« Je ne vois pas ce que ça a à voir ? »

« Allons, Yudel. Qu'est-ce que tu caches ? »

« Je ne trouve pas ta remarque très pertinente. » Yudel avait conscience de parler sur un ton suffisant, mais il lui était difficile de rectifier le tir. Quelle que soit la stratégie qu'il utilise pour se défendre, il risquait de paraître prétentieux. « C'est le principe qui est important. »

« Yudel ! Il est évident que mon intérêt est purement académique. » Les dents de Freek luisaient à la lumière de la rue. Yudel songea que si son sourire s'élargissait, il lui ferait le tour de la tête. « Il y a eu combien de filles ? »

« Le problème n'est pas là. »

« Bien sûr que si. Les scientifiques comptent toujours tout : combien de fois une femme engueule son mari, combien de fois les lions copulent, des trucs comme ça. Le nombre de fois est très important. »

Yudel ne prenait pas le moins du monde au sérieux les discours de Freek mais cette conversation commençait à le fatiguer. Il prit une profonde inspiration avant de répondre : « Deux ! »

Freek essaya de maîtriser son fou rire en pinçant les lèvres, ce qui eut pour résultat de lui gonfler les joues comme un soufflet, et l'air s'échappa comme la vapeur expulsée d'une locomotive à charbon. Aussitôt il se mit à tousser, essayant d'étouffer le bruit avec son mouchoir. « Deux ? » Il lutta pour parvenir à articuler quelque chose entre deux accès de toux. « Dominance ? » Vaincu par la toux, il dut prendre appui sur le petit mur en brique qui longeait le bord du toit.

« Tu fais du bruit », grommela Yudel.

« Deux ? » dit Freek en respirant péniblement. « Tu ne crois pas que pour une tentative de domination c'est un peu juste ? »

« Il s'agit pourtant d'un principe de dominance », essaya de protester Yudel. Freek n'arrêtait pas de rigoler et Yudel lui-même se trouvait passablement ridicule.

Freek lui posa une main sur l'épaule et le secoua d'avant en arrière, ce qui, d'après les critères de Freek, était un geste affectueux. « En parlant de subversion, je ne pense pas que dans l'immédiat ta révolte personnelle présente un danger pour la domination afrikaner. »

« Freek », dit Yudel, mais quelque chose dans sa voix avait changé. L'embarras et la suffisance s'étaient envolés. « Freek, la porte est ouverte. »

Freek dut s'accroupir pour voir distinctement la porte de la réserve. « Tu es sûr ? Elle n'était pas fermée quand on est arrivé ? »

« J'ai vérifié quand on était en bas. »

Yudel examina attentivement les fenêtres de la maison de l'autre côté de la rue, mais absolument rien n'avait changé dans la cuisine et le living. Contrairement à tout à l'heure, les escaliers étaient faiblement éclairés. Apparemment rien ne bougeait. « Tu crois que quelqu'un est entré par effraction pendant qu'on était là ? »

« A moins que quelqu'un ait ouvert la porte de l'intérieur. »

« Willem Roelofse m'a dit que c'était dans les habitudes de Weizmann. »

« Voilà une source d'information tout à fait fiable, Freek. »

La rue et l'appartement de Weizmann étaient aussi calmes qu'à l'arrivée de Freek et Yudel, mais maintenant la porte de la réserve était ouverte. C'était difficile de croire que quelque chose avait changé, que quelqu'un était allé jusqu'à la porte pour l'ouvrir, et cambriolait Weizmann, ou que ce dernier était descendu pour tendre un piège et se tenait peut-être là à attendre... Tout était calme, seuls les bruits étouffés de la circulation et de la gare au loin troublaient la tranquillité. Mais la porte était ouverte, non pas grande ouverte mais juste suffisamment pour qu'un homme se glisse à l'intérieur sans la toucher.

« On descend ? » interrogea Yudel.

« Oui. » La voix de Freek était dure, le mot articulé sèchement. Un instant plus tard, il courait vers l'escalier de secours. Yudel fit quelques pas pour le suivre puis retourna vers le mur avant de voir la même chose que Freek. Un jeune garçon noir, vêtu d'un vieux pardessus gris, s'était arrêté sous l'arbre juste en face de la porte entrouverte. Maintenant, pour la première fois, Yudel voyait quelque chose bouger à l'intérieur de l'appartement. Cela venait de l'escalier, et dans la faible lumière, ce n'était qu'une ombre basse et presque indistincte qui grimpait rapidement les marches. Sans aucun doute c'était la silhouette du berger allemand de Weizmann.

Le garçon sur le trottoir quitta son poste d'observation au pied de l'arbre. Yudel le vit regarder à droite et à gauche et se diriger droit sur la porte. Il attendit un instant, scrutant à l'intérieur de la réserve, puis il revint sur ses pas pour inspecter la rue une seconde fois. Il retourna à la porte et la poussait doucement avec la main quand Freek se précipita dans la rue. Yudel l'entendit crier « Hé, qu'est-ce que vous faites là ? »

Le jeune garçon en pardessus fit volte-face et courut vers la gare sans regarder qui avait crié. Il y avait à nouveau quelque chose dans l'escalier. Cette fois c'était Weizmann. Il passa rapidement devant la fenêtre en trébuchant, ses orteils rongés progressant difficilement dans l'escalier assez raide. Pendant un instant, Freek se détacha dans l'encadrement de la porte alors que Weizmann descendait les dernières marches. Puis il se rejeta sur le côté et se plaqua contre le mur. Weizmann se précipita sur le trottoir et Freek le cueillit d'un tranquille crochet du droit. Yudel vit le commerçant disparaître à nouveau dans la réserve, les bras en croix, cherchant vainement un point d'appui pour se rattraper, et le berger allemand surgit dans la lumière pour sauter directement à la gorge de Freek. Yudel courut vers l'escalier de secours. C'était un peu tard.

Le temps que Yudel traverse la rue en courant et se précipite dans la réserve, la nuit était retrouvé son calme. Weizmann était assis par terre au centre de la pièce, secouant lentement la tête d'un côté, puis de l'autre. Le coup de poing n'avait laissé aucune marque visible. Sa femme était debout juste derrière lui avec de grands yeux effrayés, et elle tenait le berger allemand par le collier. Le chien grondait et montrait les dents, les poils le long de sa colonne vertébrale dressés comme les piquants d'un hérisson. Freek était adossé aux étagères à gauche de Yudel et ses cheveux habituellement coiffés avec soin lui tombaient sur le front. Il avait ôté son pardessus et retroussait la manche droite de sa chemise tachée de sang. Il adressa un large sourire à Yudel. « Merci pour ton aide. Tu as été formidable. » Il se tourna vers Weizmann et lui dit : « Vous avez de la chance que je sois passé par ici en compagnie de M. Gordon. Nous arrivions au coin de la rue quand le cambrioleur vous a frappé. Je suis désolé de vous apprendre qu'il s'est sauvé. »

Weizmann était toujours en train de secouer la tête pour retrouver ses esprits. Sa femme regardait alternativement Yudel et Freek. Elle était trop saisie pour cacher la peur et la suspicion qu'on lisait clairement dans ses yeux. Visiblement, elle ne croyait pas un mot du compte rendu de Freek. Il était également évident qu'elle ne se sentait pas tranquille. Yudel se demanda s'il fallait en chercher la raison dans cette histoire de porte dont elle savait qu'elle avait été ouverte. « Merci beaucoup, colonel Jordan », articula-t-elle, et ces mots n'avaient aucun rapport avec ce qu'elle ressentait.

Yudel aida Freek à relever sa manche jusqu'au coude. Les canines du chien avaient déchiré la chair de son ami sur un centimètre dans le gras du bras, laissant des marques parallèles. Il sortit son mouchoir et arrêta ce qui n'était qu'un filet de sang. « Ça n'a pas l'air trop méchant », dit-il à Freek.

« Merci, répliqua Freek, bientôt tu m'assureras que ça me va bien. »

Weizmann se releva lentement, se mettant d'abord sur les genoux avant de repousser le sol en ciment des deux mains. Les petits étuis de ses doigts prenaient la lumière et brillaient comme s'ils venaient d'être cirés. Sa femme se baissa pour l'aider. Yudel le vit tendre la main vers elle et prendre son bras, s'appuyant lourdement sur elle tandis qu'il se redressait. C'est toujours comme ça que ça se passe, songea Yudel, il s'appuie sur elle, il compte toujours sur elle... Il regarda la femme : son visage exprimait la haine et la force. Et il regarda Weizmann, toujours appuyé sur son épaule, avec des yeux plus effrayés et vaincus que Yudel les avait jamais vus. C'est aussi pour elle que tu commets des meurtres ? se demanda Yudel. Weizmann paraissait déconcerté, ne comprenant pas très bien ce qui lui arrivait. Yudel n'était pas surpris. Il avait vu le coup de poing de Freek atterrir, et après cela, il était normal que Weizmann soit plongé dans un certain désarroi. C'est alors que Weizmann regarda Yudel droit dans les yeux, conscient pour la première fois de sa présence, et son visage exprima une confusion encore plus grande. Il se redressa, releva le menton tout en détournant les yeux. Yudel voyait à nouveau le petit garçon en présence de son père, le jeune homme refusant de continuer à trier les feuilles de tabac...

13.

L'*Hôtel George* était un bâtiment ancien à deux étages avec un toit en tôle ondulée incliné, décoré de balcons et de rampes en fer forgé, et des plafonds en acier embouti dans les chambres. L'intérieur donnait l'impression d'un hôtel bien entretenu, la peinture et les tapis étaient neufs, les lustres, les appliques et les revêtements de bois bien astiqués. La salle de conférence où la South African Freedom Campaign tenait ses assises se trouvait au premier étage.

En montant les marches, Freek tendit à Yudel une petite carte verte portant la signature de P. Nortje et un badge avec les lettres S.A.F.C. « Qu'est-ce que c'est ? » interrogea Yudel.

« Ta carte de membre », répondit Freek.

« Qui est Nortje ? »

« Le type qui m'a prêté sa carte. »

« Il me ressemble comme deux gouttes d'eau. »

« Détends-toi, Yudel. C'est un de mes sergents et il est membre depuis des années sans avoir assisté à un seul meeting. »

« Et toi tu as la carte de qui ? »

« J'ai profité de l'occasion pour devenir membre. »

L'homme à la porte était jeune et fronçait les sourcils, il avait les cheveux coupés courts, portait une veste en tweed, une cravate et un pantalon brun soigneusement repassé. Dans son apparence et sa façon de s'habiller, il ressemblait à n'importe quel jeune homme d'une époque remontant à vingt années auparavant. Il jeta un coup d'œil aux cartes que Freek et Yudel lui tendirent avant de s'effacer pour les laisser passer.

La salle était juste assez grande pour permettre à cinquante ou soixante personnes de s'asseoir. Elle était presque pleine quand Freek et Yudel firent leur entrée. L'assistance se leva et commença à applaudir quand ils s'encadrèrent dans la porte. Yudel avait de bonnes raisons de penser que ces applaudissements ne leur étaient pas destinés. Entre les têtes des membres de l'assistance, il vit qu'on saluait un petit homme sévère qui tenait son chapeau d'une main et montait les marches d'une estrade peu surélevée, au bout de la salle. Sans prêter attention aux applaudissements, il s'assit devant la table qui avait été installée là. Les deux autres chaises étaient occupées, l'une par un homme qui semblait avoir tout juste dépassé la trentaine et fronçait les sourcils, arborant une expression très semblable à celle du jeune homme qui les avait accueillis devant la porte, et l'autre par un homme d'un certain âge portant un costume léger, renversé sur sa chaise avec un bras passé autour du dossier au-dessus de sa tête.

Freek poussa Yudel le long de la rangée de chaises au fond de la salle, et le temps que les membres de l'assistance reprennent leurs places, ils avaient rejoint les sièges vides qu'il visait. L'homme aux sourcils froncés se leva. « Messieurs... » Jetant un coup d'œil autour de lui, Yudel nota avec intérêt que les femmes n'étaient pas représentées. Il se demanda si c'était dû aux statuts de l'organisation ou bien s'ils n'avaient pas été capables de recruter des femmes. « Messieurs, ce soir nous avons beaucoup de chance... » Si son expression était censée refléter ses sentiments, cette chance ne semblait pas lui faire très plaisir. « Ce soir, nous avons l'honneur de recevoir deux invités de marque. Et tout d'abord M. Wilbur Hartman qui a fait tout le trajet depuis l'Arkansas des Etats-Unis d'Amérique, M. Wilbur Hartman qui nous apporte un message très exemplaire. Ce soir, il va rectifier quelques préjugés couramment répandus concernant son grand pays. » Tout en parlant, il s'était incliné légèrement vers M. Hartman. Maintenant, il marquait une pause, puis il se tourna vers le petit homme sévère que l'assistance avait applaudi. « Et voici notre conférencier de ce soir. Nous le remercions de tout notre cœur pour avoir accepté de nous sacrifier des heures de son temps précieux afin d'être avec nous en personne ici ce soir. » Le petit homme regardait fixement l'assistance comme s'il n'avait pas entendu un seul mot de ce que le présentateur racontait et n'avait pas du tout conscience de la gratitude qu'on lui témoignait. Ses yeux étaient mi-clos en permanence, peut-être pour se protéger d'interlocuteurs trop curieux qui s'efforceraient d'y lire quelque chose. D'après Yudel, c'étaient aussi les yeux d'un homme qui se dissimulait à lui-même la vraie nature de certaines de ses actions. Au ministère de la Police et des Prisons Yudel avait connu plus d'un homme ambitieux qui avait rejeté dans l'ombre et finalement à moitié effacé de son esprit ce qu'il savait être juste. Dans des ministères où il était parfois nécessaire d'agir brutalement, un homme avec une conscience sélective avait toujours l'avantage. La première impression de Yudel sur le conférencier de ce soir, c'était qu'il ressemblait beaucoup à un de ces hommes. « Nous savons à quel point chaque minute de son temps est précieuse, disait maintenant le présentateur. Nous savons avec quelles importantes décisions il se bat chaque jour pour le bien de l'Etat. Et nous savons que pour lui, nous rejoindre ce soir a représenté un véritable sacrifice... » Le visage sévère était impassible, les yeux méfiants ne regardaient pas le présentateur et ne tenaient absolument pas compte de l'assistance. « Nous saluons donc du fond du cœur et avec la plus grande reconnaissance M. le ministre de la Justice... » Son nom fut noyé sous les applaudissements qui emplirent la salle, et soudain l'assistance fut à nouveau debout.

Yudel fut soulevé de son siège par Freek. « Applaudis », chuchota Freek. Il frappait vigoureusement dans ses mains et en regardant son visage, Yudel aurait juré qu'il était très excité à l'idée d'écouter un discours de M. le ministre de la Justice. Yudel applaudit.

« Avant de passer la parole à M. Hartman, j'aimerais attirer votre attention sur les excellents livres et les revues qui seront à votre disposition à la sortie de la salle quand le meeting sera terminé. Ils feront de très bons cadeaux pour vos amis et vos parents à l'étranger et leur permettront de mieux apprécier la situation réelle de notre pays. Je vous conseille tout particulièrement *le Terroriste derrière la croix*, un exposé du World Council of Churches et de leurs adhérents dans notre pays... »

Yudel regarda les têtes des membres de l'assemblée. C'étaient des hommes de tous les âges. Des jeunes gens d'une vingtaine d'années bien décidés à sauver leur pays, des retraités qui gardaient en mémoire des temps plus héroïques et s'étaient assis dans les premiers rangs de crainte de ne pas entendre, des hommes d'affaires désireux de rentabiliser leur argent au maximum dans un pays sûr pour des gens convenables, des hommes qui pouvaient tirer dans une cible d'une main qui ne tremblait pas, s'étaient entraînés pour réduire la marge d'erreur et étaient impatients d'exercer leurs talents sur ceux qu'ils considéraient comme les ennemis de leurs pays : ils avaient tous des visages honnêtes, des airs lugubres et contrariés. Le monde entier leur en voulait. Il y avait la menace communiste, la menace du grand capital, la menace des Juifs libéraux et la menace noire, la menace d'une société permissive, la menace pornographique, la menace des journaux, la menace de la libération des femmes... Pas étonnant que leurs visages reflètent les dangers de leur situation. Ils étaient ceux qui voyaient clair et comprenaient ces dangers, qui regrettaient une époque où la discipline régnait, où ceux qui causaient des problèmes en s'opposant au gouvernement étaient châtiés avec fermeté, sans tergiversations, où n'importe quel journaliste communiste ou libéral n'était pas autorisé à brailler n'importe quoi sur des sujets auxquels il ne connaissait rien... Ils venaient de l'atelier et du bureau, du club de tir et des salles de café, des cabinets de consultation. Ils étaient descendus de leur chaire et s'étaient tous rassemblés pour que l'Afrique du Sud soit un pays sûr pour des gens convenables.

« Vous trouverez un autre excellent ouvrage à votre disposition, un livre qui a été très important pour moi, c'est *Le Filet autour de l'Afrique du Sud* qui parle du complot capitalo-communiste pour s'emparer des richesses minières de l'Afrique du Sud... »

En examinant les gens autour de lui, Yudel tomba sur Weizmann. Le commerçant était assis deux ou trois rangs devant lui, de l'autre côté de la salle, et il le voyait de profil. Yudel eut le réflexe de s'enfoncer encore un peu plus dans son siège, reculant la tête de façon à ce que si Weizmann se tournait vers lui, il puisse se cacher derrière Freek. Il craignait que, si le vieil homme l'apercevait, cela ne perturbe le piètre équilibre d'un état mental déjà passablement dangereux. Après son apparition soudaine et inattendue de la nuit dernière, si Weizmann le voyait à nouveau, il commencerait à occuper une place fâcheuse dans l'esprit torturé du vieil homme. Un nouvel élément de persécution s'ajouterait à ceux qu'il collectionnait déjà.

Weizmann était encadré par deux hommes plus jeunes et Yudel reconnut l'un d'entre eux : c'était celui qu'il avait vu dans l'appartement et qu'il supposait être Jansen. Juste à côté d'eux, un jeune policier avait pris place. C'était clair qu'ils étaient venus au meeting ensemble. Yudel supposa que deux d'entre eux étaient les beaux-fils de Weizmann et il se rappela qu'il y avait eu un policier, le sergent Jeffreys, impliqué dans l'affaire Reddy. Quelque chose dans l'attitude de ces hommes plus jeunes, dans leur façon de se resserrer autour de Weizmann, amena Yudel à le voir comme le centre du petit groupe. Et c'était logique. Il était le seul à accomplir ce dont les autres ne faisaient que rêver. Il tuait vraiment pour défendre son peuple. Pour ces jeunes gens sérieux qui l'encadraient, il était un héros et, assis en leur compagnie, avec ce fier port de tête imitant le mérite et l'estime de soi-même que Yudel avait appris à reconnaître, il pouvait lui aussi se voir ainsi. Johnny Weizmann avait conçu son propre monde et il en était le centre. Pour sa femme et ses jeunes amis, et peut-être aussi pour ses filles, il était un patriote courageux, et non un tueur dément.

M. Wilbur Hartman avait pris la relève et expliquait à l'assistance que la politique de l'Amérique en Afrique du Sud ne reflétait pas l'attitude du grand peuple américain. Il assurait que la politique américaine était aux mains d'une presse libérale sans aucun sens patriotique, du lobby de l'argent, du lobby noir, de certaines vedettes de cinéma qui avaient trahi... mais en fait le peuple d'Amérique soutenait résolument l'Afrique du Sud. L'Américain moyen réaliste ne voulait pas que le communisme mette un pied en Afrique du Sud. Ils savaient tous que les Sud-Africains blancs étaient indispensables.

L'Américain avait une façon de se pencher en arrière quand il parlait qui mettait en valeur son ventre et sa large poitrine. Sa veste déboutonnée pendait de chaque côté et il avait passé les pouces dans sa ceinture. Il arborait un petit sourire plein d'assurance, confiant dans la finesse de son analyse et la façon dont son discours serait reçu. Il compléta son panorama des opinions de la majorité de ses concitoyens et continua à argumenter sur l'impression complètement fausse que l'on donnait de l'Afrique du Sud à cause d'une presse libérale pervertie – mais dès qu'il serait de retour chez lui il remettrait les pendules à l'heure. Quand il reviendrait, il ferait ce qu'il faut pour que M. l'Américain moyen apprenne tout ce que l'on mettait en œuvre pour les Noirs en Afrique du Sud. En fait, quand il rentrerait chez lui, les ennuis de l'Afrique du Sud seraient pratiquement résolus.

Yudel commençait à se fatiguer de M. Wilbur Hartman. Les Wilbur Hartman de ce monde étaient monnaie courante dans la république. Ramassés chez des détraqués appartenant à des partis politiques marginalisés dans leurs pays, ils étaient exhibés en Afrique du Sud par des organisations comme la South African Freedom Campaign pour le bénéfice de leurs fidèles. Il était important que les gens voient qu'il y avait encore des hommes blancs dans le monde qui pensaient comme des hommes blancs. « ... Et s'il arrive de temps en temps des choses blâmables, eh bien, c'est vrai dans tous les pays... »

Yudel poussa doucement Freek du coude. « Où est Nieuwenhuysen ? » dit-il à voix basse.

« Au deuxième rang, le troisième à droite. »

Tout ce que Yudel voyait du policier de la sécurité, c'était des cheveux gris ondulés où pas une trace de la couleur d'origine ne subsistait. C'était un homme grand, sa tête qui dominait la plupart des autres le prouvait suffisamment. Une pensée qui lui avait échappé revint subrepticement à l'esprit de Yudel et il commença à chercher Dippenaar et Marais dans la salle, mais ils n'étaient apparemment pas là.

Nieuwenhuysen et Weizmann, membres de la même organisation d'élite, camarades cheminant côte à côte dans une même école de la pensée, souffrant d'une insécurité commune et agis par une même détermination : qu'est-ce que l'un voulait obtenir de l'autre qui nécessite l'intervention de Yudel comme médiateur ? Les liens qui les unissaient étaient beaucoup plus étroits que ceux qu'ils pouvaient partager avec lui. Et il était complètement étranger à leurs préoccupations.

Le patriote américain termina son discours et s'assit, salué par une ovation prolongée. Quand elle se calma, le présentateur se leva et lança : « Messieurs, le ministre de la Justice. » C'était dit simplement mais la note de vénération n'échappait à personne.

Le petit homme se leva, acclamé pour la troisième fois de la soirée. Il attendit que le silence se soit complètement rétabli avant de commencer à parler. « C'est un privilège d'être ici... » Sa façon de le dire semblait signifier que c'était l'assistance qui profitait de ce privilège. Il ne faisait aucun doute dans l'esprit de Yudel que l'assistance se sentait plus privilégiée que le ministre. « ... Surtout quand on entend les commentaires de M. Hartman. » Il parlait en anglais en l'honneur de son visiteur, inclinant la tête vers lui tout en poursuivant son discours. « Quand j'entends des observations comme celles-ci dans la bouche d'un Américain patriote comme M. Hartman, je dis aux ennemis de l'Afrique du Sud : prenez garde ! » M. Wilbur Hartman fixait le visage du ministre de la Justice et à ces mots, il releva encore un peu le menton, la bouche en accent circonflexe. Visiblement, les ennemis de l'Afrique du Sud devraient se méfier de M. Hartman tout autant que du ministre. « Nous vivons en des temps troublés », déclara ce dernier à l'assistance. Se rappelant l'expression des visages qui l'entouraient, Yudel était persuadé que cette information n'était pas nécessaire. Pas un seul qui ne paraisse troublé. « Nous vivons à une époque où, pour la première fois dans l'histoire de l'Afrique du Sud, un gouvernement ne peut pas faire confiance à l'opposition officielle. Nous avons la preuve absolue avec documents à l'appui que l'opposition officielle est entrée en relation avec les ennemis de l'Afrique du Sud derrière le dos du gouvernement. » Dans la salle, les gens branlaient du chef et on entendit quelques « salauds » étouffés.

Yudel se demanda où est-ce que lui-même, Bill et Marion Hendricks, Thandi Kunene, Wilson ou Majola se situaient dans tout ça. Dans le monde de ces gens, Soweto et tous les endroits qui y ressemblaient n'existaient pas comme lieux d'habitation. Ils n'existaient que comme des menaces pour eux-mêmes. Mais à Soweto, le monde de ces hommes était une réalité douloureusement tangible.

« J'ai parlé à Buthelezi, annonça le ministre. Non seulement je lui ai parlé, mais j'ai écouté très attentivement ce qu'il avait à dire. Je lui ai dit : " Je vous écoute, chef,

parlez. Voyons un peu ce que vous avez à raconter."
Vous savez ce qu'il m'a dit ? » Il marqua une pause pour
laisser le temps à l'assistance de s'imaginer ce que le
chef avait à dire. Yudel sentait l'indignation monter
parmi les membres de l'assistance. « Il m'a dit... » une
autre pause. Quelle que soit la déclaration de Buthelezi,
il allait avoir des problèmes avec cette assemblée. « Il a
dit : "Je ne suis pas un zoulou, je suis sud-africain." »

« Mon Dieu », s'exclama un homme dans la rangée
devant celle de Yudel, Yudel regardait Nieuwenhuysen
et le policier de la sécurité tourna la tête à ce moment-là,
révélant un visage empâté avec des joues molles. Il arborait un large sourire. Fusant de divers endroits de la salle,
il y eut des rires étouffés. A l'évidence, la revendication
de Buthelezi d'être considéré comme un Sud-Africain
était trop ridicule pour qu'on lui accorde la moindre
attention. L'expression du visage de Weizmann demeurait inchangée. Pour lui, il n'y avait pas de quoi rire.

« Alors je lui ai dit... » Le ministre marqua une nouvelle pause et cette fois encore l'assistance réagit selon
les prévisions. Il y avait une tendance générale à se pencher en avant, une attente dans les visages, la virtualité
d'un vif intérêt. C'était là que Buthelezi allait prendre sa
leçon. « Je lui ai dit : "Vous ne voulez pas être sud-africain, vous voulez me forcer à représenter la minorité." »
C'était une phrase décisive et pleine d'énergie, maintenant la vérité ultime était révélée et il était inutile pour le
zoulou d'essayer de lui échapper. « Vous ne voulez pas
être sud-africain, vous voulez être le patron. » Il y eut une
brève explosion d'applaudissements, de rires, d'interpellations et de murmures irrités adressés à l'homme qui
voulait être le patron.

Le discours se déroula sans accroc, au milieu d'un
labyrinthe de rationalisations confuses et de sévères
avertissements, l'assistance donnant la réplique comme
au théâtre, car ils avaient appris leur rôle dans de nombreux meetings de ce genre. Enfin le petit homme fermé
sur ses secrets arriva à la fin de ce qu'il avait à dire, ras-

suré que la South African Freedom Campaign soit à nouveau armée contre les menaces de l'extérieur. Ils continueraient à former un noyau étanche dans un paysage en pleine évolution.

Il se tourna à nouveau vers M. Wilbur Hartman. « Nous savons que vous emmènerez avec vous les bonnes choses de l'Afrique du Sud et ne tiendrez aucun compte de nos erreurs inévitables... » Yudel pensait à Bill Hendricks descendant l'allée de sa maison, poussé vers une voiture par le policier derrière lui. Il pensait au petit groupe effrayé qui se réunissait chez Thandi Kunene et il pensait à la vie que Johnny Weizmann avait menée et qu'il était encore libre de mener à sa guise. « Nous sommes sûrs que vous corrigerez les calomnies que l'on répand sur notre compte à l'étranger et nous voulons que vous sachiez... » Le visage impassible de l'orateur n'exprimant pas la moindre émotion, les échappatoires bureaucratiques du monde judiciaire, les yeux larmoyants de Johnny Weizmann et les hommes sévères et déterminés de l'assistance se mêlaient dans l'esprit de Yudel et ne faisaient plus qu'un. Il avait des doutes sur l'utilité de sa présence à ce meeting. Tout ce qu'il craignait était clairement confirmé. L'homme sur le podium était le ministre de la Justice. Totalement en accord avec lui, écoutant attentivement chacun de ses mots comme s'ils avaient le pouvoir de donner la vie, il y avait Johnny Weizmann. Un peu plus loin était assis Tollie Nieuwenhuysen, l'homme qui dirigeait les recherches pour retrouver Majola. Ce qui les liait était trop fort, beaucoup trop fort pour qu'un outsider comme Yudel puisse le rompre. « Nous voulons que vous sachiez que l'Afrique du Sud, le peuple sud-africain tout entier, sont profondément touchés par ce que vous êtes prêts à faire pour eux, disait le ministre à M. Hartman. Allez en paix et que nos vœux vous accompagnent. »

Le discours se terminait, les membres de l'assistance, y compris M. Hartman, étaient debouts et applaudissaient une fois de plus. Le petit homme qui était ministre de la Justice s'en alla, toujours sans sourire, sans prêter attention aux applaudissements et sans regarder ni à droite ni à gauche. Il descendit les marches et sortit par une entrée latérale alors que l'assistance restait debout, sans adresser un seul regard à qui que ce soit. Un certain nombre d'hommes qui étaient assis aux quatre coins de la salle le suivirent.

Il ne restait plus au présentateur qu'à encourager les membres de l'association à acheter des livres et des brochures pour les envoyer à leurs amis d'outre-mer, à exprimer la satisfaction de l'assemblée d'avoir reçu le ministre – qui avait disparu – et M. Wilbur Hartman, et le meeting fut clos. Freek se mit lentement sur ses pieds et aussitôt Yudel fut sur ses talons, s'efforçant de mettre son ami entre lui et Weizmann. Il entrevit entre les corps en mouvement Nieuwenhuysen traversant la salle d'un air déterminé. Il semblait y avoir une propension parmi les personnes présentes à s'écarter devant lui. Yudel comprit en quelques secondes qu'il se dirigeait vers Weizmann. Le commerçant, entouré par ses gardes du corps personnels, avait déjà pratiquement gagné la sortie. Nieuwenhuysen le rattrapa devant la porte. Au grand regret de Yudel, ils la franchirent, Nieuwenhuysen tenant Weizmann par le bras et ralentissant sa marche, prenant tout son temps, la tête inclinée vers le vieil homme.

Contrairement à Weizmann, la plupart des adhérents n'étaient pas pressés de partir. Ils se rassemblaient en petits groupes dans les allées et sur les côtés, chacun expliquant à son voisin quelle était la meilleure façon de sauver l'Afrique du Sud des maux qui la menaçaient. Yudel se fraya un chemin le long d'un mur, essayant de se placer en face de la porte dans l'espoir de capter quelque chose de la conversation entre Nieuwenhuysen et Weizmann. Des bribes de réflexions pleines de sagesse lui parvenaient en passant près des petits groupes d'hommes dans les allées. « C'est facile pour Vorster d'être "verlig" avec la Rhodésie et le South West. C'est pas son pays... Il y a une chose dont il faut se débarras-

ser, c'est les Nations Unies, cet organisme bâtard...
l'Amérique est dirigée par les communistes, c'est ça le
problème... Plus tôt l'Eglise s'en tiendra à la religion et
abandonnera la politique, mieux on se portera... On est
trop gentils. On a laissé les terroristes faire perdre leur
temps aux magistrats... »

Yudel rejoignit l'allée centrale, ce qui l'amena en face
de la porte. Par l'ouverture, il voyait Nieuwenhuysen qui
tenait toujours Weizmann par le bras et qui lui parlait. Et
pendant qu'il parlait, le commerçant ne cessait de
secouer la tête. Quel que soit le discours que lui tenait le
policier de la sécurité, il n'avait aucun effet sur Weizmann. Le niveau sonore dans la salle et la distance qui les
séparait faisait que Yudel ne pouvait rien saisir des
paroles qu'ils échangeaient. Il voyait le visage de l'un
des beaux-fils de Weizmann, ses yeux allaient du policier au père de sa femme d'un air gêné. Yudel n'était là
que depuis quelques secondes quand Weizmann se libéra
brusquement et, avec un dernier signe de dénégation,
poursuivit son chemin, son entourage lui emboîtant le
pas. Nieuwenhuysen revint vers la salle. Son gros visage
empâté reflétait la contrariété. Yudel se mit en quête de
Freek. Il le rejoignit à l'instant où Freek abordait Nieuwenhuysen.

« My wêreld, s'exclama Freek en afrikaner. Tollie !
Comment vas-tu, vieux frère ? »

Nieuwenhuysen sourit à Freek et lui tendit la main.
Son sourire était moins enthousiaste que celui de Freek
et la main qu'il présentait paraissait molle, les doigts se
touchaient et n'étaient pas bien repliés comme quand un
homme s'apprête à saisir fermement quelque chose.
« Salut, Freek, je suis content de te voir ici. »

« Yes, jong. J'ai décidé que j'avais été trop paresseux.
Un homme a aussi certains devoirs. »

« Tu as choisi un bon jour pour te montrer, avec l'intervention du ministre. » C'était dit d'une voix égale, il
exprimait les sentiments qu'on attendait de lui. Il était
bien possible que ce qu'il disait reflétât ses vues, mais on

216

pouvait aussi imaginer le contraire. Il s'exprimait avec une réserve soigneusement contrôlée, motivée par le besoin de cacher ce qu'il pensait.

« Mais je suis content de te revoir, Tollie. Ça fait combien de temps que tu t'es inscrit ? » Puis, sans marquer de pause et profitant de ce que l'esprit de Nieuwenhuysen était encore occupé par sa question, Freek se tourna à moitié vers Yudel. « Je te présente Piet, un de mes garçons. »

Nieuwenhuysen tendit la main d'un geste automatique et Yudel la serra. « Ravi de vous connaître », dit-il. La main du policier de la sécurité était douce et molle et ne retourna pas la pression qu'y imprima Yudel, à qui il accorda à peine un regard. Ce n'était pas le genre d'homme à perdre son temps avec un subalterne quand il était en présence d'un supérieur. Ses yeux bleu pâle ne regardaient pas directement Freek quand il lui parlait.

« Ce soir, c'était un discours de première classe, disait Freek. Le ministre a marqué beaucoup de points. »

« Oui, répondit Nieuwenhuysen d'un air pas convaincu, sur un ton vaguement hésitant. J'aurais quand même aimé un peu plus de fermeté sur certains points. » Comme sa poignée de main, sa voix manquait d'énergie et de vigueur.

Freek hocha la tête d'un air pensif. Yudel se demanda ce qu'il tramait. Il connaissait suffisamment Freek pour savoir que le message qu'il essayait de faire passer n'avait rien à voir avec ses sentiments véritables. « Et si on allait prendre une bière ? suggéra-t-il. Ça fait si longtemps qu'on ne s'est pas vus, Tollie. »

Nieuwenhuysen sourit d'un air coincé. « Si je peux échanger ma bière contre un brandy, ce sera avec plaisir. »

« Ou contre un whisky ? » proposa Freek.

« Je suis un adepte du brandy. »

Yudel les suivit jusqu'en bas des escaliers dans le hall de l'hôtel. Nieuwenhuysen avait une démarche glissante et un mouvement des hanches un peu trop marqué. Il avançait avec les bras un peu repliés, les mains recroquevillées. « Quand avons-nous travaillé ensemble pour la dernière fois ? s'interrogea Freek à voix haute. Ça doit bien faire près de vingt ans. » L'autre tourna un peu la tête vers Freek et sourit de son sourire peu convaincu sans ajouter un mot. Au bar ils s'assirent à une table loin de la porte. Yudel remarqua que d'autres petits groupes arrivant du meeting venaient au bar et se faisaient servir des consommations. Le serveur se présenta et Freek commanda deux bières pour lui et Yudel et un brandy pour Nieuwenhuysen. « C'était le bon vieux temps, Tollie, lança-t-il. On a eu de bons moments... » Depuis le début, Freek guidait la conversation, passant d'un sujet à un autre, ressuscitant continuellement les temps anciens pour rappeler à Nieuwenhuysen quels excellents amis ils étaient, insistant pour payer chaque tournée, pêchant dans son lot inépuisable de plaisanteries et, avec le concours du brandy, venant à bout de la réserve qui caractérisait la plupart des policiers de la sécurité. Cela lui prit une heure pour parvenir à la question qu'il visait. « Et comment va ton travail, Tollie ? »

« Pas mal. Et les C.I.D. ? »

« Bien. Nous avons nos problèmes, mais ça va bien. Je m'occupe d'une enquête en ce moment. Le vieux type qui doit comparaître était au meeting ce soir. »

« Weizmann ? »

« C'est bien lui. »

« Je pensais qu'il s'agissait d'un simple cambriolage. »

« Oui, mais voilà, Weizmann a été impliqué dans un si grand nombre de cambriolages... Cette fois, il faudrait que j'intervienne en sa faveur au moment de l'enquête pour le tirer d'affaire. »

Les yeux de Nieuwenhuysen étaient maintenant en continuel mouvement, cherchant le regard de Freek puis le fuyant. « Et tu as l'intention d'intervenir ? »

Freek parut hésiter. « C'est une affaire qui se présente assez mal. »

« Mais c'était un simple cambriolage. On ne peut pas envoyer un homme en prison parce qu'il a tiré sur un cambrioleur. On n'a rien pu prouver contre ce vieux bonhomme. Et il a raison. Il a du cœur au ventre. Tu le rencontres ici, à nos meetings. »

« Je ne voudrais pas me montrer trop dur, mais il faudra que j'aie de bonnes raisons pour parler en sa faveur. »

« Suppose que je t'en donne une. »

Freek regarda Nieuwenhuysen droit dans les yeux. Maintenant c'était son tour de paraître suspicieux. Il avait si parfaitement maîtrisé la conversation en amenant le policier de la sécurité exactement là où il voulait, que Yudel, qui le connaissait bien, fut surpris de son habileté. Freek ne disait rien, laissant à Nieuwenhuysen le soin de s'expliquer.

« Suppose que j'aie besoin de la coopération de Weizmann pour une affaire de première importance. Ce vieux salaud n'est pas commode et il refuse de nous aider. Imagine que je lui dise que tu parleras pour lui à l'enquête s'il est d'accord pour nous aider. »

Freek haussa les sourcils. Il se composa une expression laissant entendre que cette sorte de chose n'était pas réglementaire et qu'il avait des doutes mais qu'il était possible de le persuader. « Il faudrait que je sois certain que c'est très, très important pour vous. » Il parlait lentement, s'attardant sur chaque mot, une façon typiquement afrikaner de mettre l'accent sur quelque chose.

« Je t'en donne ma parole. » Les sourcils toujours en accent circonflexe, Freek fixait son interlocuteur. Le policier de la sécurité était maintenant convaincu qu'il n'obtiendrait rien à moins de s'expliquer clairement. « Ecoute, tu connais ce Cafre qui s'appelle Muntu Majola ? » L'utilisation d'un terme aussi brutal que Cafre jurait avec son apparence et sa manière de parler.

« Evidemment », répondit Freek.

« Il était là quand Weizmann a tiré sur ce cambrioleur. Tu sais comment il s'est vengé dans le passé. Peut-être qu'il reviendra. Je veux mettre un homme dans cette boutique toutes les nuits pendant six mois. Si ce salaud réapparaît, je veux qu'il tombe sur ma sentinelle. »

« Et le vieux Weizmann n'est pas d'accord ? »

« Ce vieux fou dit qu'il n'a besoin de personne pour monter la garde. »

« Pourquoi ne mets-tu pas quelqu'un sur le toit de l'autre côté de la route ? »

« Parce que l'appartement a trois entrées. Tu peux enfoncer la porte de la boutique, ce qui évite d'ouvrir la porte de la réserve pour atteindre l'escalier. Et il y a aussi une issue de secours de l'autre côté du bâtiment. Il me faudrait trois hommes pour monter la garde, et il pourrait en repérer un et se sauver. Avec un homme à l'intérieur c'est différent. Ça lui serait plus facile de s'échapper. De toute façon je ne peux pas mettre trois hommes sur le coup. Tu as une idée du nombre de communistes que nous devons surveiller à Johannesburg ? »

« Non. »

« Des milliers, je peux te le dire. J'envoie un homme pour faire le guet de temps en temps mais ça ne suffit pas. En ce moment il n'y a personne... »

Freek paraissait toujours réticent, mais maintenant c'était une réticence qui ne demandait qu'à être balayée. Il hochait même légèrement la tête d'un mouvement à peine perceptible.

« Ecoute, dit Nieuwenhuysen, ce soir les choses pourraient bien prendre une autre tournure. Si ça ne marche pas, j'aurai peut-être besoin de ton aide. »

« L'affaire Majola ? » Freek émettait encore quelques réserves à sa volonté de coopérer.

Nieuwenhuysen était penché en avant, impatient de persuader Freek. « Tu viens avec moi ? J'y vais maintenant. »

Freek marqua un temps d'arrêt, juste suffisamment long pour montrer qu'il ne débordait pas d'enthousiasme. « Bon, eh bien, allons-y. Si je dois t'aider, autant que je sache de quoi il s'agit. »

14.

Nieuwenhuysen les conduisit à un vieux bâtiment à l'est de la ville. Le rez-de-chaussée était occupé par un grossiste en matériel électrique, un petit café qui faisait de la publicité pour les repas à emporter, le meilleur marché de la ville, et un dépôt de nettoyage à sec. L'entrée était carrelée en bleu, et les carreaux révélaient leur ancienneté par de fins réseaux de craquelures. Avec le temps, le dallage en pierre s'était descellé et le niveau du sol était inégal. En voyant Nieuwenhuysen, un garde en uniforme devant l'ascenseur s'effaça pour les laisser passer. L'ascenseur était aussi vétuste que le bâtiment et se fermait à l'aide d'une porte en fer pliante que l'on tirait avant qu'il se mette en marche.

Ils descendirent au troisième étage et se retrouvèrent dans un couloir mal éclairé. Au bout du couloir, un escalier en ciment montait en angle droit. Nieuwenhuysen grimpa rapidement les quelques marches, se baissant pour éviter une poutre en ciment sous laquelle Yudel et Freek passèrent sans problème. Au sommet de l'escalier, il frappa à une porte en fer avec le plat de la main et un petit guichet s'ouvrit en son centre. Une paire d'yeux vérifia l'identité de Nieuwenhuysen et la porte s'ouvrit. Le policier en uniforme qui avait ouvert la porte s'effaça pour les laisser passer. Un petit couloir menait à trois autres portes et Nieuwenhuysen se dirigea vers la troisième.

La deuxième porte était ouverte quand ils passèrent devant et Yudel eut la brève vision de Bill Hendricks étendu sur un simple matelas posé sur un lit. Il tournait le dos à la porte et était en train de s'asseoir d'un mouvement lent et plein de lassitude. Yudel comprit au mouvement de tête surpris de Freek qu'il avait lui aussi vu Hendricks. Ils suivirent Nieuwenhuysen, qui franchit la troisième porte pour pénétrer dans une pièce éclairée seulement par une lampe à orientation réglable posée au milieu. Nieuwenhuysen et Freek s'arrêtèrent aussitôt, empêchant tout d'abord Yudel de bien voir ce qui se passait. Il distingua quelques hommes en civil sur sa gauche qui se tenaient en dehors du cercle de lumière. Freek fit un pas sur sa droite. Entre son ami et Nieuwenhuysen, Yudel entrevit brièvement une longue jambe brune, une jambe de femme, les orteils convulsés sous l'effet de la tension. Il repoussa Freek pour voir ce qui se passait.

Thandi Kunene était assise sur une chaise au centre de la pièce, elle était nue si on exceptait une bande de caoutchouc qui ressemblait à la chambre à air d'un pneu de camion. La bande de caoutchouc enserrait étroitement son abdomen et le dossier de la chaise, lui bloquant les bras le long du corps, sa forte poitrine retombant lourdement par-dessus. L'ampoule était placée juste devant son visage et lui éblouissait les yeux. Yudel voyait des gouttes de sueur se former à la racine des cheveux, sur le front et les tempes. Sa lèvre supérieure tressautait en séries de ricanements grotesques, d'abord d'un côté, puis de l'autre. Ses jambes étaient légèrement écartées, les cuisses attachées séparément aux deux pieds de la chaise de façon à ce qu'elle ne puisse pas les serrer. Elle semblait essayer de se pencher en avant et de reculer les fesses comme pour protéger son clitoris à découvert, mais sa tentative était entravée par la présence insistante de la bande de caoutchouc. Elle tentait aussi de se détourner de la lumière, peut-être afin d'identifier ou de se rappeler pour une prochaine occasion les visages de ses bourreaux.

Un jeune homme en civil, à genoux juste derrière elle, était la seule personne exposée à la lumière de la lampe. Il avait ôté sa veste et retroussé ses manches. Comme la femme, il transpirait, la sueur étant la conséquence probable de la chaleur dégagée par la lumière et de sa mystérieuse activité. Yudel reconnut l'expression volontairement ennuyée sur sa figure, une expression toute faite dont le but était de se mentir à soi-même et à ceux qui étaient présents. Sa main gauche reposait sur l'épaule nue de Thandi d'une façon presque intime. Sa main droite faisait quelque chose derrière elle.

Thandi gémit – un son faible, rauque, interminable. Elle avait fermé les yeux, mais sa lèvre supérieure continuait de tressauter comme quand Yudel était entré. L'apparente intimité dégagée par la main du policier sur son épaule et l'étrangeté du son qu'elle produisait se combinèrent pour donner naissance à une pensée à moitié formulée dans la tête de Yudel. Dans cet instant incertain, le son qu'elle émettait et la douceur équivoque du geste se rejoignaient pour créer la brève illusion d'un orgasme.

C'est alors qu'il sut de quel son il s'agissait. C'était un gémissement causé par une grande pression exercée sur son corps.

Freek avança d'un pas, empêchant à nouveau Yudel de voir. Du coin de l'œil Yudel eut vaguement conscience de Nieuwenhuysen bougeant vers la gauche pour se retrouver directement en face de Thandi. Yudel se faufila entre le policier de la sécurité et Freek. Tourner la tête pour regarder les autres hommes dans la pièce lui aurait été impossible.

Le jeune policier accroupi derrière Thandi faisait quelque chose avec la main qu'il tenait derrière son dos. Yudel voyait le mouvement de son épaule droite et ses lèvres qui se contractaient sous l'effort. Thandi gémit à nouveau, plus longtemps que la fois précédente, les yeux hermétiquement fermés, paraissant toujours essayer de reculer les fesses, de cacher sa féminité qui n'aurait jamais dû être exposée de cette façon, qu'elle gardait pour Muntu Majola et lui seul. Le son se prolongea si longtemps que Yudel n'aurait pas cru cela possible, s'arrêtant seulement le temps d'une brève inspiration avant de continuer. L'épaule du policier bougea à nouveau et Yudel vit la bande de caoutchouc se tendre. Il s'arrêta et parut prendre appui sur le sol avec sa main droite pour retrouver son équilibre, mais le gémissement continua, ponctué seulement par des reprises de souffle convulsives. La main gauche du policier reposait toujours sur l'épaule de Thandi. Dans la lumière vive de l'ampoule, Yudel la vit bouger légèrement et s'arrêter avant d'aller jusqu'au bout de son mouvement, comme si l'impulsion naturelle de la main blanche était de masser l'épaule brune, mais en était empêchée par la présence des autres. L'impression d'intimité dans l'esprit de Yudel s'en trouva renforcée, mais elle était d'une nature horrible et effrayante – bien loin de l'intimité des amants.

Il voyait qu'il y avait quelque chose de l'amant dans cette main sur l'épaule de cette femme. Pendant des années, Yudel avait douté que le lien entre le sadisme et le sexe fût aussi fort que ce qu'en avait dit Freud. Il le considérait plutôt comme une distorsion de la volonté de pouvoir. Ce qu'il voyait maintenant changeait et complétait sa connaissance de la cruauté humaine. Il se demanda ce qui se serait passé entre le policier et la prisonnière s'ils s'étaient retrouvés seuls. Le mouvement de sa main sur son épaule, la douce pression de ses doigts étaient à peine perceptibles mais Yudel ne pouvait pas les ignorer. Et cependant la volonté de pouvoir était également présente. Elle était sa victime et presque son amante. Sa soumission n'était peut-être pas volontaire mais elle n'en était pas moins réelle pour autant. A chaque fois qu'il augmentait la pression de la bande en caoutchouc autour de son corps, à chaque fois qu'elle gémissait, le son qu'elle produisait était incroyablement proche de celui du plaisir sexuel, et elle se soumettait davantage au désir de l'homme de la dominer. La main sur l'épaule s'agrippait plus fort, le bout des doigts massant la chair douce en haut de son bras de façon pressante.

Yudel s'écarta sur la droite, passant devant Freek – quelques pas hésitants qui le firent sortir de l'ombre et l'amenèrent à la limite du cercle de lumière provenant de l'ampoule de la lampe à orientation réglable. De sa nouvelle place, il pouvait voir la main droite du policier. Il avait passé un bâton en bois dans la bande en caoutchouc et il le tournait doucement. Tandis qu'il tournait, la bande se tendait de plus en plus autour du corps de la femme. Alors que Yudel regardait, il tourna le poignet de quatre-vingt-dix degrés puis il s'arrêta, s'inclinant légèrement en avant pour voir l'expression du visage de Thandi.

Elle gémit à nouveau d'une petite voix étranglée, venant cette fois du plus profond de son être. Sa tête tomba en arrière, les lèvres entrouvertes, les yeux fermés avec une expression qui approchait de l'extase, enrayée par le mouvement convulsif de la lèvre supérieure. Le policier ne bougeait plus, laissant la pression de la bande faire son travail, étudiant son visage, l'imperceptible étreinte suivie d'une détente de la main sur son épaule toujours évidente aux yeux de Yudel.

En plus de Yudel, Freek, Nieuwenhuysen, Thandi et le policier derrière la chaise, il y en avait quatre autres dans la pièce, se tenant tous bien en arrière, dissimulés dans l'ombre et près du mur du fond. Nieuwenhuysen avait fait un pas devant les autres. Dans la lumière indirecte de la lampe, Yudel voyait clairement son visage. Sa bouche était ouverte comme en attente de quelque chose et Yudel eut l'impression qu'il voyait sa langue bouger. Le policier ferma la bouche et déglutit rapidement à plusieurs reprises, sa pomme d'Adam montant et descendant. Les doigts de ses grandes mains charnues se frottaient sans relâche contre ses paumes comme s'il était impatient de prendre part à l'action. Yudel se demanda si ce qu'ils faisaient à Thandi était une invention de Nieuwenhuysen. En lisant la fascination presque totale sur le visage du policier, en voyant les yeux fixes, les petits mouvements de la bouche et la déglutition sans objet, Yudel aurait pu croire qu'une chose de ce genre était le fruit de son imagination. Il se tenait juste devant Thandi, ses prunelles allant sans cesse du visage de la femme, son beau visage ravagé par la douleur, soumis et presque extatique, au clitoris qu'elle essayait encore désespérément de protéger avec ses cuisses qui étaient maintenues trop fermement.

Elle gémissait à nouveau, le son venant du plus profond d'elle-même, comme s'il prenait naissance dans ses poumons. Le jeune policier tournait à nouveau le bâton, d'un mouvement très lent et circulaire de la main, par degrés progressifs, la lourde bande se resserrant peut-être d'un millimètre à chaque fois. En même temps qu'elle gémissait, Thandi suffoquait, essayant d'aspirer de l'air dans ses poumons qui étaient empêchés de fonctionner normalement. A chaque fois qu'elle expirait, la bande la tenaillait inéluctablement encore plus étroitement, restreignant sa capacité respiratoire, rendant chaque inspiration encore plus difficile que la précédente. Sa cage thoracique tremblait sous l'effort alors qu'elle luttait contre la pression. Ses seins volumineux, pendant lourdement par-dessus la bande de caoutchouc, brillaient sous l'effet de la transpiration et se balançaient légèrement tandis que le son de cette plainte lui était arraché. Aucun effort de volonté n'aurait pu l'empêcher de produire cette plainte.

Le bâton tournait toujours à la même vitesse, tendant la bande. Yudel pouvait voir l'ondulation des côtes sous l'épaisse couche de caoutchouc. En dessous des côtes, cela lui avait aspiré le ventre qui était presque complètement plat, au même niveau que les saillies du pelvis de chaque côté.

Soudain une odeur d'excréments se répandit dans la pièce alors que son ventre en était vidé et qu'ils débordaient de la chaise et tombaient sur le sol. Yudel surprit une imperceptible crispation de dégoût sur la lèvre supérieure de Nieuwenhuysen, mais les yeux du policier étaient toujours fixés sur le corps de sa victime comme ceux d'un homme hypnotisé. L'expression d'ennui délibéré du jeune policier derrière Thandi n'était plus un masque aussi sûr. Yudel surprit un œil qui se ferma à moitié, au bord du tressaillement nerveux. Il était également certain d'avoir vu la pression sur l'épaule s'intensifier, comme si le policier essayait de lui infuser de la force, de lui transmettre quelque chose pour lui permettre de lutter contre la douleur qu'ils lui infligeaient. Pour Yudel, cette pression redoublée de la main semblait vouloir dire : « Résiste encore un peu, comme ça on te brisera et on t'humiliera encore davantage. Résiste pour que, quand tu te soumettras, ton ultime soumission soit plus complète. »

Le visage de Thandi était une agonie de muscles convulsés, ses sourcils se contractant en sympathie avec les effrayants mouvements de ricanement de ses lèvres, son front se plissant et se déplissant alors que la transpiration en ruisselait à un rythme régulier. Elle avait arrêté de voir au-delà de la lumière et n'essayait même plus de se fermer aux yeux de ses bourreaux. Maintenant elle n'était consciente que de la douleur.

Nieuwenhuysen parla d'une voix douce et indifférente. « Qui est-ce ? » Il n'essaya pas de poursuivre ou même de répéter la question. Il laissa la douleur de Thandi accomplir son travail à sa place. Sa douleur et son humiliation, qui la destituaient de son état de femme. Yudel chercha Freek du regard, ses yeux s'arrêtant au visage de son ami, inconsciemment en quête d'un espoir d'arrêter ce qui se passait. Les yeux de Freek étaient durs et fixaient intensément, mais d'une façon totalement différente de ceux de Nieuwenhuysen. Sa bouche était comprimée en une ligne, les articulations de ses mâchoires blanches et exangues d'avoir été trop serrées.

Derrière Nieuwenhuysen, un des policiers de la sécurité bougea, s'avançant d'un pas pour se mettre au niveau de son patron, et pour la première fois, Yudel remarqua le capitaine Dippenaar. Comme les autres, Dippenaar avait été trop absorbé par le spectacle au centre de la pièce pour prêter attention à l'entrée de Yudel. Maintenant Yudel scrutait les ombres derrière Dippenaar et Nieuwenhuysen pour distinguer le visage des autres. Ils étaient trois, paraissaient plus jeunes et s'étaient regroupés près du mur dans un coin sombre. Il dut fixer le troisième pendant quelques secondes avant d'être sûr que ce corps trapu, les pieds plantés avec fermeté sur le sol, le menton relevé, appartenait à l'adjudant Marais. L'adjudant se tenait le dos voûté légèrement penché en avant, les mains enfoncées dans les poches, les bras collés le long du corps. Son attitude exprimait une grande confiance en soi, de l'agressivité, et un mélange de tension et d'excitation. Tandis que Yudel le regardait, il réajusta rapidement son pantalon, et ce ne pouvait être que pour faciliter une érection.

La main du policier était restée immobile pendant un moment. Il ne faisait aucun doute qu'il connaissait bien son travail. Il accentuait la pression si lentement qu'il avait toutes les chances d'éviter un évanouissement. La victime était progressivement poussée, tirée lentement, très lentement vers le prochain seuil de la douleur, vers des paliers de terreur dont elle ignorait qu'ils puissent exister. Parfois on relâchait même un peu la pression, un soulagement partiel et relatif, une petite source d'espoir qui, d'avoir seulement existé, rendrait la prochaine tension de la bande encore plus atroce. Mais aucune mesure de soulagement n'était autorisée à durer plus de quelques secondes, la pression serait à nouveau augmentée jusqu'à ce qu'elle atteigne la même intensité et grimpe au-delà...

Les jointures qui tenaient le bâton étaient blanches tandis que le policier luttait contre la tension de la bande. Il ôta sa main gauche de l'épaule de Thandi, s'autorisant à lui caresser légèrement la peau du bout des doigts, et il l'amena au niveau de l'autre main pour renforcer son effort Puis, tout en tenant le bâton des deux mains, il maintint une pression égale et un mouvement régulier du bâton. Il tournait le bâton encore plus lentement qu'auparavant. Le gémissement de Thandi était devenu plus aigu et plus rauque. Yudel était surpris qu'il lui reste encore assez d'air dans les poumons pour gémir.

Nieuwenhuysen parla à nouveau, la question était la

même que précédemment et la voix aussi indifférente et dénuée d'emphase. « Qui est-ce ? » Les doigts du policier de la sécurité se frottaient contre la paume de ses mains comme s'il essayait d'enlever des bouts de toiles d'araignée qui lui collaient à la peau.

Qui est qui ? se demanda Yudel. S'il parlait de Majola, il ne dirait pas « qui est-ce ? » Il savait qui était Majola. Il ne poserait pas cette question au sujet de Hendricks. Il le connaissait aussi. Mais Yudel ne savait pas combien de personnes étaient impliquées et Nieuwenhuysen pouvait parler de n'importe qui.

Un gargouillis sortait maintenant de la gorge de Thandi. Avec son visage levé vers le plafond, elle avait l'air de se gargariser. Il y eut des bulles sortant de sa bouche entrouverte, puis le sang jaillit, coulant à la commissure des lèvres et sur son menton. Elle essaya d'inspirer, mais le bruit qu'elle produisait ressemblait à celui que fait une paille quand on aspire les dernières gouttes d'une boisson glacée. Une tentative avortée de tousser, sans la pression de l'air qui le rendait possible, fit gicler suffisamment de sang de sa gorge pour qu'elle puisse à nouveau respirer, le liquide continuant de gargouiller là où l'air passait.

Yudel regarda le visage du jeune policier qui tenait maintenant le bâton immobile, apparemment satisfait d'être allé suffisamment loin pour le moment. Yudel s'attendait à ce qu'il desserre l'étreinte, peut-être atterré par ce qu'il avait fait. Mais les deux mains qui tenaient le bâton étaient figées, seulement traversées d'une vibration provenant du corps de la femme. Son corps tremblait encore plus qu'avant, la chair molle de ses seins et de ses cuisses frissonnant, les excréments puant, et le sang dégoulinant par les coins de sa bouche, courant le long de la mâchoire, dans le cou et entre les seins.

« Qui est-ce ? » répéta Nieuwenhuysen. C'était tout ce qui l'intéressait. Il n'y avait rien de forcé dans le ton de sa voix. La force était dans la bande de caoutchouc. Thandi devait savoir qu'ils étaient en train de la tuer et que, si elle voulait vivre, elle devrait leur dire ce qu'ils voulaient savoir. Ils la tuaient et Yudel savait qu'ils ne laissaient aucune marque sur son corps dénonçant ce qu'ils avaient fait. Si le corps était examiné plus tard, on conclurait à une hémorragie interne, mais rien n'indiquerait ce qui l'avait causée. « Qui est-ce ? Qui est cet homme blanc qui t'a rendu visite dimanche soir ? »

Ce ne fut pas facile pour Yudel de se persuader qu'il avait bien entendu. Tout ce qu'ils voulaient savoir, c'était l'identité de l'homme blanc qui avait été avec elle. Thandi connaissait son nom et rien d'autre. Elle n'avait aucune raison particulière d'avoir confiance en lui, mais elle était prête à mourir plutôt que de leur dire qui il était. « J'étais avec elle dimanche soir », déclara-t-il. Il entendit sa propre voix rendre un son bizarrement éraillé. « Je lui ai rendu visite. » Thandi ouvrit les yeux et elle souleva la tête, se tournant à moitié dans la direction de la voix, le sang qui lui avait monté à la bouche coulant abondamment tandis que sa tête se redressait. « Vous pouvez relâcher la pression, c'est moi qui étais avec elle dimanche soir. »

Le policier manipulant le bâton s'était tourné pour regarder Yudel, mais il ne fit aucun mouvement pour relâcher la bande. « Bon Dieu, mais qu'est-ce qu'il fout là ? » Yudel reconnut la voix de Marais. Nieuwenhuysen avait penché la tête sur le côté comme s'il avait des difficultés à comprendre ce que Yudel venait de dire. Ses yeux se rétrécirent et ses traits exprimèrent la plus totale méfiance. Yudel avait eu conscience du regard que Freek lui avait lancé avant de se tourner vers Nieuwenhuysen avec un visage dur et tendu. Yudel se félicitait qu'il soit avec lui dans cette pièce.

Il fallut un moment à Nieuwenhuysen pour s'adapter à la situation. Il regardait Yudel d'une façon qui laissait supposer qu'il lui prêtait attention pour la première fois. « C'est moi, répéta Yudel. Vous pouvez relâcher la bande. » Il se demanda un bref instant si Thandi l'avait vu et reconnu. Elle avait tourné la tête suffisamment longtemps pour prendre conscience de sa présence, mais ses yeux regardaient dans le vague et semblaient ne rien distinguer. Un mélange de sang et de salive coulant de sa bouche laissait de longues traînées sur l'extérieur de sa cuisse gauche. Le bruit de sa respiration était toujours mêlé de gargouillis de sang et d'un gémissement continuel, mais le tremblement s'était un peu calmé. « Vous pouvez relâcher la bande », dit Yudel au policier avec le bâton.

Enfin Nieuwenhuysen parut comprendre ce qui se passait. Il fit un geste vers la porte avec un rapide mouvement du menton, ses yeux allant de Yudel à Freek. Il était clair que ce geste était un ordre. Yudel essaya une dernière fois. Dans un coin de son champ de vision, il pouvait voir Freek se diriger vers la porte. « C'est moi qui étais là-bas, vous pouvez relâcher la bande. » Le regard du policier hésita entre Yudel et Nieuwenhuysen. Pendant qu'il regardait Yudel, il ôta sa main gauche du bâton et la replaça sur l'épaule de la femme. Le geste paraissait presque réconfortant : ne t'occupe pas de ça, semblait-il dire, nous allons chasser ce méchant homme. Ne te fais pas de souci à son sujet, on ne le laissera pas nous arrêter. Tout va bien. Ne t'inquiète pas.

Comme tout à l'heure, la main du policier massait l'épaule de la femme avec de petits mouvements à peine perceptibles. Yudel jeta un coup d'œil aux autres policiers de la sécurité dans la pièce, Marais, Dippenaar et leurs deux collègues. Leurs visages présentaient un front solidaire et inébranlable. Ils étaient les initiés, le cœur fanatique d'une communauté. Ils étaient les protecteurs et les défenseurs de leur peuple. On leur avait confié l'avenir même des Afrikaners. Rien ne pouvait céder en eux, ils ne s'autorisaient aucune incertitude, aucun désaccord. Leurs visages étaient résolus et exprimaient la méfiance envers Yudel. Il les observa rapidement l'un après l'autre, puis se tourna vers la porte où Freek et Nieuwenhuysen l'attendaient. Il regarda enfin vers Thandi qui avait fermé les yeux et essayait de tousser malgré le sang qui lui montait à la bouche et lui obstruait la gorge. Il se sentit brusquement épuisé et vaincu. Ils ne relâcheraient pas la bande même s'ils savaient qui était son visiteur. Ils passeraient simplement aux autres informations qu'ils voulaient obtenir d'elle. Et même s'ils obtenaient d'elle tout ce qu'ils voulaient, peut-être même continueraient-ils à ne pas vouloir la relâcher. La main du jeune policier sur son épaule et les mouvements inconscients de la bouche de Nieuwenhuysen quand il la regardait se faire torturer indiquaient que dans tout ça, obtenir des informations n'était peut-être pas l'essentiel.

On avait mené Yudel et Freek dans un bureau au-delà de la porte en acier qui isolait les salles d'interrogatoire. Avec eux se tenait un policier en uniforme qui préparait une déposition pour la faire signer à Yudel. Le bruit de la porte en acier s'ouvrant et se refermant pour laisser à nouveau passer Nieuwenhuysen parvint jusqu'à eux et le couloir retomba dans le silence. Le policier qui prenait la déposition était un petit homme maigre avec des joues et des tempes creuses. « Votre nom, s'il vous plaît ? »

« Yudel Gordon », répondit Yudel. L'autre s'arrêta, le stylo en l'air. « C'est quoi votre nom de famille, Yudel ou Gordon ? »

« Gordon. »

« Je me posais simplement la question. » Il adressa à Yudel un sourire dans l'intention d'être rassurant. « Gordon ressemble à un prénom. Et c'est la première fois que j'entends parler d'un Yudel. Comment vous l'épelez ? »

Yudel épela.

Le policier de la sécurité sourit à nouveau. « Quelquefois on met le nom de famille avant : Gordon, virgule, Yudel, ça arrive. »

Yudel ne disait rien. Il écoutait, imaginant qu'il percevait des bruits traversant la porte en acier dans le couloir. Il entendait un gémissement faible, aigu, une respiration difficile et entrecoupée, et un gargouillis qui ressemblait à un gargarisme... Pourtant il savait qu'il ne percevait pas vraiment ces sons. Ce n'était rien qu'un écho, peut-être un prolongement de la réalité de ce qui se passait dans la salle d'interrogatoire, peut-être existait-il une oreille de l'esprit qui était capable de traverser la porte blindée. Tout ce que les oreilles de Yudel pouvaient percevoir, c'était le grattement de la plume du policier sur le papier tandis qu'il écrivait, et le déplacement de la chaise sur le plancher quand Freek changea de position. Il jeta un bref coup d'œil à son ami. Freek regardait par-dessus la tête de l'homme assis à son bureau, le visage dur, les dents serrées.

« Votre adresse ? »

Yudel lui donna son adresse, son lieu de travail et son numéro de téléphone.

« Et maintenant, pouvez-vous me dire ce que vous faisiez à Soweto ? » Il attendait de prendre la déposition, le stylo en l'air.

Yudel tendit une main. « Je vais l'écrire. » Le policier hésita un bref instant puis tendit le papier à Yudel.

Yudel écrivit rapidement, expliquant qu'il était parti à la recherche de Muntu Majola et pourquoi il l'avait fait. Il n'était plus temps de se cacher derrière l'éthique professionnelle. Leur refuser ce qu'ils demandaient dans l'ambiance ordinaire de votre propre foyer n'était pas la même chose que de refuser de répondre quand vous étiez assis dans un de leur bureau, à quelques pas d'une femme soumise à la torture et en danger de mort. Ne pas leur obéir pouvait tuer Thandi. Pour bien des choses, Yudel ne s'effrayait pas facilement, mais il savait qu'il était parfaitement incapable d'accomplir le même exploit que Thandi Kunene.

Il écrivit qu'il avait appris que Majola avait été le témoin du meurtre de Cissy Abrahamse et qu'il le recherchait pour cette raison. Il commença à écrire qu'il avait su où chercher Majola en parlant aux Hendricks, mais il changea d'avis avant d'avoir écrit leur nom qu'il remplaça par un trait. Puis il signa et rendit la feuille au policier.

Les Hendricks. La cellule de Bill Hendricks était à

deux portes de la salle où Thandi était torturée. Yudel ne doutait pas que ce soit délibéré. Ils voulaient qu'il ait des échos de ce qui lui arrivait. S'il leur restait quelque chose à apprendre de lui, c'était un excellent moyen d'affaiblir ses résolutions. Il avait souvent entendu dire que les opposants afrikaners souffraient plus que les autres. A tous points de vue c'était faux. Yudel n'ignorait pas combien les liens qui reliaient les membres de la communauté étaient forts, réduisant les Afrikaners qui résistaient au système à de simples excentriques que l'on s'efforçait d'éviter. L'Anglais qui élevait un peu trop la voix n'était qu'un semeur de trouble à écarter d'un coup de pied. Mais l'homme ou la femme noire qui estimaient qu'ils avaient des droits à faire valoir et s'engageaient avec ardeur dans la poursuite de ces droits, couraient le risque de visiter des salles de tortures dans le style de celle que Yudel venait de quitter. Et ils s'exposaient à y laisser leur peau. Les différences de race et de langage, les itinéraires contradictoires, les diverses sociétés se côtoyant et s'excluant les unes les autres, les intérêts divergents : tout cela faisait qu'il était plus sûr et plus facile d'être blanc plutôt que noir quand on tombait aux mains de la police de sécurité. Bill Hendricks souffrirait et serait peut-être un homme brisé en sortant de là, l'ombre de ce qu'il avait été, complètement incapable de parler de son humiliation. Mais Thandi Kunene risquait de mourir dans les conditions que Yudel venait de constater.

Le policier de la sécurité avait quitté la pièce, emmenant la déposition de Yudel avec lui. Il avait dit quelque chose que Yudel n'avait pas bien entendu, ayant eu juste le temps d'enregistrer le nom de Nieuwenhuysen. Il perçut les pas du policier dans le couloir, nets et distincts tandis qu'il montait l'escalier. Il l'imaginait passant sous la poutre en béton qui avait obligé Nieuwenhuysen à se baisser. Puis il l'entendit frapper fort à la porte blindée; elle s'ouvrit, grinçant doucement sur ses gonds. La porte avait dû rester ouverte car Yudel entendit alors la porte de la salle d'interrogatoire. Soudain, alors qu'il ne s'y attendait pas, la voix de Thandi lui parvint. Elle produisait un son plus doux que tout à l'heure, presque étouffé, mais toujours plein des bouillonnements de liquide dans sa gorge. Le corps de Yudel se raidit comme si c'était lui qu'on torturait. Inconsciemment il tourna la tête vers la porte du bureau comme s'il s'attendait à y voir quelque chose.

Il y eut un nouveau bruit, un craquement brusque et précis, comme un bâton que l'on brise. Pour la première fois Thandi cria, un cri bref et farouche, affaibli par la constriction de ses poumons. Yudel se mit sur ses pieds, s'aidant du rebord du bureau pour se redresser. Il arrivait à la porte quand Freek lui prit le bras. Sa poigne était dure, ses doigts s'enfonçaient dans le bras de Yudel en le ramenant dans le bureau. « Non, mais où tu vas ? Là-bas tu ne peux rien faire. »

« Qu'est-ce que c'était que ce bruit ? » Yudel fut surpris de s'entendre haleter.

« Je ne sais pas. » Les yeux de Freek tout comme son visage étaient durs et fixes. « Je pense que c'était une côte cassée. »

« Bon Dieu. » Yudel fit une nouvelle tentative pour se libérer, mais Freek lui tenait fermement le bras et de sa main libre le cloua au mur. « Tu ne peux rien faire, Yudel. »

« Bon Dieu de bon Dieu, Freek. » Le son de sa voix, entrecoupée et effrayée, gênait Yudel. Il aurait souhaité mieux la contrôler.

« Tu ne peux rien faire. » Freek relâcha lentement la main qu'il avait enfoncée dans l'estomac de Yudel pour le maintenir contre le mur. Il le ramena vers la chaise et le fit asseoir. Par le couloir, les bruits qu'émettait Thandi leur parvenaient. Il y avait maintenant des sortes de clappements dans son gémissement, comme le bruit d'un tissu claquant au vent. La porte de la salle des interrogatoires se referma, étouffant les bruits. Ils entendirent des pas dans le couloir et la porte blindée se referma à son tour lourdement.

Nieuwenhuysen entra le premier dans la pièce. Il s'assit derrière le bureau où se tenait auparavant l'autre policier, laissant ce dernier près de la porte comme s'il montait la garde. « J'ai lu votre déclaration, monsieur Gordon, et j'accepte vos explications. » Il plissait les yeux, pinçait les lèvres et ne regardait pas Yudel en face pendant qu'il parlait. « Je dois dire que je suis surpris qu'un homme dans votre position ait été si réticent à collaborer avec mon équipe. Tout ce que je voulais, c'était mettre un de mes hommes dans la boutique de Weizmann. » Il apparaissait étrangement faible et vulnérable aux yeux de Yudel. Il ressemblait à un homme que le traitement appliqué à Thandi Kunene par son équipe menaçait de faire craquer très bientôt. Même maintenant, alors qu'il dominait la situation, il semblait peu sûr de lui, peut-être même effrayé.

Yudel eut un geste nerveux en direction de la salle des interrogatoires. « C'est vraiment nécessaire ? » Sa voix ne dépassait pas le niveau d'un coassement.

« Vous ne connaissez pas ces gens aussi bien que moi. » L'expression du visage de Nieuwenhuysen semblait indiquer que tout cela lui répugnait fort. Pour lui ces choses ne devaient pas être mentionnées en société. C'était comme si Yudel manquait aux règles de la politesse en y faisant allusion. « Ils ne vont pas avouer pour me rendre service. Vous ne connaissez pas le genre de personne auquel nous avons affaire. Vous pensez qu'on agit ainsi pour le plaisir ? »

Yudel ne répondit pas. Il cherchait la réplique qui toucherait le point faible de son interlocuteur. « Vous pensez qu'on agit ainsi pour le plaisir ? » avait-il demandé. Cela rejoignait tout à fait ce que pensait Yudel. Le lui dire ne lui rendrait pas service, et à Thandi non plus.

« Il y a un vieux proverbe : tout commissariat a besoin d'un sadique », poursuivit Nieuwenhuysen. Yudel scrutait son visage. Il y lisait de l'amertume et de la faiblesse. Une des grandes mains sans vie se leva brièvement pour donner plus de force à son point de vue, et le geste était presque efféminé. «Je suppose que vous connaissez ce proverbe, répéta-t-il, puis il hocha la tête en direction de Freek. Freek sait que c'est vrai, n'est-ce pas, Freek ? »

Yudel épargna la réponse à Freek. « Je crois que même vous n'êtes pas convaincu de la nécessité d'employer toute une équipe de sadiques. »

La réplique avait fusé malgré lui et elle fit l'effet d'un choc sur Nieuwenhuysen. Pendant un instant ses yeux exprimèrent la peur. Puis il redevint cet homme presque efféminé à la voix douce, la bouche déformée par l'amertume, évitant de regarder Yudel tandis qu'il lui parlait. « Qu'est-ce que vous en savez ? »

« Je suis psychologue. C'est mon travail de savoir ces choses. »

Le policier de la sécurité releva délibérément la tête, coupant court à ces propos insultants et de bas étage. « Je dois vous prévenir qu'en tant que fonctionnaire de l'Etat, ce que vous avez vu ici tombe sous la loi de 1'« Official Secrets Acts ». Cet endroit est également une prison, il est donc régi par le « Prisons Act » et le « Police Act ». Si vous parlez à quelqu'un de l'extérieur de ce que vous avez vu ici, vous serez poursuivi en vertu de ces trois chefs d'accusation. » Les yeux de Nieuwenhuysen se fixèrent sur Freek. Ils le questionnaient silencieusement. « Tu as maintenant de drôles de fréquentation. Où es-tu allé pêcher ce petit Juif ? Et qu'est-ce qui t'a pris de l'amener ici ? Tu as appelé cet homme Piet à l'hôtel », accusa-t-il.

« Je l'appelle toujours comme ça. »

« Tu as dit que c'était un de tes hommes. »

« Nous travaillons toujours ensemble. »

« C'est bizarre. » Nieuwenhuysen cherchait la faille dans l'attitude de Freek, l'erreur qui mettrait son interlocuteur en son pouvoir.

« Tu viens, Yudel ? » lança Freek. Il se leva et Yudel vit qu'il était en colère. C'était une colère soigneusement contrôlée. Freek n'y laissait libre cours qu'en de rares occasions. Yudel lut aussi des traces d'inquiétude sur son visage. « On s'en va. »

237

Yudel se mit maladroitement sur ses pieds. Ses membres étaient comme engourdis. « Vous en avez encore pour longtemps avec cette bande en caoutchouc ? » demanda-t-il.

Nieuwenhuysen regarda vers la porte. « C'est fini depuis un moment. Nous l'avons retirée juste après que vous avez quitté la salle des interrogatoires. »

Freek conduisait calmement, les deux mains sur le volant. Il paraissait complètement maître de lui-même. Cette impression qu'il donnait lui avait été d'une grande utilité et il l'avait soigneusement cultivée quand il était entré dans la police. Après la soirée qu'ils venaient de passer, tous les deux savaient qu'il s'agissait d'une façade. Il regarda en direction de Yudel et Yudel déchiffra à nouveau de l'inquiétude sur son large visage d'Afrikaner robuste. « Je suis désolé, déclara-t-il. On n'aurait pas dû y aller. Tu avais raison. »

« N'en parlons plus. »

« Personne ne devrait assister à des choses pareilles. »

« Tu avais déjà vu ça ? »

« Oui. »

« Souvent ? »

« Quelquefois. »

Il y avait une question que Yudel ne voulait pas poser. Il était sûr de connaître la réponse mais il n'était pas sûr de pouvoir l'éviter. Si l'amitié qui le liait à Freek devait survivre, et il le souhaitait fermement, il fallait qu'il la pose. « As-tu déjà donné l'ordre de faire quelque chose dans ce genre ? »

« Au nom du ciel, Yudel ! » L'indignation sur le visage de Freek était la meilleure réponse qu'il pouvait donner.

« Très bien, je n'aurais pas dû poser cette question. Excuse-moi. » Yudel étudia soigneusement Freek en demandant : « Crois-tu que cette soirée va affecter tes chances de promotion ? »

Freek fixait la route. Il affectait un air dégagé. Yudel ne doutait pas un seul instant que ça aussi, c'était une

238

façade. « On s'en fout. » Il avait volé cette expression à Yudel. « Colonel est un grade très satisfaisant. »

« L'homme qu'on a vu quand on est passé devant la cellule, c'était Hendricks. »

« J'avais pensé que c'était peut-être bien lui. » La voiture roulait et ils restèrent un instant silencieux, puis Freek parla à nouveau. « Personne ne devrait voir des choses pareilles. »

« C'est rien, répondit Yudel. Je suppose que c'est une de ces erreurs inévitables dont le ministre de la Justice aimerait que M. Hartman ne parle pas aux Etats-Unis. Peut-être j'avais besoin d'en être témoin. »

A la lumière du tableau de bord, Yudel vit le visage étonné de Freek. Celui-ci quitta la route des yeux un bref instant pour jeter un coup d'œil en direction de Yudel.

15.

Yudel se trouvait chez lui, assis dans le salon éclairé par la seule lumière du couloir. A côté de lui, les portes coulissantes étaient ouvertes, laissant circuler l'air froid de la nuit. Il buvait du café qu'il s'était préparé lui-même, trop absorbé dans ses pensées pour sentir le froid.

Il n'avait pas du tout contacté Rosa depuis qu'il l'avait abandonnée chez Hymie et Irena quarante-huit heures auparavant. Il s'était libéré pour la journée après avoir raconté au Dr Williamson qu'il allait rendre visite à un certain nombre de prisonniers libérés sur parole. Au lieu de cela, il avait garé sa voiture à l'ombre d'un bosquet d'épineux planté au bord d'une route poussiéreuse à trente kilomètres au nord de la ville et il avait essayé de remettre un peu d'ordre dans ses pensées.

Il s'était passé trop de choses depuis mercredi dernier

quand Weizmann était venu le voir pour la première fois. Sa tête bourdonnait de souvenirs récents, d'un fatras d'images, de mots et d'informations, tous inutiles. Dans deux jours l'enquête aurait lieu et Yudel savait que cela ne changerait rien. Un homme avait défendu sa propriété contre une attaque extérieure. Le magistrat serait un homme qui avait un revolver chez lui pour se protéger d'une telle éventualité, de même que l'avocat de Weizmann et le procureur chargé du réquisitoire : ils appartenaient plus ou moins à la même communauté et étaient assujettis aux mêmes peurs. Un homme, un Blanc, un bon citoyen digne de confiance, le propriétaire d'une boutique, était assurément autorisé à défendre sa famille et sa propriété d'une atteinte à leur sécurité. Un homme marié à la nièce de Jan Moolman ? On pouvait le considérer comme un des nôtres.

Peu importait que son assaillant soit une gamine de quatorze ans, peu importait qu'elle soit maigre et mal nourrie, vêtue d'une robe de coton usée jusqu'à la corde et à peine protégée contre le froid de la nuit, peu importait qu'un enfant de cinq ans ne voie jamais revenir sa sœur...

C'était trop. Yudel essayait toujours d'ordonner ses pensées, soit qu'il tente de s'y retrouver dans l'état mental perturbé d'un patient, ou de suivre les traces d'un meurtrier, mais cette fois trop de choses étaient arrivées le touchant de trop près. Ça n'était pas facile d'être objectif quand on voyait Bill Hendricks se faire embarquer en pleine nuit. Ce n'était pas facile non plus d'être objectif quand on se rappelait le petit groupe terrorisé de Soweto ou le son qu'émettait Thandi Kunene alors qu'elle essayait de respirer à travers son propre sang. Et le bruit d'une côte se brisant... C'était vraiment une côte ? Mon Dieu, faites que ça n'ait pas été une côte.

Où se trouvait-elle maintenant ? Etait-il possible qu'elle soit encore vivante ? Et où était Majola ? Quand ils l'attraperaient – ce qui arriverait sûrement – que lui feraient-ils ? Et Bill Hendricks ? Et Marion ? Et Wilson ?

240

« Je leur ai déjà tiré dessus. Je ne dis pas que je leur ai pas tiré dessus », lui avait dit Weizmann lors de sa première visite. La pensée de Yudel, cherchant un ancrage, s'attacha à l'image du vieil homme. Jusqu'à quel point était-il responsable et jusqu'à quel point avait-il été perverti par la société à laquelle il appartenait ? Quel rôle avaient joué les magistrats niant l'évidence, et les politiciens dont les discours racistes destinés à ramasser des voix avaient justifié ses propres actions aux yeux de Weizmann ?

Weizmann, comme Majola, était victime de ses conditions d'existence. Le commerçant s'était révolté contre le sentiment d'infériorité dans lequel il avait été élevé. Et Majola s'était révolté contre une infériorité qui était inscrite dans la constitution de son pays. Que maintenant leurs vies se croisent et par la même occasion entraînent Yudel, le mêlant à tout ça, faisait simplement partie du jeu engagé par des forces qui dépassaient l'entendement des psychologues de prison.

Il ne parvenait pas à s'ôter de la tête Thandi Kunene et la scène dont il avait été témoin la veille au soir. Pourquoi avait-elle essayé de le protéger ? Se doutait-elle que si elle commençait à parler, elle ne pourrait plus s'arrêter ? Il s'était trouvé avec elle dans cette pièce et il avait tout vu. N'aurait-il vraiment pas pu intervenir ? En supposant qu'il ait donné un coup de poing, même si ses coups de poings n'étaient pas très efficaces, ou qu'il leur ait crié d'arrêter, même si personne n'avait écouté – accomplir n'importe quelle action, exécuter n'importe quel geste aurait mieux valu que de ne rien faire. Et si Yudel se souvenait bien, il n'avait strictement rien fait.

Et que dire de Majola intérieurement ravagé par la fureur et le désespoir, profondément résolu à se venger à chaque fois qu'il en aurait l'occasion... Un de ses frères était mort dans les mains des services spéciaux et l'autre était prisonnier sur Robben Island. Maintenant c'était le tour de Thandi : comment réagirait-il quand il apprendrait ce qui lui était arrivé ? Yudel se demanda comment décrire l'état d'esprit de Majola. L'avocat de la conscience noire était-il fou ? Pouvait-on déclarer qu'un homme était fou quand il y avait une base rationnelle à son comportement ? Ou un homme sain n'aurait-il pas accordé d'importance à la mort de son frère ?

Yudel se leva de sa chaise, se dirigea vers la platine et mit un disque. Il n'était pas un Juif pratiquant en ce sens qu'il ne fréquentait pas la synagogue ou ne croyait pas à une destinée particulière réservée aux Juifs, mais Yudel aimait la musique de la synagogue. Souvent, quand il était fatigué ou déprimé, il choisissait un de ses nombreux disques de musique liturgique et laissait la beauté et la force de la musique l'entraîner dans ses sortilèges. La musique de son peuple était tellement plus riche que ces chansons d'amour banales qui semblaient obséder le monde. Yudel entendait les résonances de l'éternité et de la brièveté de la vie, de la souffrance et de la permanence à travers la musique. Elle semblait le rapprocher des fondements de son existence.

C'était un enregistrement de Jan Peerce interprétant les chants de Rosh Hashanah. Il se renversa dans son fauteuil, s'efforçant d'effacer toute pensée de son esprit, laissant la voix du grand ténor américain et la splendeur de la musique envahir sa conscience et en évacuer l'horreur que la semaine qui venait de s'écouler lui avait apportée. S'il n'avait été immergé dans la musique, Yudel aurait peut-être entendu par la porte ouverte les chiens du voisin aboyer et se calmer après que la cause de leur excitation eut passé son chemin. Il aurait aussi entendu une voiture rouler lentement dans la rue, avec un moteur qui tournait pratiquement au ralenti. La musique se déroulait majestueusement, s'élevant et retombant, emplissant la nuit et le champ de sa conscience. C'était peut-être parce qu'il y avait peu de lumière dans la pièce ou à cause de la musique, mais cela prit du temps avant que Yudel ne voie la silhouette d'un homme attendant patiemment, appuyé contre la porte vitrée coulissante.

L'expérience de la nuit précédente l'avait laissé tendu et craintif. Il s'extirpa de son fauteuil et s'avança en trébuchant dans la pièce en direction de l'interrupteur. « Laissez la lumière tranquille », lui dit une voix d'homme. Yudel s'arrêta au centre de la pièce. La voix était nettement africaine.

Yudel sut immédiatement à qui il avait affaire. « Bonsoir », lança-t-il. Il avait cherché Majola partout mais depuis la veille, il avait abandonné tout espoir de le rencontrer. Maintenant que sa proie était devant lui, il ne se sentait pas à la hauteur. Comment parle-t-on à un homme qui a survécu à des adversaires du type de ceux de Majola ? Et comment s'y prend-on avec un homme dont la femme avait la veille souffert ce que Thandi avait souffert ? Yudel se sentait comme un enfant devant un homme.

« Vous me cherchiez », dit Majola. Sa voix était grave et forte, et Yudel y percevait de la colère.

« Oui, mais j'avais abandonné la partie. »

« J'ai entendu dire que vous me cherchiez, alors je suis venu. »

« Vous savez pourquoi je vous cherchais ? »

« Bien sûr. » Majola n'avait pas bougé de place dans l'encadrement de la porte ouverte. Il n'était toujours qu'une imposante silhouette sombre soulignée par les taches de lumière qui filtraient à travers les arbustes le long de la route. « Je sais pourquoi vous me cherchiez, mais je ne comprends pas. »

« Vous êtes pourtant le mieux placé pour comprendre. »

« Pourquoi je devrais comprendre ? » demanda Majola. Il franchit la porte coulissante qui était ouverte et entra dans la pièce.

Yudel baissa le son. « Vous voulez que je ferme les fenêtres ? »

« Ça n'a pas d'importance. Laissez-les ouvertes. »

« Je pensais que cela pourrait vous gêner, au cas où quelqu'un viendrait. »

« Si quelqu'un vient, ça me laissera une porte de sortie supplémentaire. » Majola s'assit sur une chaise près du fauteuil vide de Yudel. C'est seulement plus tard que Yudel réalisa qu'il avait choisi la seule chaise qui lui permette de surveiller toutes les issues de la pièce.

Yudel rejoignit son fauteuil. Maintenant la lumière du couloir éclairait directement Majola, et pour la première fois, Yudel voyait son visage. C'était un visage fort, large entre les tempes et les pommettes, avec un nez proéminent, des mâchoires puissantes, juste comme sur les photos. Ce visage n'était pas marqué par les rides mais exprimait une certaine maturité, ce qui rendait impossible de lui donner un âge précis. Il portait un costume sombre, une cravate et une chemise blanche. Ses vêtements le faisaient davantage ressembler à la nouvelle génération montante des cadres de couleur qu'à un client en cavale. « Et maintenant, qu'est-ce que vous attendez de moi exactement ? » Quand il parlait, il ne regardait pas Yudel en face, mais ce n'était pas le subtil détournement du regard d'un menteur patenté ou d'un vendeur de voitures d'occasion. Ce n'était pas non plus l'incapacité d'un policier de la sécurité à rencontrer l'âme d'un autre homme. Il s'appliquait avec arrogance à ne pas voir Yudel, c'était une grossièreté provocatrice et calculée. Mais, malgré ces manières dédaigneuses, Yudel avait l'impression qu'il était soigneusement observé, peut-être même jugé.

« J'ai besoin de vous. Je suis certain que vous avez vu mourir Cissy Abrahamse. »

Majola, en face de Yudel, tournait complètement la tête. Il expulsa de l'air par le nez et produisit quelque chose qui ressemblait à un reniflement de dégoût, puis tourna la tête dans l'autre sens, regardant juste à côté de Yudel. « Parfaitement, je l'ai vue mourir. Et alors ? »

« J'espérais que vous m'aideriez à faire accuser Weizmann. »

« Vous voulez... » Il s'arrêta pour laisser l'idée prendre corps.

« Vous voulez que je me rende au commissariat avec vous pour y faire une déposition ? »

Dit comme cela, ça paraissait ridicule. « Je pensais qu'il y aurait peut-être un moyen, dit Yudel d'un ton hésitant. J'ai pensé qu'on pourrait vous enregistrer... Je pourrais avoir un autre témoin qui attesterait que vous étiez présent, et vous me remettriez une déclaration certifiée sur l'honneur. J'ai un ami qui est avocat... »

« Et un tribunal accepterait une pareille procédure ? » Majola souffla à nouveau par le nez, ce bruit tendant à exprimer comme la première fois le dégoût et l'incrédulité.

« Je n'ai pas d'autre solution. Une déclaration certifiée sur l'honneur jointe à l'histoire de Weizmann pourrait avoir quelque retentissement... Vous étiez le seul à être là. »

« Weizmann aussi y était. Et l'enfant. » La colère éclatait à nouveau dans la voix de Majola.

« Vous y étiez », insista Yudel.

« Oui. » La large figure arrogante dont les traits se détachaient nettement, éclairés par la lumière du couloir, se détournait toujours de Yudel, mais donnait à ce dernier l'impression d'être soumis à un examen serré. « Et vous ? Comment savez-vous ce qui s'est passé ? Peut-être Weizmann dit-il la vérité. C'est un homme blanc. Pourquoi ne le croyez-vous pas ? »

« Parce que je le connais. »

« Vous le connaissiez d'avant ? » Se mêlant à la colère dans sa voix, il y avait maintenant une intonation qui pouvait être interprétée comme une menace. Les yeux de l'homme s'étaient légèrement rétrécis. Si Majola en venait à croire qu'il était un ami de Weizmann, ils ne seraient plus d'une grande utilité l'un pour l'autre. Il poursuivit après une pause imperceptible. « Vous le connaissiez avant qu'il tue la fille ? »

« Non. Il est venu me voir après pour se faire soigner. La police me l'a envoyé. »

« La police ? » A nouveau l'air expédié par le nez.

« Vous l'avez rencontré quelquefois et vous vous imaginez que vous le connaissez ? »

« Je le connais suffisamment pour imaginer ce qui s'est passé. »

« Vous ne le connaissez pas. Moi je le connais. » Majola faisait un effort pour ne pas élever la voix. « J'ai vu ce qui s'est passé cette nuit-là. Je connais M. Johnny Weizmann. »

Est-ce qu'il sait ? se demanda Yudel. Est-ce qu'il sait qu'ils ont emmené Thandi ? Est-ce qu'il sait ce qui lui est arrivé ? Faut-il que je le lui dise ? Dois-je lui dire maintenant que j'étais là et que j'ai vu ce qu'ils lui ont fait ?

Yudel voyait bien la colère qui tourmentait et agitait Majola, mais ce n'était pas la colère d'un homme qui savait que sa femme avait été torturée et qu'elle était peut-être morte. Non, se dit Yudel. Il ne sait pas. Dois-je lui dire ? Je ne peux pas.

Yudel avait parlé à Thandi dimanche soir. Le lundi matin, un peu après qu'elle eut essayé de l'appeler, elle avait été embarquée par les services spéciaux. Pour que Majola soit au courant de son histoire, il fallait qu'il ait passé le dimanche soir avec elle et qu'il l'ait quittée avant la descente de la police. Mais il n'avait eu aucun contact avec elle depuis. Il était possible qu'une heure avant que Thandi soit arrêtée, elle et Majola aient été en train de faire l'amour.

La jeune femme était dans la pièce avec eux. Yudel pouvait presque voir son visage se superposer sur celui de son amant. Il entendait le gémissement interminable et le gargarisme. Il voyait la main du policier sur son épaule. Il se demanda si la main de Majola avait jamais caressé cette épaule exactement de la même façon. « Dites-le-moi, lança Yudel en essayant de chasser ses pensées, dites-moi ce qui s'est passé. »

L'autre ne répondit pas immédiatement. Pendant un instant Yudel pensa qu'il ne lui prêtait pas attention, mais Majola s'employait à lui montrer que cette histoire n'était pas son affaire. Pourquoi êtes-vous venu ici ce soir ? demandait en silence Yudel à son interlocuteur. Quel calcul faites-vous pour vous sortir de là ? « C'est moi qui le connais, déclara Majola. Si vous voulez connaître M. Johnny Weizmann, il faut d'abord le voir à l'œuvre. »

« Vous l'avez vraiment vu ? »

« Je l'ai bien vu et j'ai tout vu. J'étais tout en bas de la rue et j'arrivais de la gare quand j'ai aperçu la petite. Je l'ai vue traverser la rue et s'arrêter près de la porte du café de ce vieil assassin. Il faisait très sombre. Je la distinguais grâce aux lumières de la rue Myburgh. Puis je l'ai vue entrer dans la boutique. Bien sûr, j'étais au courant en ce qui concernait Weizmann, mais j'ignorais complètement où se trouvait sa boutique, autrement je l'aurais arrêtée. »

« Vous saviez ce qu'elle avait l'intention de faire ? »

« Evidemment que je le savais. J'ai pensé que c'était une Noire. Je l'ai vérifié seulement en arrivant devant la porte de la boutique. » Majola s'arrêta brusquement de parler comme si tout avait été dit et qu'il n'y avait rien d'important à ajouter.

« Qu'est-ce que vous avez vu ? »

« Qu'est-ce que ça peut vous faire ? explosa-t-il. Il est Blanc et vous êtes Blanc. Vos intérêts sont les mêmes. Comment est-ce que je peux savoir ce que vous cherchez dans tout ça ? » L'espoir d'une vie meilleure, née du Black Social Endeavours, s'était envolé. Seul restait le ressentiment.

« Je vous ai dit ce que je voulais. »

« Comment est-ce que je peux savoir que vous dites la vérité ? Jusqu'à quel point êtes-vous prêt à souffrir pour la vérité, monsieur Yudel Gordon ? Avez-vous jamais souffert pour la vérité ? »

Yudel était à nouveau un petit garçon grondé par un adulte. Il n'avait pas de réponses aux questions de Majola. Il n'avait aucun moyen de savoir ce qu'il était prêt à endurer pour la vérité. L'existence offrait peu de prises permettant à Yudel de dire avec certitude en quoi consistait la vérité. Il avait une petite idée sur ce que Majola entendait par « la vérité ». C'était intimement lié dans son esprit à la lutte pour le pouvoir dans son pays. Lui et son peuple le désignaient par « le Combat ». « Je ne pense pas pouvoir répondre... »

L'incertitude dans la voix de Yudel et la platitude de sa réponse apaisèrent Majola, confirmant sa domination. Il continua son histoire comme s'il ne s'était jamais interrompu. « Quand j'ai atteint la porte, l'enfant était agenouillée et M. Johnny Weizmann était debout devant elle. Elle arrêtait pas de répéter : "S'il vous plaît, monsieur, s'il vous plaît, monsieur." Il lui a mis deux balles dans le corps. Il n'y a rien d'autre à dire. Elle était à genoux et il lui a juste mis deux balles dans le corps. »

« Une femme de l'autre côté de la route a entendu un troisième coup de feu. Qu'est-ce que vous faites du troisième coup de feu ? »

Majola eut un rire bref, avec un accent de franche gaieté. « C'était le coup qu'il a tiré sur moi. Il m'a vu dans l'encadrement de la porte et il m'a couru après. Dans la rue, il m'a tiré dessus. »

Bizarrement les pensées s'enchaînaient malgré lui dans la tête de Yudel, tandis qu'il commençait à comprendre pas mal de choses qui lui avaient posé des problèmes. Il se souvenait de la conversation entre Nieuwenhuysen et Weizmann la nuit précédente. Il pensait au tout-puissant esprit de vengeance de Majola et il pensait au nombre trois. Les idées et les impressions se bousculaient et il dut s'en arracher pour suivre ce que Majola lui disait.

« Il se cache du monde entier au-dessus de sa boutique, il se sent trop coupable pour montrer sa figure, terré derrière ses gardes. » Majola s'efforçait à nouveau de ne pas élever le ton de sa voix.

« Il n'a pas demandé de gardes à la police », répondit Yudel. Il fut surpris que pour la première fois, Majola le regarde droit dans les yeux, avec un visage à la fois résolu et sur le qui-vive.

« Je suis désolé de ne pas pouvoir vous aider, monsieur Gordon, mais mes raisons sont évidentes. »

« Vous ne voulez même pas essayer ? »

Majola souffla une nouvelle fois par le nez, comme s'il essayait de le déboucher. « Et pourquoi j'essaierais ? Dans quel but ? »

« Une enfant a été tuée. Cela ne vous dérange pas ? »

« Une enfant a été tuée ? » Majola avança un peu sa chaise et pour la première fois Yudel songea qu'il était peut-être en danger. « Une enfant a été tuée. » Les mots étaient articulés avec dureté, comme s'ils étaient une sorte de blasphème à utiliser seulement en cas de grande tension nerveuse. « J'ai vu comment ça s'est passé. C'était pas la première fois. Où étiez-vous en 1976 ? Vous étiez dans ce pays en 1976 ? Où étiez-vous ? »

« J'étais ici. » Yudel s'entendit dire cela presque comme un aveu de culpabilité.

« Vous étiez là. » Les mots étaient prononcés avec dégoût. « Si vous étiez là, alors vous savez ce qui s'est passé en 1976. Les écoliers étaient allés se plaindre de leur enseignement et on les a reçus avec des fusils. Où étiez-vous pour ne pas savoir ça ? » Il détournait la tête, le cou encore plus tordu que tout à l'heure. Il semblait ne pas pouvoir supporter le visage blanc de Yudel. « Ne me parlez pas d'*un* enfant noir. La vie des enfants noirs est bon marché dans ce pays. Vous ne le saviez pas ? Où vivez-vous pour tout ignorer de ce pays ? »

Yudel n'avait pas de réponse. Mais quelque chose changeait dans les façons de Majola. Il ne s'intéressait pas à une réponse éventuelle de Yudel et d'ailleurs il n'en attendait aucune. Ce qu'il disait, il l'avait maintes fois répété dans le passé. Maintenant cela ressemblait plus à une récitation qu'à autre chose, mais son attention était retenue par des considérations plus importantes. Le dégoût et la fureur étaient bien là, dans sa voix et sur son visage, mais Majola avait atteint le stade où ils faisaient partie intégrante de sa personnalité. « Où étiez-vous passé pour ne pas savoir que la vie des enfants noirs est considérée comme pratiquement négligeable ? » Il était préoccupé, s'écoutait à peine.

« Hendricks m'a dit, commença Yudel, Hendricks m'a dit que vous étiez un ami de Biko. D'après ce qu'il m'a dit, je ne pense pas que Biko aurait refusé de m'aider. »

« Ce salaud, il nous a laissés espérer. Et où est-il maintenant ? » Il donnait à voir les gestes et les expressions d'un homme profondément ému, mais c'était une comédie jouée pour le bénéfice de Yudel. L'esprit de Majola était ailleurs. « Il nous a donné de l'espoir, le fils de pute. Il nous a dit que le Black Social Endeavours allait devenir un empire. Je ne peux pas croire qu'il est parti. Je ne pensais pas que quelqu'un puisse un jour le tuer. » Le chagrin dans la voix de Majola n'était pas feint, mais ce n'était pas ce qui retenait son attention. « Il nous a tous laissés tomber, le salaud, le fils de pute. » Brusquement il se leva. Il était d'une taille plus haute que la normale, dépassait Yudel d'une demi-tête, avec des épaules larges, et des mains également larges et puissantes. « Je suis désolé. Je ne peux rien faire. »

Majola se dirigea vers les portes coulissantes et Yudel se leva. Il chercha quelque chose qui persuaderait Majola de l'aider, mais il savait que rien ne le déciderait. Majola sortit par la porte ouverte sans s'arrêter ni regarder en arrière. Ses gestes étaient assurés, déterminés et réfléchis. En un instant il n'était plus qu'une tache sombre se détachant sur le massif d'arbustes éclairé par endroits, et cette image vague disparut à son tour.

Pendant quelques minutes, Yudel se tint là devant les portes ouvertes, regardant dans le jardin. Finalement, il suivit le chemin que Majola avait pris, rejoignant l'allée, puis la rue. A la lumière discontinue des réverbères, il ne voyait personne. Un grand doberman sortit d'un jardin situé un peu plus haut pour enquêter sur une odeur particulièrement troublante au pied d'un lampadaire. A part le chien, tout était tranquille sous les jacarandas plantés de chaque côté de la route. Yudel entendit le bruit d'une voiture qui démarrait dans la rue voisine.

Pourquoi était-il venu ? se demandait Yudel. Quelles pouvaient bien être ses raisons ? Il avait appris pourquoi Yudel le recherchait, et il était venu tout en sachant qu'il n'avait aucunement l'intention de l'aider. Alors pourquoi était-il venu ?

Soudain le voile se déchira et il sut la raison. Il retourna dans la maison en courant et se précipita sur le téléphone dans le hall.

16.

Yudel avait fermé la maison et attendait sur le trottoir quand Freek arriva. La voiture s'était à peine arrêtée qu'il se glissait sur le siège du passager et Freek redescendait la rue à toute allure. Le policier paraissait fatigué. Quand il se tourna vers lui, Yudel vit que ses yeux étaient injectés de sang. Le col de sa chemise froissée était ouvert mais encore tenu en forme par le souvenir de la cravate que Freek avait ôtée pendant la soirée. Il portait un vieux manteau sport marron – probablement le premier qui lui était tombé sous la main quand il était sorti de chez lui. « J'espère que tu as de bonnes raisons », lança-t-il.

« Muntu Majola m'a rendu visite ce soir. Il s'apprête à descendre Weizmann, là maintenant. »

« De quoi tu parles ? » Freek tourna la tête vers Yudel et s'attarda plus longtemps qu'il n'aurait dû, ce qui l'obligea à freiner pour éviter une voiture qui venait en face.

« Ne ralentis pas. »

« Tu ferais mieux de m'expliquer ce qui se passe. »

« Je vais t'expliquer. Mais il faut que tu fonces. »

Freek poussa sa voiture au maximum dans l'enchevê-

trement des rues tranquilles de banlieue qui les sépa-
raient de l'autoroute de Johannesburg, se contentant de
ralentir aux stops et aux croisements. « Qu'est-ce que
c'est que cette histoire de Majola qui t'a rendu visite ce
soir ? »

« J'étais assis dans le salon avec les portes ouvertes et
brusquement il était là, appuyé à l'encadrement de la
porte. »

« Tu es sûr que c'était Majola ? »

« C'était lui, Freek. Je l'ai reconnu à cause des photos
des Hendricks. »

« Et il a dit qu'il allait tuer Weizmann, là maintenant ? »

« C'est pas ce qu'il a dit, c'est ce que j'ai dit. Je t'expli-
querai, mais je crois que tu devrais passer d'abord un
message radio pour leur demander de placer un garde
devant la boutique de Weizmann. »

Le regard que Freek lui jeta voulait clairement dire que
Yudel devrait se montrer très convaincant. Mais il décrocha le micro de la radio VHF. « Appelle contrôle, à
vous », dit-il en afrikaner. C'était la langue parlée par la
plupart des policiers blancs. Un grésillement leur parvint, entrecoupé d'une voix d'homme qui ne parvenait
pas à se faire entendre. « Je ne peux pas l'attraper d'ici,
dit-il à Yudel. La station est du côté de Voortrekker-
hoogte. Il y a une colline qui fait écran. On l'aura de
l'autre côté du monument. »

Ils prirent une des artères principales, laissant Pretoria
au sud et traversant la longue chaîne de coteaux qui
limite ce côté de la ville. Sur la gauche, les bâtiments
d'une université surgissaient des collines, ombres mas-
sives surplombant la route, et de l'autre côté, à mi-chemin d'une pente raide, Yudel voyait les lumières d'un
train clignotant à travers un rideau d'arbres. La pente
escarpée les isolerait de l'emplacement de la station de
radio jusqu'à ce qu'ils soient passés sur l'autre versant,
mais cela ne prendrait que quelques minutes. Freek avait
raccroché le micro sur son support, concentrant la plus

grande partie de son attention sur sa conduite et le reste sur Yudel. « Parle, Yudel. Voyons un peu de quoi il s'agit. »

« Je crois que pour la première fois ce soir, je comprends parfaitement toute l'affaire. » Yudel parlait d'une voix excitée, avec un débit rapide, impatient de raconter à Freek ce qu'il avait appris. « Pendant que Majola était avec moi, j'ai commencé à comprendre. J'ai commencé à y voir clair dans un tas de petits trucs qui me gênaient. Mais c'est seulement quand il est parti que le puzzle s'est vraiment mis en place. »

Freek essayait à nouveau de contacter la base. « Appelle contrôle. Contrôle à vous. » A nouveau un grésillement avec quelque part à l'arrière-plan une voix d'homme essayant vraiment de répondre à Freek. Ils avaient quitté l'autoroute principale pour prendre une route étroite et tortueuse qui longeait un parc avec des arbres d'un côté et les rails de l'autre. « Yudel, laisse-moi sortir de ces petites routes et entrer en contact avec la station de radio et après tu pourras tout me dire. Mais sois gentil, épargne-moi l'introduction, sur le cheminement de ta pensée. » Dans l'habitacle sombre de la voiture, le visage de Freek, éclairé par la seule lueur des cadrans lumineux sur le tableau de bord, paraissait troublé et fatigué. Yudel était pratiquement certain qu'il fallait en chercher la raison dans ce qui s'était passé la nuit précédente. Cela avait eu sur Yudel un effet immédiat, mais il était possible que l'effet sur Freek soit plus profond. Le policier avait la conviction que le gouvernement, étant un organisme afrikaner, devait se conduire de façon civilisée. Depuis le tout début de leurs relations, Freek avait toujours été prompt à défendre le gouvernement contre les critiques, mais il y avait des moments où le désir de Freek de défendre le système s'émoussait. Confronté aux pires conséquences des actions gouvernementales, il semblait se sentir personnellement responsable. L'ayant déjà constaté dans le passé, Yudel en avait occasionnellement discuté avec

253

Freek pour le libérer de cette idée. Toujours sans succès. C'était un sentiment de culpabilité que Yudel partageait.

Freek vira brusquement à droite à une intersection et ils traversèrent un tunnel qui passait sous la ligne de chemin de fer. Quelques instants plus tard, ils grimpaient la bretelle d'accès à l'autoroute de Johannesburg. Freek essaya à nouveau de contacter la station de radio. « Appelle contrôle, appelle contrôle. »

« Ici contrôle. Je vous entends. »

« C'est qui ? Flippie ? »

« Votre numéro de code s'il vous plaît. »

« Bon Dieu de bon Dieu, dit Freek au micro VHF. Ici DS 635. C'est qui ? »

« Je vous entends, DS 635. C'est le colonel Jordaan ? A vous. »

« Oui. Le ciel m'est témoin que c'est moi. »

« Ici Flippie Lochner, colonel. Je suis juste les ordres en vous demandant votre numéro, colonel. Que veut le colonel ? A vous. »

« Flippie, écoutez-moi bien. Je veux que vous appeliez Johannesburg. Je veux un garde devant une boutique là-bas d'ici dix minutes. Vous m'entendez ? »

« Je vous entends, colonel, mais je ne peux pas vous aider. Mon poste émetteur principal est en panne. On essaie en ce moment de le réparer. J'utilise un émetteur mobile pour vous parler. A vous. »

« Avec l'antenne que vous avez là-haut vous devriez pouvoir joindre Johannesburg même avec un petit émetteur. »

« Il n'est pas branché sur l'antenne principale, colonel. Il a juste une antenne mobile ordinaire et je la tends par la fenêtre pendant que je parle au colonel. Le colonel doit comprendre que je fais de mon mieux. Je crois qu'un transistor de sortie est fichu. A vous. »

« Et merde, grommela Freek pour lui-même avant de parler à nouveau dans le micro. Bon Dieu, Flippie, faites quelque chose. »

« Le colonel se rend-il lui-même à Johannesburg ? A vous. »

« Oui. Je sors de Fontaine juste maintenant. »

« Eh bien quand le colonel arrivera à Halfway House, le colonel devrait pouvoir joindre directement John Vorster Square. A vous. » Flippie se montrait amical, serviable et complètement indifférent.

« Vous ne comprenez pas que d'ici là, ce sera sans doute trop tard ? » hurla Freek dans le micro. Malgré ses incertitudes sur cette poursuite dans laquelle Yudel l'avait entraîné, Freek savait par expérience que ce ne serait pas raisonnable de mettre en doute les déductions ou les intuitions de Yudel.

« J'essaie seulement de vous aider, colonel. A vous. » Le canal VHF qui les reliait transmettait la voix d'un homme vexé et humblement réprobateur.

« Ecoutez, Flippie, le mieux c'est de téléphoner à John Vorster Square et de leur dire que je veux un homme pour monter la garde sur-le-champ devant le café des *Sœurs jumelles*, rue Myburgh, Braamfontein. A vous. »

« Une minute, colonel, je sors mon stylo. »

Freek lut l'adresse une deuxième fois à l'homme répondant au nom de Flippie et lui dit que le message était terminé et qu'il attendait son rapport quand il aurait obtenu Johannesburg. Puis il accorda à nouveau son attention à Yudel. « Très bien, Yudel, j'ai pris des risques, maintenant explique-moi un peu pourquoi. »

« J'espère que le type qu'ils vont envoyer arrivera à temps. »

« Mais oui. Je t'écoute. »

Yudel marqua une pause, essayant de rassembler ses pensées pour qu'elles paraissent à peu près cohérentes. « Depuis le début de sa visite, Majola pensait que l'idée de témoigner était ridicule. Tout le temps où il était là, je me demandais bien pourquoi il était venu et je savais qu'il ne m'aiderait pas. Alors pourquoi était-il venu ? C'est quand il est parti que j'ai compris de quoi il retournait. Il s'était donné beaucoup de mal pour finir par me dire qu'il se fichait de la mort de Cissy Abrahamse. Il a déclaré que la vie des enfants noirs était bon marché... »

« Okay, Yudel. Ça, tu le gardes pour toi. Va à l'essentiel. »

« Voilà l'essentiel : pendant qu'on discutait, il a brusquement dit quelque chose à propos de Weizmann qui se cachait derrière ses gardes parce qu'il avait honte de se montrer. »

« Et tu lui as dit qu'il n'avait pas de gardes ? »

« Comment tu le sais ? »

« Je te connais. Ton innocence est insondable. » Freek eut un sourire fatigué et secoua la tête.

« Bon, et puis après ça, il paraissait ne plus s'intéresser à ce que je lui racontais. Il semblait préoccupé. Il était évident qu'il pensait à autre chose. Il ne s'est pas attardé, et à sa façon de se déplacer, j'étais sûr qu'il savait exactement où il allait. C'est un pressentiment, Freek. Il faut me faire confiance sur ce coup-là. »

Nouveau sourire de Freek. Son visage exprimait une certaine lassitude mais ausi une chaleureuse amitié. « Je commence à avoir l'habitude. »

« J'appelle le colonel Jordan. A vous. » La voix de Flippie Lochner fit irruption dans la voiture.

« Je vous reçois, Flippie », dit Freek.

« Colonel, l'agent de service dit qu'il n'a personne à envoyer pour le moment, mais ils le feront dès qu'ils auront quelqu'un. Ils disent que le colonel doit comprendre qu'ils manquent d'hommes en ce moment. A vous. »

La fatigue de Freek et son désespoir d'avoir été confronté au pire aspect de la police de sécurité la nuit précédente avaient ramené sa tolérance au niveau le plus bas. En guise de réponse, il se mit à hurler dans le micro : « Vous leur direz que c'est une question de première importance. Précisez bien que ça vient de moi. J'en prends la responsabilité, j'exige qu'ils envoient un homme immédiatement et pas demain matin. »

Il y eut un silence. Flippie Lochner attendait d'être sûr

que Freek en avait fini. Ce n'était pas le genre de message qu'il se risquerait à interrompre. « Je les préviens tout de suite, colonel. Terminé. »

Le parcours était moins sinueux, l'autoroute traversant une campagne qui montait et descendait doucement. Pendant tout le trajet, Freek garda le pied sur l'accélérateur. La voiture avançait dans la circulation à quatre-vingt-dix kilomètres à l'heure, vitesse maximum autorisée sur le territoire. Yudel continua son histoire. « La nuit dernière, Nieuwenhuysen nous a dit que tout ce qu'il attendait de moi, c'était de l'aider à mettre un homme à lui à l'intérieur de la boutique de Weizmann. Il en avait demandé l'autorisation à Weizmann avant d'essayer de m'amener à coopérer. La nuit dernière, après le meeting, il a insisté auprès de Weizmann. J'ai vu le vieux refuser. Voilà pourquoi ils avaient besoin de moi. Qui est mieux placé qu'un psychologue pour persuader un patient ? »

Freek hochait la tête d'un air pensif. « Ils savaient que Majola avait vu Weizmann tuer la fille et ils ont donc supposé, vu ses antécédents, qu'il pourrait bien revenir sur les lieux pour régler son compte à Weizmann. »

« En gros, ils ont suivi la même route que moi et ont parlé avec les mêmes personnes. Parfois j'arrivais avant eux, d'autres fois c'était eux qui me doublaient.

» Cette Mme Sinclair qui habite juste en face de chez Weizmann, elle a entendu les coups de feu. Elle a reçu la visite de deux catégories de détectives, et les seconds n'étaient pas intéressés par ce qu'elle avait à dire. Ils voulaient seulement parler avec sa domestique, Julie. Julie avait connu Majola dans sa jeunesse, elle l'a vu sortir de chez Weizmann en courant juste après les coups de feu et elle l'a reconnu. Quand Nieuwenhuysen a découvert que Majola était passé par là, ils avaient toutes les raisons de penser que Weizmann les aiderait. Il appartient à la même organisation qu'eux. Ils partagent la même opinion sur des gens comme Majola. Mais à leur grand étonnement il a refusé.

» Dans le dernier cycle de meurtres de Weizmann, il

n'y a eu jusqu'à présent que deux victimes. Il lui en manque une troisième et je pense que cette fois il a choisi Majola. Et il refuse que les services spéciaux le tuent à sa place.

» Une nuit, avant que je t'y emmène, j'ai observé la boutique et l'appartement de Weizmann depuis le toit du bâtiment d'en face et j'ai cru voir quelqu'un d'autre posté dans les parages, mais je n'étais pas sûr. Je pense que c'était soit Majola lui-même, soit un des hommes de Nieuwenhuysen qui le guettait. »

« Tu es sûr de cette histoire de cycles de trois meurtres ? »

« Freek, pendant des années d'affilée, Johnny Weizmann n'a eu aucun problème. Je ne serais pas surpris, si nous trouvions quelqu'un pouvant nous renseigner, de découvrir que la porte de sa réserve restait fermée la nuit pendant toutes ces années. Mais à chaque fois qu'il y avait un meurtre, et si on connaît sa personnalité, cela représentait toujours un danger pour lui, il en fallait deux de plus pour atteindre la perfection. »

Cette fois Freek ne répondit pas. Il parlait à nouveau dans le micro VHF. « Contrôle. A vous le contrôle. Bon Dieu, Flippie, qu'est-ce qui se passe ? »

Après quelques secondes, la voix de Flippie qui semblait hors d'haleine leur parvint. « Juste une seconde, colonel, je suis avec eux au téléphone, je reviens tout de suite. A vous. »

« Okay, Flippie, j'attends. »

Il n'y avait pas beaucoup de circulation sur l'autoroute et Freek continuait d'appuyer sur l'accélérateur, s'ouvrant un chemin au milieu des voitures qui avançaient plus lentement. Plongé dans ses pensées, il avait momentanément oublié la présence de Yudel, son visage était tendu, ses cheveux retombaient sur son front et ses yeux fixaient la route sans ciller. Les mains sur le volant, il conduisait sa voiture avec une grande économie de mouvements. Quand il parla à nouveau dans le micro, sa voix était cassante, l'articulation sèche. « Bon sang, Flippie, j'attends. Qu'est-ce qui se passe, bon Dieu ? »

Cette fois, Flippie répondit immédiatement : « Je leur ai parlé, colonel. Ils ont dit qu'ils envoyaient quelqu'un. A vous. »

« Quand ça ? »

« Je leur ai dit que c'était urgent et ils ont dit qu'ils envoyaient quelqu'un tout de suite. »

Freek inspira profondément tout en redressant la tête. « Parfait, Flippie, vous vous êtes bien débrouillé. Terminé. »

« Terminé, colonel. »

Freek, qui se tenait raide et penché sur le volant, se renversa sur son siège, plus détendu, mais toujours fatigué et résolu. Ni lui ni Yudel ne parlaient. Ils se demandaient ce qu'ils trouveraient à Johannesburg quand ils arriveraient là-bas. Yudel, inquiet à l'idée qu'il ait pu se tromper et causer ce dérangement pour rien, et tous les deux effrayés qu'il puisse avoir raison. Freek poussait sa voiture au maximum, son nez vibrant légèrement avec le mouvement de la suspension. Yudel savait combien Freek tenait à arriver chez Weizmann avant Majola. Connaissant Freek, il savait qu'il voudrait se placer au centre de l'action pour éviter, si c'était possible, un éventuel désastre suspendu au-dessus de leurs têtes. Le policier n'était pas homme à reculer devant ses responsabilités quelles qu'elles soient.

Au loin sur la gauche, on voyait une avenue bordée de grands gommiers noirs qui se détachaient sur le ciel doucement illuminé par les lumières des villes de l'East Rand. A une trouée dans les arbres, les quelques lumières dispersées de Halfway House rompirent la monotonie de la nuit. Freek les laissa passer avant de tendre à nouveau la main vers le micro. « J'appelle le contrôle de Johannesburg, le contrôle de Johannesburg, je vous écoute. »

« Ici contrôle. » La voix paraissait jeune et ensommeillée.

« Ici Freek Jordaan. » Freek s'annonçait souvent sans

259

donner son rang, causant ainsi beaucoup de confusion chez les policiers formés à obéir aux ordres et anxieux de ne pas contrarier des officiers d'un rang supérieur. « Ici Freek Jordaan. Vous avez placé un garde devant le café des *Sœurs jumelles* ? »

« Je vais vérifier, chef. » Ils étaient séparés par vingt-cinq kilomètres de Highveld, en terrain plat. La communication était claire et la voix s'entendait très bien. Un instant plus tard, le correspondant était de retour. « Nous n'avons pas envoyé de garde au café, mais ils arriveront bientôt là-bas. A vous. »

Quand Freek répondit, Yudel ne l'avait jamais entendu parler avec une voix aussi coupante. « Comment vous appelez-vous ? »

« Sergent Willem Labuschagne, chef. A vous. » Sa voix n'était plus ensommeillée et il était sur la défensive. « Sergent, j'ai donné un ordre clair comme quoi un garde devait être placé devant ce café. Pour quelle raison cela n'a-t-il pas été fait ? »

Freek ne lui disant pas quand il pouvait reprendre la parole, l'homme au contrôle de Johannesburg était encore plus troublé. Quand il répondit, il parla très vite, comme s'il craignait d'être interrompu. « Nous avons envoyé une voiture de police, chef, mais avant qu'ils arrivent là-bas, nous avons dû les détourner pour les diriger sur un cambriolage dans un magasin de Joubert Park. Dès qu'une autre voiture sera libre, nous l'enverrons jusqu'à ce que nous ayons trouvé le moyen de libérer un garde permanent, chef. A vous. »

« Qui décide des priorités, sergent ? De qui est l'idée que votre cambriolage est plus important ? »

« De moi, chef. » Le policier donnait l'impression qu'on l'étranglait. « A vous, chef. »

« Sergent, vous allez me trouver un garde armé pour ce café dans les cinq minutes, compris ? »

« Bien, chef. Je vais faire mon possible. »

Freek n'estima pas nécessaire de répondre. « Il a l'air d'un brave type, dit-il à Yudel. Il utilise sa tête, même si

cette fois-ci son initiative n'était pas très heureuse. »
Devant lui sur la gauche, Yudel voyait les lumières des
lointaines banlieues de Johannesburg. Si Majola était sur
le chemin de chez Weizmann, il avait probablement cir-
culé lentement, soucieux de ne pas attirer l'attention.
Même s'il était parti bien avant eux, il était encore possible, et même probable, qu'ils arriveraient les premiers.
Le plan d'action à adopter quand ils seraient sur place,
Yudel ne l'avait même pas envisagé. C'était le domaine
de Freek et Yudel n'essaierait même pas d'en discuter
avec lui, sachant que les pensées de son ami étaient probablement occupées par ce problème.

Ils traversaient rapidement les faubourgs du nord de la
ville quand Freek tenta à nouveau d'établir un contact
radio. « Je vous écoute, Labuschagne. »

Labuschagne fut rapidement sur les ondes. « Je suis là,
chef. A vous. »

« Vous avez envoyé un garde à cette boutique ? »

« Oui, chef. Nous avons envoyé une voiture. Je suis sûr
qu'ils sont déjà arrivés. A vous. »

« Bien joué. Je serai moi-même là-bas dans quelques
minutes et je vous appellerai dès mon arrivée. » Freek
marqua une pause, comme pour réfléchir. « Terminé »,
ajouta-t-il en concession tardive au règlement.

Le réseau de l'autoroute les amena directement au
cœur de Johannesburg, à quelques mètres de chez
Weizmann. Ils prirent la rue Myburgh à quelques pâtés
de maisons du café. Freek ralentissait pour respecter
des feux rouges qui ne leur étaient pas favorables, prenait le temps de regarder à droite et à gauche et accélé-
rait à nouveau pour traverser. A plus de cent mètres,
Yudel pouvait voir la vitrine de chez Weizmann et les
arbres de la rue Hayes surgissant entre les immeubles.
Sur le trottoir devant le café, une silhouette bougeait,
mais ce n'était qu'un ouvrier blanc assez massif, en
bleu de travail, une gamelle en métal à la main, l'autre
enfouie dans la poche de son pantalon. Freek ralentit
brusquement devant le café et tourna dans la rue laté-

rale, s'arrêtant en face de la porte de la réserve de Weizmann.

Dès l'instant où ils avaient tourné le coin, Freek et Yudel avaient essayé de voir la porte de la réserve. C'était l'endroit qu'ils avaient en tête depuis leur départ. Là convergeait toute l'enquête et même toute l'histoire de Johnny Weizmann. Et maintenant elle était ouverte. Non pas entrouverte, entrebâillée pour tenter ceux qui ne se doutaient de rien, mais grande ouverte comme si un homme pressé l'avait laissée ainsi. La boutique était dans l'obscurité mais en haut, une lumière brûlait, et seul un faible reflet atteignait le pied des escaliers.

La voiture s'était à peine arrêtée que Freek se précipitait dehors, ouvrant brusquement la portière qui trembla sur ses gonds, et la claquant derrière lui. Yudel s'extirpa de son siège et sortit de son côté.

Il avait fait les premiers pas pour contourner la voiture, s'appuyant sur le capot pour retrouver son équilibre, quand Freek franchit le seuil de la réserve et se tourna pour bondir vers les escaliers; quelque part au-dessus, le chien de Weizmann gronda, puis tout fut effacé par quatre coups de feu, le premier séparé des autres par quelque chose comme une seconde et les trois suivants tellement rapprochés qu'ils donnèrent l'impression de se fondre en un seul son.

Yudel était au milieu de la rue quand il vit Freek passer devant la petite fenêtre qui donnait sur l'escalier. Son ami levait la tête vers l'étage supérieur, la lumière de l'appartement éclairait son visage. A cet instant, Yudel vit que ses traits exprimaient une ferme détermination en plus de la fatigue de tout à l'heure. Puis Freek disparut et Yudel entendit le bruit qu'il fit en escaladant les dernières marches.

Yudel passa le seuil de la porte, tendant la main vers la rampe pour s'aider à monter l'escalier. Il voyait le palier en haut, le lustre bon marché en plastique où brillait une seule ampoule, et il entendait les pas de Freek qui faisaient un bruit d'enfer sur le plancher disjoint du vieux bâtiment. Avant d'atteindre le milieu des escaliers, il entendit d'autres pas et un nouveau coup de feu qui résonna juste au-dessus de sa tête, si près qu'il lui sembla ressentir l'impact du coup. Il s'arrêta, une main sur la rampe. On marchait au-dessus de lui, et maintenant Freek tombait en arrière sur le palier, une main levée pour se protéger le visage. Presque au même moment, Majola sautait par-dessus Freek, puis descendait les marches à la rencontre de Yudel, glissant et buttant dans sa retraite précipitée. Une épaule massive heurtait Yudel en pleine poitrine, le projetant contre la rampe. Attrapant d'une main un des barreaux en bois fixés à la rampe, il se rétablit juste à temps pour voir Majola atteindre le rez-de-chaussée et foncer vers la porte. Sans réfléchir, il le suivit. Il emportait avec lui l'image du visage de Majola, son expression habituelle de colère ayant cédé à la panique et à la furie, le blanc de ses yeux écarquillés extraordinairement saillant sur son visage sombre, et l'image de sa large silhouette se détachant dans l'encadrement de la porte un instant plus tard. Ces deux instantanés restèrent gravés dans la conscience de Yudel tandis qu'il se dirigeait vers la porte – les quelques secondes qui s'écoulèrent jusqu'à ce qu'il arrive sur le trottoir s'étirant comme s'il luttait contre la pesanteur.

Puis il fut dehors. Majola courait vers le coin de la rue, forme noire dans l'ombre sous les arbres, puis se détachant clairement dans la rue Myburgh brillamment éclairée à l'intersection. Ses bras s'activaient avec violence, les poings serrés, le dos arrondi, la tête poussant vers l'avant.

Freek se tenait sur le trottoir à côté de Yudel, il avait un revolver automatique dans la main droite et Yudel se demanda d'où il sortait ce revolver. Il entendit Freek crier « Halte », un mot court, comme si le temps passé à le prononcer était compté. Puis à nouveau « Halte », et le visage de Freek portait les marques d'un désespoir que Yudel ne lui avait jamais vu. Cissy Abrahamse et les autres qui étaient morts, Thandi Kunene soumise à la torture, Bill Hendricks brisé, tous l'avaient accompagné sur le trottoir. Yudel lisait tout cela sur le visage de Freek. « Halte ou je tire. »

Majola arrivait au coin. Ses chaussures glissèrent sur les pavés tandis qu'il essayait de prendre son virage. Freek s'était tourné sur le côté et avait levé le revolver à hauteur de l'épaule, le bras droit rigide en prévision du recul. Yudel vit Majola regarder en arrière. A cet instant son large visage dégageait toujours la même force. Freek ne tira qu'une seule fois, le revolver bien en place. Majola regardait toujours en arrière, mais tout se passa trop vite pour que l'expression de son visage se modifie. Il tomba d'un bloc sur l'épaule droite, et soudain, là où il y avait eu un homme, il n'y avait plus qu'un tas sombre et sans forme sur le côté de la route. Aucun fléchissement visible des genoux, aucune main levée n'étaient venus amortir la chute. Il y avait eu un homme, il n'y en avait plus, seule restait cette chose sombre dans le caniveau qui ne pouvait certainement pas être encore un homme.

Ensuite la nuit s'était achevée dans la confusion pour Yudel. Les incidents qui la peuplaient parurent s'enchevêtrer et Yudel n'était sûr ni de l'ordre des événements ni de ses souvenirs qu'il finissait par mettre en doute. Il lui resta l'image vague du corps de Majola recroquevillé dans une position presque fœtale, les mains pressées sur la poitrine, la tête penchée en avant et les jambes en chien de fusil. Beaucoup de sang avait coulé dans le caniveau, s'égouttant lentement, retenu par l'épaule du mort qui faisait barrage, imbibant ses vêtements et se figeant.

Il avait une image incertaine d'une voiture de police s'arrêtant au bord du trottoir devant la boutique, deux jeunes policiers en uniforme arrivant pour protéger le café, selon l'ordre qui leur en avait été donné par Freek, et essayant de lui poser des questions sur la mort de Majola, supposant pour une raison quelconque que c'était lui qui était responsable. Il se rappela une voix de femme hurlant de l'appartement du dessus. « Ils ont assassiné papa, les Cafres ont assassiné papa. » Et se mêlant à tout ça, achevant de brouiller les images, il y avait la foule qui se rassemblait peu à peu, des gens endormis et décoiffés, certains en pyjamas et robes de chambre, dont quelques ouvriers noirs maussades et silencieux, regardant le corps sur le sol et dissimulant soigneusement leurs sentiments. Parmi eux, Julie était apparue, vêtue d'un imperméable en plastique passé sur une longue robe de chambre bleue. Elle s'était penchée sur Majola et l'avait reconnu—la seconde fois en deux semaines. Son visage aux yeux fixes, à la fois effrayés et désolés, faisait partie de l'ensemble de ses souvenirs, aussi incertain que les autres et pourtant aussi vrai que n'importe lequel d'entre eux, dans sa mémoire des événements.

Un des jeunes policiers s'était approché et avait demandé : « Vous savez qui est ce Bantou mort ? »

« Oui. Il s'appelait Muntu Majola. »

« Le communiste ? »

« Je ne pense pas... », avait commencé Yudel, puis il s'était ravisé, ne voyant pas l'intérêt de débattre ce que Majola avait ou n'avait pas été. « Oui, le communiste », avait-il répondu.

Les escaliers chez Weizmann étaient raides et mal éclairés, le chien étendu mort sur le palier, comme un tas de fourrure ébouriffée qui n'aurait pas encore été traitée, une trace sanglante à l'arrière du cou marquant le passage de la balle, et une voix de femme, une femme plus très jeune, une voix apaisante qui sortait de la chambre. « Il va bien. Il va bien. Ne t'inquiète pas, papa. On va s'occuper de lui. On va bien lui arranger tout ça. Ne t'inquiète pas, papa. Il va bien. » On aurait dit qu'elle s'adressait à un enfant, utilisant la troisième personne à la manière des femmes afrikaners quand elles parlent à leurs petits. Elle l'encourageait de la voix, aimante, patiente, protectrice.

Weizmann lui-même était assis sur le bord d'un lit à deux places, le dos tourné à la porte de la chambre. Une serviette imbibée de sang passait sous son bras et était enroulée autour de son épaule gauche. Penchée sur lui, sa femme essuyait du sang sur sa figure avec une deuxième serviette qu'elle trempait dans une cuvette d'eau chaude déjà teintée de rouge et qui s'obscurcissait de plus en plus. « Papa ne veut pas s'étendre ? » avait demandé la femme d'une voix douce, son visage laid et pâle rempli d'amour et d'inquiétude pour l'homme qu'elle soignait. « Papa ne veut pas s'étendre sur le lit ? » Ce visage ne ressemblait pratiquement en rien à celui que Yudel avait vu derrière le comptoir. La dureté et l'amertume s'étaient évanouies comme si elles n'avaient jamais existé. Yudel était resté avec l'impression d'avoir affaire à deux malheureux qui avaient trouvé refuge l'un auprès de l'autre. Et cette impression l'avait paralysé et effrayé.

Dans tout ça, ce qui se grava le plus profondément, le plus clairement dans la mémoire de Yudel, ce fut Freek évoluant avec autorité, donnant des ordres aux policiers qui venaient d'arriver, veillant à la levée du corps de Majola, le visage neutre, se contrôlant parfaitement — un homme agissant sans penser, accomplissant comme un automate des gestes inévitables.

La nuit s'était rafraîchie et le trottoir avait été peu à peu déserté tandis que les gens descendus des appartements, ou qui avaient arrêté leur voiture pour regarder l'homme mort, étaient retournés à leurs appartements et à leurs voitures, oubliant ce qu'ils avaient vu et qu'ils ne comprendraient jamais. Finalement, juste avant que le corps soit enlevé et qu'il ne reste plus que quelques ouvriers et domestiques noirs, Nieuwenhuysen et Dippenaar étaient arrivés pour s'assurer que c'était bien Majola qui était mort. Ils s'étaient éloignés du corps sans parvenir à dissimuler leur satisfaction. Nieuwenhuysen avait adressé un signe de tête à Yudel. Sa bouche douce et charnue souriait, grimace clairement destinée à lui faire comprendre qu'il était content du travail accompli pendant la nuit et de la confiance qu'il pouvait lui accorder. Alors qu'ils entraient chez Weizmann, Dippenaar s'était arrêté devant Yudel et, lui mettant la main sur l'épaule, l'avait pressée en un geste destiné à lui faire comprendre qu'il était maintenant un des leurs. Les doutes passés étaient oubliés.

Finalement les policiers de la sécurité étaient partis, les noms des témoins avaient été notés, on avait pris des mesures et des photographies, et ils avaient été libres de rentrer chez eux.

Un homme était mort. Debout sur le trottoir dans le froid, Yudel s'était demandé si la mort de Majola comptait, et si le cycle était maintenant achevé. Ou ne le serait-il que quand le vieux commerçant tourmenté aurait lui-même accompli le travail ? Fallait-il une autre victime pour parfaire le score ? Yudel refusait d'y penser, et pour longtemps. Il redoutait la réponse.

RIVAGES/NOIR

RIVAGES/MYSTERE

1. Rex Stout : *Le Secret de la bande élastique*
2. William Kotzwinkle : *Fata Morgana*
3. Rex Stout : *La Cassette rouge*
4. John P. Marquand : *A votre tour, Mister Moto*
5. John Dickson Carr : *En dépit du tonnerre*
6. Rex Stout : *Meurtre au vestiaire*
7. Josephine Tey : *Le plus beau des anges*

Achevé d'imprimer en mars 1993
sur les presses de l'Imprimerie Hérissey
27000 Évreux
Dépôt légal Mars 1993
Imprimeur N° 61107